春球

段丽球 邹甫龙 著

百花文艺出版社
天津出版传媒集团

图书在版编目（CIP）数据

春球 / 段丽球, 邹甫龙著. -- 天津 : 百花文艺出版社, 2024.1
ISBN 978-7-5306-8718-5

Ⅰ. ①春… Ⅱ. ①段… ②邹… Ⅲ. ①长篇小说-中国-当代 Ⅳ. ①I247.5

中国国家版本馆 CIP 数据核字(2024)第 001556 号

春球
CHUNQIU
段丽球　邹甫龙　著

出 版 人：薛印胜
责任编辑：胡晓童　**装帧设计：**任　彦
出版发行：百花文艺出版社
地址：天津市和平区西康路 35 号　**邮编：**300051
电话传真：+86-22-23332651（发行部）
+86-22-23332656（总编室）
+86-22-23332478（邮购部）
网址：http://www.baihuawenyi.com
印刷：天津新华印务有限公司
开本：880 毫米×1230 毫米　1/32
字数：210 千字
印张：10
版次：2024 年 1 月第 1 版
印次：2024 年 1 月第 1 次印刷
定价：46.00元

如有印装质量问题,请与天津新华印务有限公司联系调换
地址:天津东丽开发区五经路 23 号
电话:(022)58160306
邮编:300300

作者段丽球

作者摄于 1964 年

唤醒千年丝路记忆
Revive the Memory of the Millennium Silk Road
The Silk Road is known as a great passage across the Eurasian continent, however, its significance to world culture is far from that. It integrates eastern and western culture, just like weaving silk warp and weft, and becomes an inexhaustible and hopeful cultural source. Throughout the millennium, the Silk Road is no longer a remote and unfamiliar term, with its roots in the Western Regions, it continues its strong, reserved, quiet and profound spirit and has integrated into a humble and open attitude, which results in forming the Western Region culture that influenced later generations.
The mysterious and legendary Western Regions Culture, whether it is Xuanzang, a monk from the Tang Dynasty who learns the scriptures from east to west arriving in Tenjiku, ancient India, or Kumarajiva, a man from Kucha who traveled from west to east to translate the scriptures and spread Buddhist Doctrine, with perseverance, endure the extreme test of mind and body, just to pursue the Holy Faith in the heart.

百折不回頭

中国人民抗日战争纪念馆

段丽球与爱人

目录

花信时代

远处的山野中，偶尔有一树红枫，矗立在旷野里，红彤彤的叶子簇拥着、推搡着、怒放着，让人感到一种生命的力量，澎湃而盛大。

一

谢梅青腆着大肚子从地里劳动，刚一回来就感觉肚子微痛，不久一阵阵胀痛，紧接着下腹坠胀，疼痛难忍。她知道她的孩子马上要降生了，便赶紧叫来婆婆烧好热水，放好黄表芯纸，又动作麻利地躺在床上，静静地等待那个新生命的诞生。

没过多久，“哇——哇——”的啼哭声划破夜空，五里山沟老实贫困的农民家里，一个女婴不由分说地来到了人世间。她的父亲煞费苦心，给她取了个名字叫“春球”，希望她一生像春天一样充满生机。

那是1943年的金秋十月，五里山沟村子里充满了丰收的喜悦。

五里山沟是赣西北一个小小的村子，里面住着十几户稀稀疏疏的人家。村子四面环山，远远望去，那起伏的青山就像舞动的青龙，在村子四周盘旋。村子前面的出口有座黄土山，这座黄土山，上山有一条金黄色带子状的路，一直蜿蜒到山的左边半山腰，再延伸到这座山的另一边山脚下；据说这条路有五里长，但人们从未丈量过。

五里山沟由此而得名。

五里山沟的路，晴天板着一张脸，雨天犹如蒸熟的红薯，脚踩下去，黄泥巴四溅，村子里的人就这样深一脚、浅一脚，水一脚、泥一脚地行走在这条唯一能进出大山的山路，有时候黄泥星子溅到过往的人身上，花花点点，像极了一幅斑斑点点的涂鸦画。

由于路不好走，春球满十岁时，她母亲才领着她去“湾里初小”报名读书，这对小小的春球来说，实在是一件新鲜又令人好奇的大事。

那时上学是一件艰难的事：几个村合在一起才有一所初小；且道路泥泞不堪，来来回回十几里山路，孩子们能坚持下来读书的寥寥无几。

村里为了让五里山沟的孩子们能读上书，特意在五里山沟另一边的山脚下建了一所初小，这所学校叫“湾里初小”。有两个民办老师、两个年级的学生。上课的课桌是一块长方形木板，下面两头用土砖砌高，便成了桌子的腿；凳子是用长条木板拼装而成的。教室的黑板，是用水泥抹在墙上，干了以后涂上墨汁，粉笔写在被擦成灰白色的黑板上，模模糊糊，字迹并不清晰。

春球升入三年级和四年级后，必须寄读在临县的一所“界头初小”读书，离家更远了，一个星期回家一次，每次都要走十多里山路。

由于路途远，春球每年都要穿烂好几双新鞋。哥哥们有时会嘟囔妈妈对她的偏心。但她的脚上一直穿着母亲做的新鞋，从来没有因为哥哥的嫉妒而光脚上学。

父亲看见哥哥们没鞋穿，心疼得不知如何是好，他从山上砍来杉木，学做起木匠活儿来，特意为哥哥们每人做了一双木板底的拖鞋。穿着木板拖鞋上山时，脚会往后滑，下山时会往前蹿，哥哥们就把拖鞋提在手上，下完山在水沟中洗干净脚，穿上拖鞋。快到学校时再换上布鞋。拖鞋用布包好放进书包里，这样一来，布鞋耐穿了。

哥哥们再也没有嘟囔母亲的偏心了。

谢梅青喜欢端着针线包，坐在大门口，为丈夫、为自己、为这么多孩子做鞋。可是穿鞋的人这么多，她怎么顾得过来？哥哥们每人一年就只做一双鞋。

谢梅青最疼爱的还是春球，家中就她这么一个千金，大家都视她为掌上明珠。今年开学典礼时，谢梅青又给她做了一双蓝士林布面的布鞋，没穿多久，前面的布被脚指尖戳穿了，鞋底也磨破了。

有一天，春球为了追赶前面的同学，拔腿奔跑，不小心脚趾碰上了路面的一块凸起的石头，身体向前猛冲了几步，她使出了全身的力气，才稳住了脚步。虽然没有摔倒在地，但不幸的是大脚趾的指甲撞掉了，鲜血直流。那一夜，春球痛得一夜没合眼，谢梅青知道后，抹着眼泪说："春球，你怎么那么不小心啊，脚指头都破了，也不告诉我……"

谢梅青拿来棉签和碘酒，小心翼翼地帮春球清洗伤口，眼泪滴在了她的脚指头上，一阵阵温暖的感觉瞬间传遍了春球全身。

这所学校教语文的老师，文化水平不高，老师教学生识字经常读错字音。有些字，老师干脆认字只认半边，有学生调侃他"认字认一边，不要问先生"。春球每次听到这句话，都会抚着肚子笑半天。

升入高小和初中时,要到镇上去读书。学校是后来建成的,校舍是新的。校门的墙壁上分别挂着两块校匾,一块校匾上写着“红旗中学”,另一块校匾上写着“红旗高小”。春球家离这所学校十多里路,途中要蹚过一条河,河水湍急,孩子们都害怕过河,胆子大的男孩儿会凫水过去,女孩儿便只能眼睁睁地看着男同学游过去,束手无策。为了让所有孩子都能顺利过河,人们在水面上搭建了一座木板桥,桥的南端放在沙滩上,北端固定在人行道上。这桥斜斜地躺在河面之上,以纽带的作用承载起一枚枚脚印。

春夏时节,倘若下上几天大雨,河水猛涨。放在沙滩上的一端木板桥,像圆规画图一样呈一百八十度的弧线靠河岸画去,木板桥就紧紧地靠在河岸边。这种情况下,住在河北的孩子们因为涨水无法上学,只能“望桥兴叹”。春球家住在河北,因此,经常被迫停课。她待在家里,心却飞到了学校。

要等到哪一年才能建造出一座坚固耐用的桥,来替代这木板桥呢?才能使通往学校的路畅通无阻呢?下雨的时候,春球呆呆地盯着河水,天天都在盼望这座桥的出现。

一连下了好几天的大雨,河水猛然上涨,气势汹汹的样子似乎要把整个村子给吞噬掉。春球和姊妹们都不能上学,待在家里一筹莫展。他们几个姊妹都在睡懒觉,父亲看见二儿子子昊在做作业,其他孩子都赖在床上,气得拿起一根竹片,掀开三儿子伟泽的被子,扒掉他的裤子,一边打一边喊:“懒虫,懒虫,快起床,快起床!还不赶快起床读书!”

四哥博文和大哥子豪听了,吓得赶紧跳下了床,急忙拿着课本朗读;弟弟吓得爬下了床,一骨碌就穿好了衣服;五哥光明脸皮厚,不怕骂,慢腾腾地下床,不紧不慢地拿着书,踱到院子里咿咿呀呀地背书;春球也吓得不轻,一边麻利地起床,一边大声地背课文。

顿时,只听到屋子里一片朗朗的读书声。

谢梅青最了解自己的孩子,知道他们读书辛苦,想让孩子们多睡睡懒觉,所以每个周末,她都会晚点儿做饭。今天也不例外,等孩子们读了一阵书后,她才把热腾腾的饭菜端上桌。

吃饭时,伟泽的屁股刚挨板凳,突然弹跳起来,眼泪汪汪哭着大叫:“哎哟!哎哟!痛死我了。”

“怎么了?让我看看。”父亲急忙站起来,走过去,把伟泽的裤子往下翻,露出屁股,那上面几条竹片打过的痕迹清晰可见。

“你属黄瓜的,这么欠拍。我没用多大力,会有这么痛吗?”父亲吼道,眼神分明温柔了下来,说完还轻轻地抚摸了一下他的屁股。

父亲经常愁眉苦脸,看着渐渐长大的这群孩子,他常常嘴里骂着“取债鬼”,可是双手却经常抱抱这个,又搂搂那个,脸上乐开了花。吃饭的时候,看着这群家伙像猴子一样呼天抢地,他总是一脸忧郁。每天家里就像开食堂一样,他们夫妻俩想尽办法挣钱养家,孩子们却依然吃不饱穿不暖。下雨的天气,父亲喜欢一个人站在屋檐下,痴痴地看着断断续续的雨点,打在屋顶上,打在菜园里,打在禾苗上,打在村子里那条小河里。他一动不动地站着,有时候雨水飘在他身上,他居然浑然不知。

“这鬼天气,要什么时候才会转晴哟?”他叹口气,转身折回了房子里。

春球有时候会跟在他后面，告诉他，她已经能背出课文了，要不要背给他听。父亲显出极高兴的样子，抱起春球，在原地打转，吓得春球哇哇大哭，而他却哈哈大笑。

可是现在，伟泽还在“哎哟哎哟”地流着眼泪。

谢梅青害怕得心都提到嗓子眼儿，饭碗掉到了地上都来不及捡起，就直奔到伟泽身边，问道：“伟泽，你怎么了？”

哥哥几个正在彼此挤眉弄眼，不敢作声。

春球拉起母亲的衣角，在她耳边悄悄地说：“哥哥伟泽睡懒觉，爸爸不让，拿竹片打了他屁股。”

听了女儿的话，谢梅青仔细查看了一会儿说：“晓光啊！晓光！你也太鲁莽了！你怎么能用竹片打人呢？这下好了，把竹片上的刺打入肉里了。”

一席话说得父亲默不作声。

竹刺与皮肤的颜色差不多，妈妈费了好长时间，才把竹刺从屁股的皮肉之中拔了出来。

眼泪爬满了谢梅青的眼角。

父亲此后再也没有打过孩子，为了让孩子有一个好的学习环境和条件，他砍来竹子劈成竹条，给孩子们晚上学习照明。孩子们为了节省竹条，一直早睡早起。他们清晨一起床就在晒谷坪读书。那片书声，就是村子里一道最靓丽的风景线。

春水生是春球家上屋的住户，听到阵阵的读书声，经常对晓光说：“晓光啊晓光，你这么多儿子，天天早上和尚念经一样，吵死人了！你该让儿子们早上去捡狗屎，去捡牛粪，肥料足禾苗才长得好，多打粮才有饭吃。不要把儿子养‘懒’了，不要自己一个人累死累活，累坏了身体划不来……”

晓光总是嘿嘿一笑：“你懂个啥呀，孩子将来有出息了，你才是真的有饭吃，有衣穿。我也劝你一句，让孩子去读书，不要把自己孩子的前途给耽搁了。”

春水生撇撇嘴：“饭都没的吃，还读哪门子书，只有你才傻不拉叽，情愿自己一个人受苦，不知道让孩子去做事。猪头一个！”

晓光摇摇头，不再作声。

五里山沟有句口头禅：“什么都不会做，只有去捡狗屎。”所以村了里只有上了年纪的人才乐意去干这一行。五里山沟人也爱攀比，看谁起床早，起得早的人才捡得多。春水生家的孩子不喜欢读书，但是捡起狗屎牛粪来，是村里数一数二的勤快人。他的孩子不会读书，他也不想送孩子读书，几个孩子小学没读完就跟他学种田。他一直看不起晓光家里的几个孩子，认为他们只知道读书，不知道做农活儿，不晓得赚钱养家，他对晓光一家一直有点儿轻视。

卖余粮的时间到了，晓光家今年的粮食减产，他特别想跟村书记商量，希望余粮少交一些。

“今年我家粮食减产了，孩子又多，吃饭的人也多，你看能不能……？”

“他家孩子会读书，吃得多，余粮更要交得多。”晓光还没把话说完，站在村主任旁边的春水生抢白道。

“我孩子读书关你什么事！狗拿耗子多管闲事！你这人天生就是做田的命。”

晓光揶揄着，春水生的脸色红一阵黑一阵，悻悻地走了。

“我三儿子伟泽在学校勤工俭学时，插秧割禾是标兵，暑假帮别人割禾赚学费。”晓光见春水生走了，转身对村主任说道。

余粮还是没少交，但晓光心里很舒坦，他从来没有在任何人面前低过头，哪怕是在村主任那里，更不用说春水生面前。

晓光和谢梅青两口子的汗水没有白流，大儿子子豪以优异的成绩高小毕业，直接由学校保送读初中，后来又以高分考入萍乡师范学校。时隔两年，二儿子子昊考入赣州林校。村子里的人羡慕不已，大家都夸晓光的孩子听话招人喜欢，聪明又会读书。

两个孩子考出去了，晓光肩上的担子越来越重。他拼命赚钱供孩子读书：烧木炭、做挑夫、造纸……他所做的工全都是苦力，他认为苦力工能够多赚点儿钱。所以，在纸厂做工就选择了“备料工”。

“备料”是纸厂最苦的工序。备料的人必须每天天刚亮起床，到山上砍竹子，剔除枝叶，砍成一米长，扎成捆，挑到纸厂，放入水槽，加上石灰，浸到竹子腐烂之后，用双脚使劲地踩，直到踩踏成糊状。

晓光万万没想到，由于长期风餐露宿，披星戴月，干重活儿，造成他劳累过度，大病了一场，丧失了劳动能力；后来甚至家贫如洗，下锅的米都没有了。

为了帮助家里料理家务，照顾生病的爸爸，春球不得不放弃了她的学业。

秋天到了，春球到水竹坡去挖野菜，看见地里的番薯全被挖走了，番薯藤也被村民们挑回了家，地上只剩下番薯根，她如获至宝，一根不剩全部捡起来装进背篓背回了家。

秋风打着旋，在田野里肆虐，把春球的头发吹得有些凌乱。薄薄的褂子，寒风不断地灌进去，她忙转身回去了。

回到家，春球和弟弟把番薯根洗了又洗，眼见水缸里的水不多了，她拿起一根竹扁担，熟练地把两头带钩的绳子套到扁担上，挑着水桶去挑井里的山泉水。

这口井有几代人的历史了。冬天井口会冒出一股暖暖的水蒸气，水是温热的。

而夏天的时候，井水又是清凉的，很解渴。不方便的是井离自家有点儿远，姐弟俩要挑满一缸水实属不易。

弟弟懂得关心姐姐，因为这只盛满水的竹勺很重，姐姐每次挑水，他总是习惯性地拿着竹勺走在前面领路。到了井边，弟弟舀一勺水，仰起脖子咕咚咕咚地喝着，并且说："这水和家里水缸里的水味道就是不一样——好喝。"

弟弟拿着竹勺子舀水，每只水桶内舀的勺数都不多不少，挑起来也平稳，中途只需休息一小会儿。由于挑得次数多，后来一路上要休息两次、甚至更多次。弟弟也慢慢地少舀一勺、两勺。春球每挑一担水，弟弟也吃力地端着一勺水跟在背后，直至水缸装满水为止。

已近晌午，到地里干活儿的母亲和哥哥们都还未回家，春球双手端着一只圆木盆去盛米做饭。打开米桶盖，望见米桶内空空荡荡，只有米桶底的缝隙中还藏有屈指可数的米粒。为了得到米桶内仅有的一点点米，春球在洗锅刷上折断一根最粗的竹签，用竹签把米从缝隙中拨出来，又将米桶来一个底朝天，而后又将米桶左右来回摇动几下,米粒通通倒了出来,居然没有一粒漏“网”之米。

春球把这点儿米熬成一碗很稀很稀的粥送给体弱的爸爸吃,再把捡回来的番薯根切碎,煮成一锅粥,等待做工回家的母亲和哥哥们。

番薯根煮好后,春球突然头晕目眩,弟弟扶她到床上,不到一刻钟工夫就睡着了。不知道过了多久,伟泽他们回家了,唤醒春球起床吃番薯根粥。

春球坐起来,下了床,脚却没一点儿力气,迈步都困难。哥哥只好端过粥来,让她坐在床上吃。她吃了几口,实在咽不下去,又倒在床上,睡着了。

谢梅青走过来,站在女儿身旁,轻轻唤道:“春球,好孩子,你是饿病的,你快醒醒,我喂你吃白米粥。”春球睁开双眼,一看是母亲,眼泪突然就流出来了。

谢梅青将女儿揽在怀中,只见她一手端着碗,一手拿着一只盛满白米粥的瓷调羹,用嘴吹几下后,倒入女儿口中,见春球吃得津津有味,一颗悬着的心总算放下了。

春球说:“真香啊!”

一碗白米粥喝下肚,春球能下床走路了。母亲见状,风趣地说:“一碗白米粥治好了女儿的病,怪不得民间流传‘人是铁,饭是钢’‘粮食是宝中之宝’,人要有精神靠的是吃饭,好比铁要有硬度,靠的是有钢呀!”

春球问妈妈:“妈妈,米桶里一粒米都没有了,哪儿来的白米粥呀?”她一脸疑惑。

母亲高兴地说："你二姑姑的儿子在贵阳铁路局上班，每个月都会寄钱给二姑姑用。你二姑姑把省下的钱全都给我们了。"顿了顿，她接着说，"这钱不要还，以前你爸爸每年都送一担木炭给二姑姑冬天取暖，你爸也没收过一分钱，都是一家人……春球，这些钱解决了我们的燃眉之急，买回了很多米。"

伟泽听了妈妈的话说："妈妈，在贫穷和不幸的时候，只要能彼此爱对方，就能共同把人生过好，我们亲人之间要互相关心互相帮助，是这样吗？"

谢梅青将两个孩子紧紧地揽在怀中，不住地点头，嘴里喃喃自语："我儿了长大了！长大了！"

春球听了哥哥的话，愣愣地看着他，第一次发现，原来哥哥真的很高大。

不久，晓光的大儿子——子豪，参加了工作。

二

送走了子豪，谢梅青牵着春球的小手，心痛地说："春球，妈妈对不起你，你正是读书的时候，却不能读书，要天天下河捞虾，下田捡田螺抓泥鳅，上山挖野菜，给全家人充饥，又苦又累，还没有书读，妈妈对你有愧啊！"

谢梅青一边擦拭着眼睛，一边絮絮叨叨地诉说。

春球虽然很想读书，但是她却懂事地说："妈妈，没书读的人很多，又不止我一个人。妈妈别难过了，这事不怪妈妈。"

话虽这么说，她心里寻思：我不去捞虾，不去挖野菜行吗？不行！不但不行，而且，我必须每天踏着露水出门，上山拔竹笋，到野外地里摘艾草、蒲公英、荠菜、马齿苋等等。

她常常看着被野菜的汁液染绿了的手发呆——要是能像哥哥们一样好好读书，考出去，多好呀！可是恐怕这辈子也难以实现读书的梦想了，自己怎么还能与哥哥们相比呢？

谢梅青好像知道女儿的心事，心疼地说："等大哥安顿好了，他会回来接你出去读书的。"

春球的心里有一种说不出的难受。

暑假来临的时候，子豪真的回家了。

这次回家正赶上五里沟村举行"割禾放卫星"比赛。每一个参赛者把割好的禾放在“禾架子”内，装满了才能算一担。每一个参赛者都有计数的人。谁割禾割得担数多，割得多的人被认为最有本事，叫放卫星。

伟泽参加了此次“割禾放卫星”比赛。

哨子一响，比赛开始了！有割七行的，有割八行的，春伟泽割了十行。他弯着腰弓着背，左手握住禾秆，右手飞镰割禾，到处都只听到“咔嚓咔嚓”的镰刀割禾声。

春球和她的姊妹们在一旁助威。

参赛者个个大显神通，争先恐后，无一人来茶桶边喝茶；不一会儿每个人都汗流浃背。春球心想，他们一定非常口渴了。于是她右手提着茶桶，左手拿一只茶杯给参赛者送茶。他们有的喝了一杯，又匆匆弯腰割禾；有的喝了两杯，直直身子再一鼓作气赶超前面的选手。伟泽一滴也没喝。

春球知道，伟泽一直以来就有一种不甘落后、永不服输的精神。正是这种精神在支配着他，激励着他。再渴也得忍住！忍住！再忍住！哪怕是一秒钟也不错过。

临近中午，骄阳似火，脸晒红了，衣服湿透了，有的地方干了又湿，湿了又干。

吃完午饭，参赛者放下碗筷就去田里割禾，一刻钟都不休息，直至比赛结束。

比赛结束后，一名村干部宣布“割禾放卫星”比赛的结果：“第一名春伟泽，割了 46 担；第二名段德先，割了 27 担；第三名邹先亮，割了 24 担……春伟泽比第二名多割了 19 担，他打破了神话中的纪录，伟泽放卫星了！”

春球听到结果后，欢呼雀跃："三哥放卫星了！三哥放卫星了！"

在场的所有人也都欢呼起来："春伟泽放卫星了！春伟泽放卫星了！"

春伟泽向大家鞠了一躬，牵着妹妹的手高高兴兴地回家了。

晓光得知三儿子伟泽放"卫星"了，高兴地伸出大拇指说："我从小手把手教你割禾，没有白教。现在是'长江后浪推前浪，一代更比一代强'！"

伟泽骄傲地说："爸爸，我就是想证明一下——春晓光的儿子究竟行不行！"

谢梅青知道儿子割禾得了第一名，高兴得眼泪都溢出来了，她激动异常，嘴里不住地嚷嚷着："春伟泽放卫星多光荣啊！你都快成一个名人了，我在人前站着多有面子啊！"

伟泽被夸得有些不好意思地说："爸爸妈妈，你们就别夸了。"

子豪端来一杯茶说："伟泽，请喝茶，现在要好好休息，这个光荣的称号是用汗水和心血换来的……"

伟泽确实是累了，一进门就躺在厅里的竹床睡椅上。看见大哥端来了茶，他忙站起来，接过茶，喝了茶，倒在竹床睡椅上就睡着了。他没睡多久就醒来，说："肚子隐隐作痛，我被痛醒了。"

春球走过去，关切地说："三哥，你是割禾累的。一整天弯着腰弓着背，肚子不痛才怪呢！"

伟泽洗了澡，有气无力地进房间睡觉了。他在床上没睡多久，又慢慢地走出了房间，幽幽地说："还是在竹床睡椅上躺着舒服，"他用手按了按肚子说，"用力按肚子更不痛。"

春球看着三哥，眼含泪水，她走到伟泽身边，用手在伟泽肚子上轻揉着，摩挲着。她不停地喊着：“三哥！三哥！”除此之外，便什么也做不了，她的心里好像比伟泽的肚子还要疼。

伟泽说：“现在好多了。”可是过了一会儿，他又呕吐了，吐出又酸又馊的食物和黄水。

春球把柴灰盖在呕吐物上面，用灰拌着扫干净，不久又折回身，抓住伟泽的手，泪眼婆娑。

子豪端来一盆水，在伟泽脸上擦了一把，又端来一杯水，让他漱了一会儿口，说：“人的生命就像弹簧，拉力超过了承受的极限，弹簧也要变形的。弟弟没有做到量力而行，比第二名多割19担，这个数字足以证明已经超过了自身体能的极限，怎么会不生病呢！”

光明听了子豪的话，很是吃了一惊，他忧心忡忡地说：“大哥，我们去卫生所请医生来，给伟泽看一下吧。”

子豪说：“我们俩想到一块儿了。”

卫生所离家约有二十里路，家里又没有电筒，哥儿俩趁着朦胧的月光，向着村卫生所奔去。

晓光看到伟泽又开始肚子痛了，就和四儿子博文一同去乡下，请来了一位老郎中为三哥治病。老郎中一到家里，只见他一手端着一碗冷水，嘴里念着一连串的咒语，而后大叫一声，猛地一跺脚，又用嘴含一口冷水喷在三哥的脸上，吓得三哥猛然一惊。

郎中说：“好了！”

春球没看见郎中拿药给三哥吃，就这么折腾一番，心里很是不解：不吃药不打针，伟泽的病怎么就“好了”呢？

郎中拿了钱，喜滋滋地回家了。

伟泽的病非但一点儿没有好转，反而更严重了。他不停地呕吐，连胆汁都吐尽了。春球看见他一会儿闭上眼睛，一会儿睁开眼睛，一会儿眉头紧锁，一会儿连声呻吟，心里就像刀割一般难受。

痛得久了，伟泽无助地看着春球说："现在不但肚子痛，而且肚子上面也痛。不是一般的痛，而是撕心裂肺的痛，我都快要撑不住了。"

春球一边哭泣，一边安慰他说："三哥，你一定要坚持呀！一定要挺住哈！大哥和五哥去卫生所请医生了，医生马上就要到了，医生会把你的病治好的……"春球不停地揉着三哥的痛处，希望三哥能舒服一点儿。

谢梅青心乱如麻，在院子里急得团团转，嘴里不停地念叨着："医生怎么还没有到？怎么还没到？真是急死我了！"

七点，七点一刻，七点半，时间一分一秒地流逝，子豪和光明没有回来，晓光也没有回来，谢梅青不停地从家门口走到黄泥路口，又从黄泥路口折回家门口。她一会儿去看医生来了没有，一会儿回来看看伟泽痛不欲生的样子。

春球把手伸进伟泽的脖子下，抱着他，脸贴在他额头上，深情地说："三哥，我爱你，我非常非常爱你，你那么优秀，那么能干！我最骄傲的事就是我有三哥你呀！"

春球说着说着，泪水滴在伟泽的脸颊上，顺着伟泽的脸颊又流到他脖子上，滑落到春球的手上，凉丝丝的。

"妹妹，我也爱你，命是注定了的，你不要难过……"

春球强忍着心头的悲痛，微笑着摸摸他的头，说："三哥，你不要怕，有我在。医生就要到了，医生会治好你的病。三哥，我爱你，我们全家人都爱你，我们都不能失去你。你坚强一点儿，马上就没事的。你要挺住啊，要拿出‘割禾放卫星’的精神，战胜病魔！战胜死神！”

伟泽听着听着，手从身上滑了下来，安静了，他不再喊痛了。春球也不再揉他的肚子了，兄妹俩脸挨着脸，似乎都睡着了。

不知什么时候，子豪回家了，叫醒了春球，他眼眶内满含泪水，说：“妹妹，伟泽已经死了，妈妈晕过去了，你不能哭，你要照顾好妈妈，也要照顾好自己。”

春球一怔，脸色煞白，语无伦次地说：“三哥没有死！他肚子不疼了，他在睡觉，你看他鼻子会动，嘴巴也在动。”

子豪解释说：“这是蛔虫在作怪，因为人吃的菜是用粪便浇灌大的，粪便中的虫卵无意中带到了菜上，人吃了没去皮的瓜果、没洗干净和没煮熟的菜，蛔虫卵就从口中进入肠道繁殖后代，导致蛔虫病。伟泽整整一天割禾，体内蛔虫寄生环境发生了改变，便在身体里造反、乱钻，顺着管道钻到哪里哪里就剧烈绞痛。如果蛔虫逆行钻入胃，就会从鼻孔、口腔中钻出来。”

没一会儿工夫，又粗又大的蛔虫从伟泽的鼻孔和嘴中爬了出来。春球眼前一黑，往后一跤摔倒，不省人事了。

春球醒来的时候，子豪把伟泽的一切后事都处理好了。他要兑现他的诺言，带上春球，完成妹妹第二次求学之路。

临行前，谢梅青急急忙忙为她的女儿赶做一双棉鞋。

灯光如豆的桐油灯下，她把缝鞋的线拉长，针在耳边的头发上划一划，然后稳稳地扎在鞋上。

母亲突然变老了，两鬓斑白，目光呆滞，双手哆嗦。春球突然觉得内心空荡荡的，好似整个人被掏空了一样，虚脱、无助、忧伤，生命里只剩下离愁别绪。但是，她又觉得伟泽在某一个地方看着她，鼓励她，要她跟随子豪好好学习，好好生活。她的心里又充满了能量和干劲。

看见母亲一直在纳鞋，春球心疼地说："妈妈，时间太仓促了，你就别做棉鞋了。"

谢梅青说："百病从寒起，寒从脚上生。在外读书，冬天寒冷怕脚生冻疮，如果生了冻疮，每年都会复发的，那就麻烦了。有一双棉鞋穿在脚上，妈妈也放心……"

昏暗的灯光下，谢梅青的背愈发佝偻，面容愈发消瘦，神情愈发疲惫，她全神贯注，一针一线地纳着棉鞋，全然没有注意到，身后的春球早已泪眼婆娑。

临走时，父母亲春晓光和谢梅青执意要送他们兄妹俩。

一路上，谢梅青拉着春球的手，边走边说："你是个女孩子，出门在外要多个心眼儿，要保护好自己……"

晓光说："你出门在外，不管遇到什么事情，碰到任何困难，都要想得开，放得下，要多跟你大哥商量……"

子豪哽咽着说："爸爸妈妈尽管放心，我会照顾好妹妹的。爸爸妈妈在家不要太劳累了，做什么事情都要量力而行，好好保养身体，身体才是最重要的……"

春球扑在谢梅青身上，哭泣着说："爸爸妈妈别送了，我会照顾好自己，放了假我会回来看你们的。我会听大哥的话，尽管放心……"

子豪说:“爸爸妈妈别送了,你们回家吧! ”

晓光夫妻俩执意不走。

春球拉着谢梅青的手,转身往回家的方向走。没有走几步,妈妈谢梅青停住了脚步,说:“你们走吧! 我们也不送你们了。”

夫妻俩站在原地,恋恋不舍地看着他们渐渐远去的背影。秋天里原野的风很大,秋风把他们的头发吹凌乱了,把他们的衣服吹得飘动起来了,把他们眼角的泪花吹干了……

春球和子豪走了很远,爸爸妈妈一直在挥手。子豪怕爸爸妈妈伤心难过,头也不回,一直往前赶路。

如果伟泽还在,他一定也会来送别的,春球想。她鼻子一酸,眼泪就哗哗地流出来了:伟泽哥哥再也不会出现了!

子豪领着他的妹妹行走在故乡那条黄泥巴小路上, 渐渐走到了山脚下。在那里, 春球度过了她多姿多彩的童年和少年时期。那里有伟泽和她天真无邪的欢笑,有她目不暇接的山花,有她捡拾的番薯根,有她慈爱的母亲和善良的父亲……

她一回眸,似乎还看见父亲晓光那一只挥动的右手,她看见那手又粗又老,布满了皱纹;她看见每一个手指头上老茧丛生,犹如松树皮一般苍老;她看见手背的青筋条条绽出,如同一条条蚯蚓蜿蜒游动。

春球的心里有一万个想留下来的理由, 但是对知识的渴求又让她停不下脚步。

赶上汽车时,车子已经在起动。子豪急忙拍车门,司机听到响声,才刹住了车。他们终于上了车。

子豪带着他的妹妹春球，走出了五里山沟，来到了一个陌生的地方——铜鼓县棋坪镇。在这里，春球将开启她新的人生之路。

从县城出发，攀越兴开岭，横穿罗坊，徒步来到棋坪，需要六七个小时。陡峭蜿蜒的山路一直在远处延伸，人在半山腰上穿行。白云深处，蜿蜒小路就像一条玉带环绕其中，春球跟随着哥哥，好奇而惊恐，偶尔看看脚下的万丈深渊，心里有一种莫名其妙的不安，这山路弯弯，什么时候才能到达目的地啊？

来到棋坪的第一天，子豪买了许多蛔虫药回来，那是一种白色的小药丸，他把药丸放在春球手里，说："春球，把药丸吃了，就不会像伟泽那样有虫钻出来。"

春球心里猛然一惊，一个月前那段恐惧的日子骤然浮现在眼前。她二话不说，很顺从地把药丸吃了。

第二天，春球上厕所，拉出又粗又长的蛔虫，像麻花一样扭成一团，掉进粪坑里不断地扭动开来，不计其数。她心惊胆战，害怕得不敢去看。

如果伟泽不是"割禾放卫星"累死的，那就一定是蛔虫钻死的。春球心里幽幽地想。

来到大哥子豪工作的地方读书，不知是上户口的工作人员出差了，还是手续不齐全，或是另有其他原因，春球一直没有上户口。没有上户口就不能发放大米、油、肉票、豆腐票、布票等。子豪家里的粮食因为多了一个人而捉襟见肘。很多时候春球总是饥肠辘辘，却又不敢说出来。

子豪家每人都准备了一个搪瓷碗，搪瓷碗上写着名字。每天上学之前，他在每一个搪瓷碗里面盛上米，淘干净，放上水，送去学校食堂蒸笼里蒸熟吃。子豪拿米蒸饭,他就在春球的瓷碗内多加点儿米,自己的瓷碗内少放点儿米、多加点儿水。表面上看都有满满的一盒饭,其实他的饭很烂。春球发现后,就从自己的瓷碗内分饭给大哥,说:“大哥,你男子汉大丈夫,一米八的身高,你可要多吃点儿,不然身体会支持不住的。”

可是,任春球怎么劝说,子豪死也不肯要她碗里的饭团:“春球,你正是长身体的时候,学习任务繁重,要多吃点儿呀!”

春球鼻子一酸,眼眶里蓄满了泪水。那泪水,顺着脸颊,一滴一滴,掉在瓷碗里,吃在嘴里,咸咸的,但在春球的心里,却是无比甜蜜。

第二年,春球考上了县城高中,学校离家有三十多公里远,春球只能在学校住宿,所需的生活费,每月都是子豪按时寄给她的。春球暗暗发誓,一定要好好学习,不辜负哥哥嫂嫂的厚爱,长大后好好报答他们。

春球读高三那年,子豪的大儿子脖子上长了个瘤,县医院看了几次都无济于事。眼看着瘤子越长越大,不断长大的瘤子把脸都挤到右边去了,走路时,眼睛也往左斜视。如果还不治疗,后果不堪设想。子豪一筹莫展。

夫妻俩商量了一个夜晚,决定带孩子去省城看病。

经过检查,医生说:“孩子如果不动手术,随时都会有生命危险。如果动手术,他年纪太小,身体太差,要先调理好身体才能做手术。”停了停,医生接着又说,“人的大脑的供血都是经过脖子传递的,因为脖子处有很多血管。颈部有大动脉和静脉,动脉有颈总动脉、颈内动脉、颈外动脉及其分支。一旦出现大出血未能得到控制，会危及生命。你们可要做好心理准备。”

子豪和爱人当即泪如雨下，他爱人晕倒在地，好久才回过神儿来：“医生，求求你，救救我儿子！救救我儿子！”凄厉的哭声在医院长廊里回荡，听得人肝肠寸断。

子豪认真思考后，觉得别无他法，又没法儿跟别人商量，就抱着“死马当活马医”的想法，当机立断在手术通知单上签了“同意手术”。

手术进行了十多个小时，术后孩子慢慢苏醒过来，性命总算保住了，但是子豪一家欠下了巨额债务。

春球知道，子豪再也拿不出钱来供她读书了，从此，她的生活得由自己安排。春球心里有了一种被抛弃的感觉，可是没办法，现实就是大哥一家再也供养不起她了。

春球一时手足无措，每天都在胡思乱想中度日：“我该怎么办？我该何去何从？不要怕，天无绝人之路！总会有解决问题的办法的。”春球不停地反问自己，又不停地安慰自己。可是口袋里的钱每天都在减少，再过几天，五分钱一份的菜都吃不起了。

春球陷入极端的恐慌之中。

吃午饭的时候，春球等同学们散去后，迅速走到厨房，端出自己的搪瓷碗，走到校园外旮旯处，只见她从裤兜里掏出一小包盐，小心翼翼地打开，用大拇指和食指夹上一点儿，来回转动着，均匀地撒在饭上，又用竹筷子搅拌几下。然后，将瓷碗中不多的饭团大口大口地扒入口中，三下五除二就把一碗饭吃完了，而后如同做贼似的回到教室，静静地看书，做作业。

窗外燕子在飞翔，蜻蜓在觅食，不知道它们会不会为了吃饱而费尽心思寻找食物？教室里传来同学们一阵一阵的喧闹声，此起彼伏，热闹非凡。春球的眼里，渐渐走来了爸爸妈妈的影子，他们向她招手，喊她名字，送来好吃的饭团。春球没有一点点饥饿的感觉，相反，她全身似乎积攒着能量：一定要考上大学，回去给他们一个大大的惊喜。

为了能吃上五分钱一份的菜，春球找到了一份利用课余时间帮助照顾一位老师的妈妈的工作。

春球称她为婆婆。

婆婆病得不轻，卧床不起。有人说她是“崩病”，有人说是“性病”，也有人说她肚子里长了一个瘤子。春球从未过问，也不知晓。她只知道要做的事就是帮婆婆擦身、洗脸、洗头发、剪指甲、洗衣服和洗尿布。

说来也怪，她下身流出来的液体，臭、腥、滑，恶心死了。春球有时候实在忍受不了，想辞去这工作，可是想到每天都要吃没菜难以下咽的白饭，立刻打消了辞工的念头；再说这婆婆好可怜，如果她辞工，谁会愿意来照顾这样一个可怜的人呢？

春球坚持着。

这种液体流在尿布上，滑滑的，真难洗。学校食堂外面用水泥砌了一个长长的台子，供老师和同学们洗衣服、洗米用。春球每天下了晚自习，就去那里洗衣服和洗尿布。

冬天的夜晚，寒气逼人。晚上九点钟，学校打铃的老郭来洗米，问春球：“你在这水沟里拉了屎吧？”

“我没有啊！”

“没拉屎怎么会这么臭呢？”

“我是女孩子，我怎么好意思蹲在这里拉屎呢！”春球面红耳赤，据理力争。

“不是你拉的？可能是其他人拉了屎！我只是问一问，你别往心里去。”老郭没再说什么，径自走了。

可是自此以后，春球再也没有在学校食堂的水池里洗过尿布和裤子，而是跑到离学校很远的河里清洗，那里寒风四起，水冷得能把春球的手指头冻僵。

看到春球尽心尽力服侍老人，老师挺感动，每月拿几元钱给她做报酬。时间一长，食堂炒菜的老师傅知道春球的窘况，有时也会把卖剩的菜送给她吃。这样一来，春球每月生活费还有点儿结余，她决定把钱留下来，给哥嫂还债。

周末，春球回到子豪家里，将钱塞到子豪手里，子豪惊呆了，随后揽着春球，一个劲儿地流泪。

“春球，这段时间你怎么过来的呀？是哥哥没本事没能耐，让你受苦了……”

子豪说完，一个人站在房间里，偷偷哭了很久。

这天晚上，子豪夫妻俩一合计，决定第二天拿着春球给的钱，用他们的布票买一块嫩蓝色的咔叽布，替春球做一身新衣服。

咔叽布不是一般人能买到的，第二天，子豪走后门好不容易才买到。他请裁缝师傅做了三天才做好。咔叽布是当时最贵的，衣服是当时最时髦的，春球穿在身上，班上的同学都羡慕不已。

三年高中很快就过去了。春球心里暗暗发誓：一定要考上大学，回报大哥大嫂对她的宠爱。

高考考场设在外县。春球和许多同学一道，提前一天来到了考场,并在那里找到旅店住了下来。

成绩出来的那天,春球本以为能够顺利考上大学,没想到她和很多同学都名落孙山,她难过得一天没吃一口饭,狠狠地痛哭了一场。

从此,她的大学梦折戟沉沙。

子豪走过来,双手搭在她肩上,轻轻地说:“春球,别难过了!高中毕业还愁找不到工作?全县只有一所高中,这所高中是一九五九年才办的,六二年才有第一届高中毕业生,再加上六三年、六四年,这三年的高中毕业生总人数才六十多人,考上大学和中专的才十多人,高中毕业生算是有文化的人了……”

听了大哥的一番话,春球渐渐停止了哭泣。

秋天来了,田野里到处是金黄的稻穗,四下里一片沉静。秋虫在田埂边鸣叫,远处有几只牛在悠闲地啃草;极目四望,山峦全是朦胧的雾霭,像是哪个唐代的丹青高手随意描绘的一幅幅写意浓郁的水彩画。春球一人把一家人的衣服挑到河边,她一边捶洗着衣服,一边瞅着河边美丽的风景发呆。

子豪从学校路口奔来,春球看见他一路喊着“春球春球”,一边不断地向她挥手,那样子又滑稽又急切。跑到河边,他急匆匆地说:“春球,听嫂子说你到河里去洗衣服了,我才急忙跑来找你。告诉你一个好消息,刚才我接到一个电话,通知你明天到县里劳动局填表。这说明你的工作有着落了!真是可喜可贺!”

子豪一口气说完这些,眼里迸发出喜悦的光芒。他喘着气,咧着嘴,一动不动地看着春球。

“是真的吗?哥哥,哥哥!”春球把手中的衣服扔到石板上,

"什么时候去报到?"她迫不及待地询问子豪,脸上的笑容渐渐绽开,渐渐荡漾,渐渐怒放。

兄妹俩傻笑着,交谈着,世间充满了美好,春球的心里有一种说不出的喜悦在蔓延。

第二天,春球特意穿上那身蓝咔叽布衣服,兴高采烈地走进了县劳动局的大门。

同一天在劳动局填表的, 还有春球同班的两位同学——王辉、皮聪。王辉被安排在县中医院上班,她和皮聪被安排在县药材公司上班。三人填好表,办好手续,第一次相约进饭店吃饭,大家欢聚一堂,心里无比喜悦。

总算能自食其力了,春球想。

在县药材公司上了三个月班, 春球不知不觉, 成了上班一族,她感觉像做梦一样,有点儿不敢相信。一天,县药材公司的经理找到她:"春球,公司领导班子商议,暂时调你到民生药店担任会计工作。民生药店是公私合营的药店,在那里上班可以学到很多知识,我外甥也在那里,有些方面业务能力比你强,你不懂的可以问他。他文化水平比你低,你帮助他学文化,互相取长补短。我个人认为,下基层锻炼对你有好处,你要好好工作,表现好随时可以调上来,你看怎样? "

经理的眼里充满了期待。

春球心想,自己好不容易找了一份工作,不能给自己丢脸;大哥也三番五次告诫自己要听从组织安排, 认真工作, 虚心学习;再说领导这么看重自己,不答应也说不过去;而且这也是锻炼自己工作能力的好机会。想到这儿,春球痛快地回答道:"我服从组织安排，一定把工作干好。”

经理投来赞许的目光。

来到药店，春球夜以继日地学习会计知识：打算盘，记账；做到每月的财务报表按时上报，每月按时纳税。药店的工作虽分工明确，但团结协作很好，哪里忙，职工就出现在哪里。

为了能胜任药店里任何一种工作，春球找来《中国中医药发展史》，一个人下班后躲在家里静心地阅读。乡村没有电灯，灯光如豆的煤油灯下，春球细细地翻阅那一页一页所记载的中药基本知识，中药的鉴定、性能、用法……在春球眼里，中国中医药就像一片浩瀚的大海，而她就是大海里一根微不足道的针。在书里，她如饥似渴地阅读着、领悟着、探求着。书籍就好像是打开她医药知识的钥匙，让她贫瘠的土壤里长出了灿烂的医学知识，那里有她一辈子取之不尽用之不竭的精神财富。

平日里，她背“十九畏”“十八反”歌诀、背“药性赋”，刻苦学习加工炮制药材，苦练实际本领；忙碌时，她用研槽研药，用刀切药。她切的“白芍”能飞上天，切的“甘草”呈柳叶片，切的“半夏”呈鳞片状，切的“厚朴”状如肚片……看看这些精细、有型、美观的中药材，春球总有一种超越别人的成就感。

由于工作努力，春球在商业系统中被评为先进工作者，在税收工作中被评为纳税护税先进工作者。

上天从来就是眷顾勤劳而优秀的人，不仅是荣誉，也有爱情。

三

春球认识了丹柏。

第一次见丹柏，是那年的正月初三。她在药店值班，而丹柏正好来药店取药。

少年丹柏犹如天上星辰，器宇不凡，玉树临风。那天街上行人如织，熙熙攘攘，到处欢声笑语，年味十足。

彼时丹柏拿着药单，急匆匆朝药店走来："抓四包中药。"丹柏急匆匆对春球说道。

春球取过药单，与他四目相对，天哪，这男孩高大英俊，棱角分明。她瞬间怦然心动，满脸绯红。丹柏羞赧一笑，语无伦次："麻烦……你快点儿，我妈妈……病……很重……"

春球麻利地给他抓好中药，双手交到丹柏手里，二人的手触碰的瞬间，春球感觉一股电流过遍了全身。

就这样，丹柏结识了情窦初开的春球。

与丹柏再次相遇，还是在药店，春球远远看到丹柏在药店门口左右徘徊，走上前去，怯怯地问道："抓药吗？"

丹柏摇摇头，欲言又止。

"有事？"春球又问道。

丹柏还是摇头，脸色绯红。春球一脸疑惑："那是……找人？"

问完，自己早已羞怯难当，脸庞发烧。

“昨晚做了一个梦，梦中读到一灯谜，说能猜到这灯谜的人就是我将来的伴侣……我不懂灯谜，特意前来咨询于你。”

丹柏说完，眼睛痴痴地望着春球。

“什么灯谜，说来听听。”春球好奇地问道。

“真心相会意中人，两岸始终求一统。”丹柏说完，偷偷窥视着她，脸上露出甜甜的微笑。

春球想了很久都没想出来，只好羞涩地说：“对不起，我真想不出来，回去问问我大哥吧。”

丹柏趁她不注意的时候，一溜烟儿地跑了，身后留下若有所思的春球。

春球回去跟大哥子豪一说，子豪思考半天，突然说：“春球，是不是有男孩子喜欢上你了？”

春球一头雾水。

“真心相会意中人，是春字；两岸始终求一统，是球呀！”子豪高兴地说，“春球，你有了喜欢你的男孩子了，这是好事呀！”

灯谜解开，春球心如鹿撞，面色潮红，她恼怒地嗔了大哥一眼：“怎么可能？我都不认识他……”说着说着，愉快地逃之夭夭了。

身后，是子豪一串串爽朗的笑声。

春球一边走，一边想，丹柏说如果能猜到灯谜的人，就是他将来的伴侣。春球后悔不该把这个灯谜告诉子豪大哥，现在大哥猜出了这个灯谜，她一下子不知如何是好。但春球似乎又觉得丹柏值得信赖，因为深爱才会大胆地想出这个灯谜，所以不管丹柏出于故意或者不是出于故意，都是为了表达爱意，只是每一个人求爱方式不一样而已。灯谜解开后，她发现自己莫名其妙地坠入了爱河。

陷入爱情的女子，行动是不受大脑控制的。自从那天子豪解开了灯谜之后，春球心中总是忐忑、难以平静。上班的时候，要么东张西望，看看有没有一个人从大门口朝他走来；要么神情呆滞，若有所思。如果丹柏出现在她眼前，该叫人多么惊喜呀！

如果丹柏真的来了，她又会莫名其妙地紧张、害怕，不知所措。

如果爱的情愫在两个人身上生根，就会渴望见面，渴望重逢，就会想方设法走近对方。

好像是上天有意安排，两个人经常不期而遇。丹柏经常来药店看她，同事们都知道怎么回事，抿着嘴朝她微笑，有的同事高声叫道："春球，有人来接你啦，手里还拿着电影票嘞！"有的同事走过来，故意在春球眼前晃来晃去："哎哟，我说春球，怎么还不叫人家进来呀？他可是腿都站酸了呀！"……店内外，同事们的笑声飘来飘去，春球的脸上红一阵紫一阵，心里甜滋滋的，甭提多开心了。

可是当丹柏真正站在她面前的时候，她又下意识地躲着他，尽管明明是迫不及待地想见到他，她也一样故作冷漠。

这真是一种奇怪的心理。一天，春球休假回家，刚到门口，看见大哥在客厅里和一个人聊着天，她心里纳闷是谁的时候，仔细一看，心里又惊又喜：丹柏找到家里来了。春球站在门口，看着那个高高大大的男孩儿，脸颊绯红，心乱如麻。

丹柏仪表堂堂,浓眉大眼,和她大哥聊天时,落落大方,不卑不亢,举手投足之间有一种成熟男孩儿的别样魅力。这青年举止儒雅、彬彬有礼。莫非你是上天特意安排在家里相遇的吗?春球这么想着。这时她的目光正好与丹柏扫过来的眼神交汇在一起,丹柏蓦地站了起来,惊讶地叫道:“春球回来啦,也不提前通知一声,我好去接你!”

“大哥,我回来了!”

“喏喏,”大哥猛地站起来,转身说:“春球,你回来了!一路辛苦了!”他一边说,一边倒了一杯茶递给春球,“来,快!快坐下,吃点儿果子填填肚子,一会儿就吃饭了。”

丹柏拿了一颗糖,慢慢地撕开包装纸,等子豪不注意时塞进春球嘴里。

春球笑盈盈地说:“这糖真好吃!”

子豪说:“这糖是丹柏买来的,只挑春球喜欢的买,这下心都甜腻了吧!”

春球在子豪脸上掐了一下:“哥哥真坏!”说得大家哄堂大笑。

一年后,春球和丹柏结婚,把自己一生的幸福都托付给了这个深爱自己的男人。

婚后,她说起当初的那个灯谜:“丹柏,你是不是故意的?”

丹柏忍俊不禁,新房里落了一地的笑声。

春球不解:“你笑什么?”

他说:“其实,我第一次看见你的时候,就喜欢上了你,但又不知怎么开口,所以才想出这个灯谜。

春球幸福地靠在他肩膀上，心里喝了蜜一样甜。这是春球自出生以来最幸福、最甜蜜的时光。丹柏虽然不是富家子弟，却也懂得浪漫与多情，他带着春球在故乡的山水草木之间游玩，在学校周边的高山峡谷里穿梭；更多时候，他在课余时间，与春球一起垦荒种菜、采桑种田。

丹柏喜欢文学，经常与她一起谈鲁迅、郭沫若、高尔基、欧·亨利，谈《诗经》《孔雀东南飞》《荷马史诗》……春球似懂非懂，但每次她都睁大惊异的大眼睛，幸福而陶醉地倚靠在丹柏身上，感觉自己就是这世间最幸福的女人。

在春球眼里，自己的丈夫是多么有才和英俊啊！她心里有一丝小小的担心：这样优秀的男人，会被他们学校的女老师抢走吗？

有一年清明，他们在学校后山上采摘茶叶，春球看见山野里盛开的野樱桃花，跑去采了一朵戴在头上，问丹柏："丹柏，你说花好看还是我好看？"

"当然是你好看。"丹柏不假思索。

"花不好看吗？"她反问道。

"花也好看呀，但是没你好看。"丹柏笑道。

"那如果你遇到比我更好看的花，你会动心吗？"春球仰面含笑，打趣问道。

丹柏走过来，一把将春球搂在怀里，吻着她的脸颊，深情地说道："春球，我爱你，一生一世都爱你。"

春球闭着双眼，感觉整个人都被他的亲吻融化了。

自此以后，两人志同道合，夫妻恩爱，家庭和睦。丹柏回家从做饭烧菜到洗衣打扫卫生，样样家务事争着干，特别是春球怀孕后，丹柏怕她劳累，家务事从来不让她做。

生下第一个女儿韶涵后，丹柏从老家把他妈妈接来照顾春球和小孩儿。春球心里有说不出的感动：真是嫁对了丈夫，多有福气啊！

那时候春球住民生药店，由于是公房，每月必须从她工资中扣除三元房租和水电费。工资虽然不高，但是由于她能勤俭持家，日子也过得有滋有味。

由于丹柏母亲是农村人，没有城镇户口，粮食只能到市场买，而市场的价格要比粮站的价格高好几倍。春球两口子工资低，大部分钱要拿来买米。为了节省开支，春球常常买些红薯南瓜充饥，她家婆总把大米饭让给春球和韶涵吃，并且说："春球，你肚子里有孩子，要吃饱饭。"

春球听了，总是悄悄地上街买来营养品，给她增加一些营养。家婆看见了，抹着眼泪说："好媳妇，谢谢你！"

经历了爱情与婚姻的洗礼，春球对未来的日子充满了希望。

四

“春球，天气这么热，小心别中暑啦！”药店的门外传来丹柏熟悉的声音。

春球回头一看，只见他头戴草帽，脚穿凉鞋，背上背着一个绿色背包，出现在民生药店门口。

“爸爸——”女儿韶涵听到爸爸的声音，高声叫道：“爸爸，妈妈煮好了银耳莲子粥，等你回家来喝呢。”

黄丹柏走进了民生药店，笑容可掬，慈祥敦厚的他先向店员点头打招呼，然后抱起跑过来的女儿韶涵亲了亲，高兴地问：“奶奶呢？”

“妈妈在厨房里呢，丹柏，你回来啦！”春球站起来，接过丹柏的背包，瞅了他一眼，说：“丹柏，看你汗流浃背，先洗个冷水脸，歇一歇。”

丹柏抱着他的宝贝女儿进了厨房。

望着丈夫的背影，春球陷入了沉思：一家五口人，已分散住在三个地方：家公住在几百里之外的老家，丹柏要带领学生下放到本县山区插队落户，大女儿韶涵和奶奶现住在民生药店，现在自己又挺着个大肚子，行动很不方便。

“春球，快喝了莲子粥，我陪你去医院检查身体。”丹柏走过来，温柔地说。

春球心里一阵欣喜：一碗莲子粥也你让我、我让你，谁都怕自己多喝一口。

丹柏端着粥，放在她的嘴边；春球轻轻地呷了一口，总觉得孕期胃口不那么好，有些反胃、呕吐，但她逼着自己喝下这碗清凉的莲子粥。她觉得她喝的不是一碗粥，而是丈夫满满的爱。

不久，春球的第二个女孩子出生了，丹柏高兴得合不拢嘴，给她起名“雅婷”。春球休产假时，丹柏要他母亲过来料理家务，要春球一心一意做好“月婆”。

春球说：“我又不是没生过孩子，没那么矫情，你们该干吗干吗去。”

一句话说得丹柏愣愣地看着她：他的春球现在真的越来越能干了，他想，这是他一辈子最幸福的事情。

民生药店由于经营不善，生意日渐衰弱，不久就和卫生院合并成了一个单位，药店的职工只留下二人，其他职工下放农村，春球因为生孩子请假没上班，也被除名了。

春球休完产假回到单位，门面已经租赁给他人了。望着前段时间还生意火红的民生药店，如今已经物是人非，春球一时间无所适从，感觉自己被抛弃了，眼泪簌簌地流了下来。

在卫生院财务办公室，春球领取单位补发的三个月生活费，就依依不舍地离开了。

回到家里，春球因为工作没有了着落，不由得哭了起来。想起这些年，大哥千辛万苦把她带出了五里山沟，参加了工作，吃上了国家粮，这命运该是多么的好啊！但是造化弄人，好不容易跳出了五里山沟，现在又要重回农村，春球心里怎么也不想接受这个事实。

黄家村的夜，幽静沉寂，漆黑空旷。春球和丹柏两人在暗黄的煤油灯下，倚靠在一起。

“丹柏，我现在什么都没了，工作没了，信念没了，爸爸妈妈年纪又大了，两个孩子又小，我现在该怎么办呀？丹柏，你好狠心，把这样一个烂摊子推给我，叫我怎么去承担？”

说着说着，春球忍不住低声抽咽起来，窸窸窣窣的哭声在夜空中若有若无地飘散；眼泪顺着脸颊，一滴一滴地掉在丹柏的胸前，渐渐打湿了他的衣襟。

春球无力地靠在丹柏的怀里。

丹柏一声不响，一边紧紧地抱着春球，一边在她耳边柔声说话，两个人的背影，在灯光下叠在一起，映在墙壁上，形成一座雕像，岿然不动。

天亮的时候，夫妻俩从座位上爬起来，春球揉了揉红肿的双眼，又看了看床上熟睡的两个孩子，长舒了一口气。

远处青山之外的天空上，升起了一轮红彤彤的太阳。

再难，也必须面对现实，一家人老的老，小的小，必须为生存而谋划出路。春球想：这里山多田少，粮食奇缺，如果丹柏和她回老家务农，就能全家团聚，互相有个照应；如果一家人分几个地方居住，老人有个三病两痛怎么办？不如回到丹柏老家去。

她把自己的想法告诉了丹柏。

丹柏不但没有反对，还积极赞成她的想法。于是，春球写了申请要求回老家插队落户，丹柏自己也提出回乡申请。他的理由很充分，上有年迈多病的父母，下有两个年幼的孩子，希望组织批准。

可出乎意料的是，组织上并没有同意丹柏的请求，只同意春球带着两个孩子回乡落户。

晚上，春球和丈夫坐于窗外，月亮从云层里探出头来，不久又躲进了云层里。屋外朦朦胧胧的一片，看不见人影，也听不到人声。他们彼此都默不作声，却又似乎有千言万语。

春球担心回家以后，丹柏一人留在山沟里孤孤单单，生活没有人关照；丹柏呢，他强装微笑，颇感无奈。他知道春球回老家后，要挑起全家的重担，吃苦受累，他自己却在异乡帮不上半点忙。

他们依偎在一起，泪眼蒙眬，难分难舍。

"哇——"雅婷稚嫩的哭声，突然划破了寂静的夜晚，夫妻俩相对无语，彼此相拥。

丹柏说："春球，我争取早日回家。"

春球抱起雅婷一边喂乳，一边轻轻地拍着孩子："丹柏，家里的事我会做好的。你带领学生插队落户，要保重身体，注意安全，我和孩子等你回家。"

窗外，月亮从乌云中钻了出来，月光洒在丹柏身上，洒在他的眼睛里，一丝亮晶晶的水光，在他脸上流淌下来，滴在他衣襟上。春球伸出手轻轻地拭擦，那水光和着月光，交汇成一道令人难忘的风景。

等待春球的，又将是怎样的命运呢？

春球带着两个孩子和家婆，回到丹柏老家——瑞安县黄家村落户。

一切都熟悉而又陌生。春球走进丹柏家的那一刻,她突然有一种如释重负的感觉,从今往后,这里就是她春球真正的家了,生活必须重头再来。

第二天,丹柏家里聚满了乡邻,他们打量着、议论着、寒暄着,似乎春球是天外来客。

“呀,这是丹柏老婆呀!嫂子,你可真漂亮哦!”

“你细皮嫩肉的,怎么受得了乡下种田的苦哦。”

“嫂子,你回来这里,你有文化,可以教我们看书识字,多好呀!”

大伙儿七嘴八舌,将春球团团围住,春球热情地回应着,交流着,一颗悬着的心,在乡亲们热情淳朴的问候中释然。

“从此以后,我就是你们中的一员了,有我不懂的地方,还要姐妹乡亲们多指点、多关照呀!”春球笑着说。

既然回丹柏农村老家种田,就要吃自己种的粮食,就要用自己的辛勤劳动,把孩子带好,把家管好,把家公家婆照顾好,让丹柏安心工作。春球心里想。

明天开始,春球便是黄家村的一员,她不再是医药公司的职员,也不再是吃商品粮的城镇居民。

春球的心里掠过一丝忐忑。

春天的黄家村,山花烂漫,春意盎然,到处是一派农忙耕作的浓郁气息。黄昏时候,家家户户的厨房里升起一缕缕炊烟,在村子的上空,随着斜风细雨飘荡。亮晶晶的雨滴,在黄晕的灯光里,无声地飘落,它们闪闪烁烁,滴滴答答。不远处,不知是谁家的媳妇在大声嚷嚷："春伢子，快回家吃饭了。"声音悠长婉转，在黄家村空旷的石子路上一遍一遍蔓延。

不知道丹柏吃了晚饭没有，春球心里突然有一丝失落。

丹柏家斜对面的村部，住着从上海来的知青。大女儿韶涵经常会去那里跟知青们玩耍。这一天，春球来到知青住处，寻找女儿回家吃饭，知青队长刘超凡见来人是春球，很是吃惊，互相寒暄后，他忍不住问道："春球，听说你自愿取消商品粮户籍了，上了农村户口，吃自家生产队的粮食了，是真的吗？"

春球说："我不知道什么自愿取消，我一来黄家村，就上了黄家村户口，吃黄家村的粮食了。"

刘超凡是本村知青负责人，他告诉春球，下乡人员现在还是由国家按月按量供应粮食，每月补助十元，秋粮收割后，才由生产队提供口粮，现在就上了农村户口，吃自家生产队的粮食，太心急了，太缺乏思考了。

听了刘超凡的一席话，春球心里感觉很是可惜，原来可以领取这么多补助，但是木已成舟，没有就没有吧，用自己双手去创造，不也一样可以生活得很好吗？想到这儿，春球脸上露出了一丝莫名的微笑。

知青黄小艳急忙说："吃国家粮旱涝保收，国家每月按时按量供应大米，一两不少。再说我们不久就可以回城里去，可你这个吃农村粮的人，恐怕回不去了。"

"事已至此，说什么都没用了，反正踏踏实实做农民呗。"春球回应道。

李辉劝说道："春球姐，黄小燕说的有道理，你这样选择，万一以后回不了城，不是作茧自缚，害得孩子也回不了城。孩子是跟母亲转的，母亲吃农村粮，孩子也吃农村粮；父亲吃商品粮，母亲吃农村粮，孩子也吃农村粮；母亲吃商品粮，孩子也吃商品粮。春球姐，你马上去找领导干部谈一谈，也许还来得及。”

春球看着眼前的李辉，幽幽地说：“这多不好啊，会让领导很为难的，再说我也说不出口啊！还是算了吧。”

大伙儿见春球这样说了，便不再言语，都回到自己房间，各做各的事情去了。

远在县城的同学、朋友、亲人，听到这个消息，个个都惊得目瞪口呆，都说春球傻子一个，将来会后悔的。

夜深人静的时候，春球坐在微弱的灯光下，铺开信笺，拿出那支伟泽送给她的钢笔，蘸了墨水，把她在村里的生活、旁人的看法、自己的思念，写在信纸上，她把它折成漂亮的书签模样，装在信封里，贴了邮票，投进了邮箱。她想，过不了多久，她日思夜想的丹柏就可以收到她那颗思念的心了。

春球打算下田种地，可是公公黄道德怕她累坏身子，不让她参加劳动。他们的说法是，韶涵还小，雅婷还在吃奶，她一个妇道人家，又刚刚回来，人生地不熟，干脆要她留在家里带小孩儿。

春球既高兴又着急：高兴的是，没想到家公家婆这样疼爱自己；着急的是，如果不下地干活儿，一家人怎么过日子呀！

没过多久，春球便坐不住了，她想，自己现在是一个地地道道的农民了，必须跟村里所有人一起下田劳动；再说，不做田里的农活儿，丹柏又不在家，全家几口人，老的老，小的小，每天开门七件事，钱从哪里来？总不能喝西北风吧？

春球是个要强的女人,什么事都不甘心落后。没几天,春球就把两个小孩儿托付给婆婆黄玉英照料，她自己要跟生产队的姐妹们下田去耘禾。

黄道德眼看着儿媳妇非要参加劳动,叹了口气,心疼地说:“春球,你执意要下田做事,我也不拦你,但是你可要量力而行,做不下去就回来,身体是自己的,累坏了谁也没办法帮你。”

“知道啦,你们就放心好啦!”春球应声道。

“耘禾虽是妇女们干的活儿,但真正做好,也有诀窍呐。”家公见春球跃跃欲试,不觉来了兴趣。

“有什么诀窍,说给我听听?”春球一脸疑惑。

“禾苗种下后,一般要耘三次。第一次叫固根,用脚把东倒西歪的禾苗扶正。第二次叫除草,因为草会吸收田里的营养,会影响禾苗生长,所以要把草除掉。第三次叫松土,把结板的泥巴踩松,让禾苗长得快。明天干的活儿是除草。”黄道德滔滔不绝,他转身从门角里拿来一根木棍,继续说,“一只手握住棍子,左脚踩在泥田里,右脚抬起,踏着泥巴,绕着两株禾苗,横着画一个“8”字,然后换脚重复所有的动作。连着禾苗长在一块儿的草,脚耘不到的就用手拔掉……”

春球模仿着他的动作,身子摇摇晃晃,脚也站不稳,足足练习了半个小时,她才勉勉强强站稳脚跟。

第二天，春球和村里所有的农民来到了田边，绿油油的禾苗,静静地站立在水田里,它们随着微风吹拂,泛起一层一层的绿波,远望一丘一丘的稻田,像一汪汪碧绿的湖水,在春光里如诗如画。

耘禾的人在田里一字排开，有耘六兜的，有耘四兜的。春球挽起裤脚，模仿着前面人的动作，紧紧跟在别人后面。耘着耘着，只见水田里的水变黄了，草变没了，可是她的腿慢慢地变得酸痛起来，也慢慢地跟不上前面的人了。

春球拼命地追赶着前面的人，等她好不容易赶上大家，却突然发现，原本要耘的四兜禾，现在只耘三兜了，那一兜被左边的人给耘了。

春球感激地看了他一眼。

中午的太阳火辣辣的，春球脸晒红了，衣服湿透了，腿也被禾苗划出了一道道伤痕。她不知道农田劳作会有这么辛苦。

瑞安的冬天特别冷，天寒地冻，寒风呼啸。妇女们下到田里整地，准备栽种蔬菜。如果下雨，她们就穿着棉衣小袄，头戴斗笠，身披塑料布或蓑衣，一群一群的农民在田里忙碌；有的妇女还跟男人一样，出远门修水库、筑堤坝、挑水泥。

春球和村里所有妇女一样，每天做十多个小时的农活儿：早晨，春球随钟出工，在田里做一个多小时再回家做早餐；吃过早饭，春球给女儿雅婷刚刚喂好奶，钟声就响了，大家伙儿一块儿上工到上午十点钟；休息半小时，然后再开工，中午十二点敲钟收工。下午又听钟声出工，傍晚太阳下山钟声敲响，才能收工回家。

日出而作，日落而息。

春球渐渐适应了这种农人生活，不过辛苦是真实的。一天下来，春球浑身疼痛，特别是刚开始的那些日子里，皮肤晒黑了，脱皮了；更难受的是，一天下来似乎走路都要人扶着；最痛苦的，莫过于这些辛苦只能自己默默承受，没法儿向人诉说。再难受，眼泪也只能往自己肚里咽。

也有滥竽充数的，他们多半是知青。在劳作之余，有人开玩笑，即兴作一首打油诗来调侃他们："出工敲个钟，做事一窝蜂，田头打个转，回家一个工。"

大伙儿在一片笑声中散去。

村口那棵红豆杉树下，那个最破旧的土坯房，就是春球家。这里原是黄道德的哥哥黄道霸的旧屋，黄道德将哥哥的一半老屋买了下来，总算有了一个栖息之地。两兄弟两家人一墙之隔，十几年相安无事。后来黄道霸夫妻俩先后去世了，他们的儿子黄林生觉得父亲的老屋卖便宜了，三番五次跟他叔叔黄道德说要用同样价钱将他父亲的老屋买回来，可是黄道德没有答应，黄林生因此一直闷闷不乐，心里老想着怎样才能把老屋弄回去。

也不知道从什么时候开始，两家人变得陌生起来，大人们有意无意地躲闪着、避让着，偶尔碰一次面，显得非常尴尬，特别小心。小孩子却天真烂漫，经常打打闹闹在一起玩耍。黄道德心里总有一种预感，他们两家人一定会发生一点儿什么，也许是明天，也许是后天。

五

春球在田里劳作完，一抬头，她就看见了自家房顶上升起的袅袅炊烟，心里有一种无法言喻的踏实感。婆婆黄玉英开始做午饭了，她回到家，所有的艰辛都可以烟消云散。

吃午饭时，黄玉英问春球："春球，你天天跟社员们一样出工干活儿，累不累？"

"确实很累。"春球老老实实回答。

黄玉英又说："如果吃不消，你就歇息几天！"说完，从菜碗里夹起一块鸡蛋，放在春球饭碗里。

春球心里疼了一下，像是被谁拿手指戳了一下，眼睛涩涩的，眼泪差点儿掉在碗里。

如果人世间真有说不完的温情，那一定是婆婆给她的。

春球抿了一下嘴唇，轻轻说道："忍一下就过去了，歇息的话，别人会怎么说？我也没面子，影响更不好。"

黄玉英又给春球夹了一块苦锥子豆腐，幽幽地说："春球，你这么辛苦地做事，何苦呢？你图你的面子，面子比命还要紧吗？"

春球再也控制不住自己了，眼泪大颗大颗地掉落下来。黄玉英一时慌了手脚，不知道如何安慰她，只能像哄孩子一样，摸摸她的头发,捶着她的背,喃喃自语:“春球……春球……”

第二天,春球并没有听婆婆的劝阻,她拿了一把锄头,吃完饭便到田里开始松土、整地。

天天干活儿,春球人晒黑了,身体也瘦了,但和邻居的感情越来越好了。

有好几个邻居笑着对她说:“你做事太实在了,不会偷懒,累病了最多别人来看看你,不会心疼你。真正心疼你的人,只有你的父母,再这样做下去,命都会做掉,划不来吧。”

春球笑笑,不置可否。是呀,别人都在“磨洋工”,得过且过,为什么她就不知道偷一下懒呢,非要老老实实去做?

可是一到庄稼地里,春球便不这样想了,而且把邻居们之前说的话忘得一干二净。一年下来,春球学会了栽禾、施肥、抢收、抢种、挖花生、收棉花、种油菜、种小麦……

从一个药店管理人员,到一名地道的农民,春球完成了人生的一次跨越,尽管跨越得有点儿心酸,但是最终还是战胜了自我。春球的心理无比强大起来。

大伙儿都夸他们村的丹柏有眼光,娶了一个肯吃苦、会劳动、懂得持家活命的好媳妇,那是他们黄家前世修来的福气,是祖坟冒了青烟。

连妇女主任春婶也在会上表扬她:“你们别看春球是从县城下来,人长得漂亮、皮肤雪白细嫩,声音甜美,脾气好,但是做起田里的农活儿却肯下功夫出力气,她哪儿像个从来没做过农活儿的人呀?”

春球的脸色红一阵紫一阵,没想到她一个普普通通的农村妇女，还能得到邻居的认可、妇女主任的表扬，她有点儿不敢相信自己的耳朵。

要好好地为自己争气，为丈夫丹柏争光，做个名副其实的农民媳妇，春球想。

乡村的夜，月亮特别明，星星特别亮。春球一个人坐在院子里，凉风习习，吹拂在她脸上、身上，一股清凉顿时浸透心扉。月光如水一般洒在她身上，温柔而神秘；两个孩子都睡熟了，公公婆婆也早已进入了梦乡；远处不知道谁家的大黄狗在村头逡巡，偶尔传来一两声犬吠，打破山村的沉寂。

春球走进房间，取出钢笔，摊开信笺，她有好多好多的话想对丹柏说。

亲爱的丹柏：

近好。

见字如见人。分别快一年了。一年里，我无时无刻不在想你念你。丹柏，你知道吗？我想你想得茶饭不思，夜不能寐。丹柏，我告诉你一个好消息，由于我肯吃苦耐劳，劳动积极，得到了妇女主任春婶在会上的公开表扬，你说，我多不容易呀！我们村里的所有社员都说你有福气，娶到一个又漂亮又能干的老婆呢！可是你不在我身边，我的开心你也分享不到呢。对啦，两个孩子又长高了，天天念叨爸爸，可爱极了。我们爸妈都挺好的，对我也特别好，有什么好吃的都留给我吃，我太幸福了。丹柏，你就安心工作吧，不要担心家里、孩子，我会把我们的父母亲照顾好的，会把我们的家管理好的，更会把我们的孩子教育好的。

爱你的春球

春球写完信，在信纸上轻轻地吻了一下，才小心翼翼地装进信封。她想等到明天中午休息的时候，就迅速地跑到村口，把信投进邮箱里。

晚上，她做了一个梦，梦见丹柏轻轻地搂着她，亲吻她的额头、嘴巴，把她紧紧地压在身下……

六

五月的黄家村，到处都是绿油油的稻苗，远远看去，就像一片片绿色的海洋。今年的水稻像是长疯了，齐刷刷的，又高又大，也许是肥好水好阳光好，大家伙儿都说今年可是大丰收。

村西头儿的尾子一家更是高兴得不行。

尾子家有三兄弟，两个弟弟还在读书。尾子到了该娶老婆的年龄，因为家里缺钱，找好了对象却迟迟未能娶回家去，心里说不出的着急。春球看在眼里，心里自然明白尾子的苦衷。

夏天来了，蜻蜓在田野里蹿来蹿去，时而单独低飞，时而聚集；空气湿漉漉的感觉让春球浑身说不出的难受；阳光很毒，晒在脸上热辣滚烫。尾子看着疯长的庄稼，底气十足地对春球说："春球姐，今年的红利一定会超过去年。去年十分工分红利是七角八分，今年估计十分工分可以分到红利一元多。今年冬天一定把老婆娶回家！"

"好啊，尾子，那我们就等着吃你的喜糖！"春球笑道。

她也琢磨着，用今年赚的工分钱可以买回全家的粮、油、花生、棉花等物资，要是还有结余，得给公公婆婆买两块布，每人做一身棉衣棉裤。他们穿的衣服都老旧了，光补丁不说，棉絮都裸露在外面了；两个孩子的小白鞋一直没买，他们已嚷嚷着吵了很久；还要给丹柏买一顶帽子和围巾，在铜鼓的山区上班，那里天寒地冻，太冷了……

春球一路上想入非非，头重脚轻的感觉好几天都没有消失，这鬼天气，看样子要下雨。

果不其然，第二天，倾盆大雨骤然而至，狂风暴雨，飞沙走石，黄家村人从未见过这阵势，一时慌了手脚。春球眼巴巴地看着这汹涌而来的洪水，一筹莫展。三天之后，锦江河水像一头猛兽一样，从上游呼啸而来；位于下游的黄家村河水泛滥。

刹那间，村子里的人拼命把低处的物资转移到地势高的地方。哭声、喊声、雷声、雨声、房屋倒塌声、洪水呼啸声连成一片，黄家村瞬间汪洋一片，房屋被淹，稻田浸没在洪水里。

站在高处的村民，泪水汪汪："老天爷呀，你多么无情！我们的希望全落空啦！全落空啦！"

两天后，洪水才慢慢退去，整个村子到处都是淤泥。火辣辣的太阳炙烤着这个肮脏凌乱、丑陋不堪的村庄，叫人看了十分痛心。

菜地上，水塘边的淤泥地上坐着一个人，春球轻轻地走过去，只听见那个人轻声地哭泣："天啊！你怎么这样残忍！我们辛辛苦苦劳动，还没等到收割，全被洪水吞没了。今年，我娶老婆的指望又落空了。这就是命，难道我的命运注定要打一辈子光棍吗？既然如此，我活着还有什么意义呢？"

原来是尾子！

春球心里一酸，不觉掉下眼泪来。尾子一家，就靠尾子一个人劳动。年年两手空空，队里穷，家还能不穷吗？父母老实巴交，身体又不好，对家中窘况无能为力，两个弟弟还在读书。但是，村子里的人，谁都羡慕尾子她妈生下尾子。尾子吃苦耐劳，敬老爱幼，聪明懂事，是人见人爱的好后生。

可是现在，尾子内心绝望至极。

他坐在淤泥地上，口中喃喃自语，伤心欲绝。春球抹了一把眼泪，轻轻地走到他的身边。

“尾子……”春球轻声叫道。

尾子回过头来，看见是春球，突然哇哇大哭。春球有点儿措手不及，不知如何是好。哭声在菜地里回荡，悲痛欲绝。

春球走过去，揽着尾子，自己也失声哭泣：“尾子，想哭就哭吧！痛痛快快地哭个够，好吗？一场洪水不能说明什么，我们从头再来，你看，而今不是阳光灿烂了吗？”

尾子泪眼婆娑，一个人低着头，弓着背，瘫坐在地上。好一会儿，他才从地上爬起来，满脸羞涩地说：“春球姐，你别担心，我什么事也没有了，只是心里闷得难受，一时想不开呀……”

“尾子，你不要气馁，来年一定有好光景好收成的，相信姐，姐不会骗你的。”顿了顿，春球继续说，“尾子，你家猪圈里不是还有两头猪吗，没有被洪水冲走吧？我呢，也存了一点儿钱，去信用社取出来，全部借给你，你再向亲戚借点儿，争取今年冬天就把老婆娶回家……”

尾子怔怔地看着春球，一时难以相信，他惊讶地问：“春球姐，你借钱给我，是……是……真的吗？”

春球笑着说：“那还能假？绝对是真的！”

尾子突然跪在春球面前，一边流泪，一边哭诉：“春球姐，你怎么对我这么好？我一辈子都还不起你的恩情呀！”

春球一把扶起跪在眼前的尾子："尾子，这可使不得，站起来，我担待不起，会折寿的。"

尾子从地上爬起来，破涕为笑："春球姐，你就不怕我还不起吗？"

"不急！等你有钱再还。"春球笑着说。

尾子眼眶像泉眼一样，流淌出汪汪的泪水，他虽然没说出一个字，但是，春球心里知道，尾子所有要对她说的话，都从泪水中流淌出来了。

见尾子心情好多了，春球心里松了一口气："尾子，赶紧回家吧，我也要回去收拾自己那个家啦。尾子，没有过不去的坎，只要自己努力，生活会好起来的。"

尾子笑了，他说："我真傻，要不是姐来得及时，我都不知道怎么办才好？"

春球拍拍他的肩膀说："尾子啊，以后有什么事，你尽管跟姐说，能帮上忙的，姐一定尽力。现在赶快回家吧，不要让家里人担心你。"

"嗯！"他拍了拍裤子，站起身来，准备回家。远处传来尾子母亲一声声的呼唤："尾子——尾子——尾子——"

尾子听到呼唤声，没有多停留一分钟，朝春球鞠了一躬，回头往家里跑去。

目送着尾子的背影，春球的心里突然悲凉起来：丹柏，你在铜鼓工作，可是你知道吗，老家发生了一场水灾，我们的家差点儿就被淹没了，水稻被洪水摧毁了……丹柏，这场洪水太可怕了，我一辈子都后怕。你那里没有涨水吧？没有发生什么灾难吧？春球从来没有像现在这样渴望丹柏回家。

七

年终到了,村上计算工分值分红,每十分工分值人民币二角八分,比去年少了将近五角。

春球拿着从村会计那里领取的六十多元钱，有种欲哭无泪的心酸。辛辛苦苦劳累一年,到年终分红时,妇女们每天的工分值是一角七分钱,这算什么事啊?连自己都养不活,怎么养活两个孩子,怎么赡养两个老人?春球一时间心中充满了绝望。

真的太累了。

春球家人口多,劳力少,赚的工分钱,买不回全家半年的口粮,要不是丹柏有工资,平时开支的油盐酱醋都没有办法购买,更谈不上大米和食用油了。

绝望又有什么用?还是买不来生活必需品。春球思前想后,觉得如果再靠那一点点工分来维持生计，全家人不喝西北风才怪呢!俗话说:“读书人家里藏书,作田人家里养猪。”一个家庭在农村活命,如果不养猪,哪儿有肥料种瓜种菜;如果不养鸡鸭,哪儿有零花钱买盐茶酱醋?麻雀虽小,五脏俱全。

村里放假那天,春球一个人跑到集市上买回一头小猪,在厨房外围了一个猪圈,养起猪来。

春球从没养过猪,也没有打过猪草。什么草,猪吃了长膘快,什么草有毒，猪不能吃，春球都一窍不通。她每天出工时，就去向乡邻们打听养猪的事情。

“春球，真没打过猪草？”

“春球，见过猪草长什么样儿吗？”

“春球，明天中午跟我去割猪草吧。”

春球傻笑着说：“我没有养过猪，请你们多多帮忙啊！”

第二天中午，春球做工回来，一扒拉完饭就提了一个背篓，跟着几个本村妇女去村外头打猪草。姐妹们热情地告诉她，这些是牛皮菜、黏糊菜，那些是蕉芋、葛藤，还有构树叶、高丹草……春球记性好，她把这些猪草名称和形状一一记在心里，她想，此后再打猪草，就可以一个人来了。

傍晚，春球做工回来，挎着背篓，将自己割好的猪草一篓一篓背回家，再在婆婆黄玉英指点下，选猪草，切猪草，煮猪潲。

春球学会了养猪，现在，她再也不怨天尤人了，反倒觉得天无绝人之路，“人挪活，树挪死”，只要人勤快，还怕养不活家人？

小猪一天天长大，春球的心里比喝了蜜还甜。

猪长得越来越大，打的猪草不够吃，猪饿得在猪圈里哼哼直叫，还把猪栏门拱得咚咚作响，春球白天要去地里干活儿，没时间出去打猪草，心里一阵阵着急，完全没有了主意。

黄玉英告诉她：“春球，你把自家菜地边上种的几棵芭蕉砍来喂猪。”

春球急忙赶到菜地，拿起放在芭蕉兜下的刀，砍了一棵芭蕉扛回家，又把芭蕉切成片，倒在锅里，煮成猪潲，拿一个木桶从锅里舀出来，再倒进猪圈里，喂给猪吃。

春球琢磨着，要是把芭蕉全都砍了，以后就再也不能指望芭蕉来喂猪充饥了，得想别的办法。

俗话说，糠菜半年粮。多种菜，人吃的猪吃的自然都有了。可是地不多呀，找谁要去呢？

春球想到了村妇女主任春婶。

第二天一大早，春球跑到春婶家里，说明了来意。春婶说："水泵机房有座荒废了的坟堆，原来有人种过菜，现在没人要了，你去种吧！"

春球低头应了一声，说："谢谢春婶。"

春婶说："坟堆，你不怕？"

说不怕是假话，她从来没有一个人在坟地待过。春球壮着胆子说："怕什么？菜土肥，只要长菜就行。"

第二天天还没亮，春球拿起锄头、菜秧，挑起尿桶就往外跑，她要赶在做工之前把菜种好，别人才不会说什么闲话。

天上的云朵把月亮遮了一半，田野上朦朦胧胧；水田里的禾苗泛着绿光，在夜幕下有几声蛙叫偶尔传来。不一会儿，月亮钻出了云层，田野里又一片银白，幽静沉寂，黄家村还在大地上沉睡。

春球挑着尿桶，扛着锄头，朝坟堆方向走去。四周静悄悄的，一个早起的人都没有。快到坟堆边时，月亮又钻进了云层，田野里乌漆灰暗，迷蒙一片。

田边地头的虫子发出"唧唧唧"的叫声，远处村子里的狗狂吠起来，叫得人心里有些恐慌。

春球心里有些发毛，脚步有些踟蹰，突然想到自家的小黑狗。何不叫它来做伴？她想。于是她放下尿桶，提着锄头回家叫小黑狗做伴去了。

春球来到家门外，唤了一声：“小黑！”它马上摇着尾巴走过来，用舌头舔她的裤脚，在她四周欢快地跳跃着。

春球领着它，一前一后，一人一狗，朝着坟地走去。她有些庆幸，当年没有把这只流浪狗赶走，现在它是她的朋友、卫士、姊妹、亲人……他们相依为命，相濡以沫。

小黑狗来到坟堆前，有时，它蹲在坟堆旁，像卫兵朝四周观望；有时，它围着坟堆，东嗅嗅西踢踢，像侦探破案一样，寻来寻去，忙个不停。

春球一个人锄草、挖土、把石片捡到一边。月亮一会儿钻进云层，一会儿走出云朵。春球时而唤一声“小黑”，时而擦一下额头上的汗水。小黑偶尔狂吠几声，惊恐地看着四周。春球也跟着小黑惊恐地环视坟地。

随即田野又恢复了平静，春球继续挥锄挖土。挖好土，种上菜，春球挑起尿桶，到水泵机房那边的水塘里去挑水。

水塘不大，但是，有一个恐怖的传说。据村里人说，前不久有个老人心里想不开，在一个雨夜偷偷跑到水塘里寻了短见。有人说，落雨天的下半夜，还看见老人坐在水塘边哭泣。

春球提心吊胆地走到水塘边，心里很是害怕。她叫了一声小黑，小黑就靠在她身边，不离她半步。她觉得现在小黑是她唯一的依靠。她放下尿桶，用尿勺舀水；她把尿桶装满水，挑起来往坟堆菜地走来。

月亮又钻进了云层，天色不再是灰暗，而是完全黑了下来。

天好像要下雨了。

春球一边唱歌，一边浇水，恐惧感好像没有了，小黑也不知道去哪儿了。月亮完全躲了起来，它行色匆匆，根本不理会春球的艰辛生活。

天上看不见月亮，星星早已没了光亮，田野里黑沉沉的，让人心慌意乱，春球摇晃着疲劳的身躯，战战兢兢地返回在交错的小路上。

进了家门，春球一倒在床上就睡着了。

不知过了多久，早上的开工钟响了，春球好不容易睁开双眼，拿起劳动工具就往门外跑。

“春球，昨天晚上你听见有歌声吗？”在田里劳动时，小翠不安地说。

小翠住在从春球家去水泵房的路旁边。

春球还没来得及告诉她事情的真相，旁边的杨嫂抢着插话说：“我也听到了，听到有歌声。歌声从远到近，从我家门前飘过。”

春球偷偷地笑了起来。

杨嫂接着又说：“我打算穿衣起床做早饭，看见窗外黑沉沉的，好像要下雨。突然，飘来悠悠的歌声，吓得我又钻进了被窝里，不敢作声。”

几个妇女窃窃私语，神秘莫测的样子。

春球差不多要笑出声来了。

八

黄家村坐落在锦江河北岸的平川地带，水稻田像一大块一大块绿色地毯，铺在平川上，形成远近闻名的“米粮川”。这里盛产大米、棉花、花生、大豆、油菜等农产品。因为地势低洼，小溪小港纵横交错，近来雨水不断，内涝外患，柴草短缺。这里的人们吃饭靠大米，烧饭炒菜靠的是稻草和棉花梗。

春球家平时做饭烧稻草，冬天来了才烧棉花梗。因为冬天天气冷，老人小孩要烤火，棉花梗和豆梗的火炭更耐烧。

黄玉英指着楼板上的荆棘和杂树枝条，对春球说：“春球，这些柴火呀，都是丹柏以前放暑假或寒假回家时到河港岸边砍的，是留着你们娘儿仨回家过年烧的。”

春球心里涌起一阵温暖：要是丹柏和我们一起回老家多好啊！一起种地，一起砍柴，一起下田，一家人团聚在一起，比什么都强。可是丹柏有自己的事业和追求，怎么能拖他的后腿呢！

春球这样想着，心里忍不住又感慨起来：这几年，冬天如果不烧荆棘杂树枝条，她和孩子肯定会冷得够呛。丹柏想得真周到啊，她怎么能责怪丹柏呢？

春球看了一眼自家的楼板，只有几小捆稻草、零散的荆棘杂树枝条，心里估计，今年烧饭炒菜用的柴木杖缺少了。再要丹柏回家砍柴割草是不可能的，只有自己动手，去割茅草砍荆棘，才能解决缺少柴草的实际问题。

上哪儿去打柴割草呢？春球又犯难了。

出工劳动时，春球忍不住问春婶："春婶，你们家的稻草够烧吗？"

春婶回答："差一点儿，每年都要花不少时间到港边田头儿去砍柴割草。"

春球又问："港边田头儿光秃秃的，哪儿有柴和草呀？"

春婶看了她一眼，极认真地说："春球，砍柴割草是男人的事情，好苦好累，女人家吃不消的。你呀，还是花钱买点儿柴草吧！"

丹柏的工资才几十元钱，除了他自己的开支，汇给家里的钱只够买回全家的口粮，就是有点钱结余，不积存下来，万一老人小孩有个三病两痛，到哪儿要钱？春球是个要面子的女人，家里的苦衷，怎么能对别人讲？

春球点点头，对春婶说："我靠赚工分生活。钱要用在刀刃上，我只能靠自己的双手解决烧柴问题。"

春婶听她这么一说，笑道："你真顾家，真会过日子。"春球想，不会顾家，就不会过日子；不会过日子，那就只能穷一辈子。

会过日子的春球，打算去港边那儿砍柴割草。

那天早晨起床后，春球对黄玉英说："妈，今天天气好，中午我去砍柴割草，你早点儿做好午饭。"

"你——"黄玉英抢先说，"哪里有柴草呀？别吃这份苦了，还是买点儿柴草吧。"

"我去看看，说不定能砍到很多柴草哪！"

春球一边说，一边把茅刀、绳索、扁担准备好。黄玉英见她说得这么坚决，轻轻地叹了口气，回房去了。春球三下五除二把棕绳打成活结，又麻利地将棕绳套在扁担上，再把活结下面的结锁使劲拉紧，扁担和刀一并放在大门角落。

中午收工回家，春球匆匆吃了午饭，拿起大门角落里的绳索、扁担和柴刀，风风火火地往门外走去。

黄玉英急忙叫住了她，拿出一双手套，说：“春球，没有手套哪行，手都会被柴草刺扎破！”

春球接过手套，往裤兜里一塞，说了一声：“我走了，等会儿就回来。”

看着她远去的背影，黄玉英目光充满了关切，她自言自语：“这儿媳妇，上得厅堂，下得厨房，我家丹柏真是上辈子修来的福气，真没找错人啊！”

尽管没有在黄玉英面前直接说“谢谢妈妈”，但是春球心里已经很感激她了。记得上次摘棉花，没戴手套，还没摘多少，手掌被棉花的面壳扎得皮开肉绽，鲜血淋漓。回到家，黄玉英看见儿媳妇的手血肉模糊，小心地放在自己手心里，心疼得直掉眼泪。那一幕春球至今还历历在目，她庆幸自己有一个宽厚仁慈的婆婆。

出了门，春球在近处的河港田头走了一圈儿，别说是柴火，就连茅草都看不见，春球只好到胡家港西边的红土冈去碰碰运气。

她挽起裤脚，蹚过河水，走到胡家港，连奔带跑地来到红土冈。看见两丘田的田埂中间长满了茅草。她高兴得再次卷起裤腿，走进水田。来到田埂上，春球拉开架势，挥手不停地割茅草，心想，幸亏来了，否则哪里可以割到这么多柴草？她越割越快，越割越有劲，一会儿工夫就割完了。

茅草割完了，春球将这些茅草捆成两大捆，又用那条扁担刺入杂草中，挑在肩上，蹚过小河，上得岸来。

放下担子歇息的时候，春球觉得腿上痒痒的，用手去抓，软软的、滑滑的，低头一看，腿上爬满了又粗又大的蚂蟥，吸住皮肤，钻进皮肉，伤口流着血。春球一看，魂都吓飞了：心怦怦直跳，手不住颤抖，牙齿也在打架。

天哪，这可怎么办？荒郊野外，空无一人。春球急得随手拿起茅草，使劲地往腿上打，蚂蟥没打下来，反而把自已的腿打得又红又痛。

春球一边哭，一边用手去捉蚂蟥。蚂蟥粘住她的手不放，就像涂了黏合剂一样，甩也甩不掉。

为什么要来割这些茅草？这该死的茅草，都是它们惹出来的祸！天哪，我该怎么办？！

春球陷入了极度的恐慌中。

她拿起柴刀，想砍死这些蚂蟥，可是柴刀刚要落下，手又缩了回来。剁下去，手指不就没了吗？她于是用刀背去刮，这一招真管用，没想到蚂蟥纷纷滚落。

蚂蟥全都刮下来了，春球总算松了一口气，她挑起那担柴草，步履艰难地往回赶，在她脸上流淌的，不仅仅有汗水，更多的，是眼角流出的泪水。

那泪水里，有委屈，有心酸，有痛苦，有不屈……

下午上工的时候，春球一句话也没多说，她把中午的遭遇藏在心里，作为秘密，只想等丹柏回来的时候告诉他，作为一个女人，她有多难！

第二次去砍柴草的时候，她再不去有水田的地方了。沿着村子后山的路往里走，有一个小山坡，那里种了一大片松树。那是县林场的松树林。林场贴出告示说，任何人不准随便进入林区偷砍松树，违者轻则罚款，重则坐牢。看着这片松林，春球顿感全身凉爽。她顾不上告示上写着什么，双脚不由自主地踏进了松林。她在松林里发现了一簇荆棘蓬，蓬周围有不少二尺来长的茅草。春球高兴极了，赶紧放下禾杆和绳索，戴好手套，左手拿茅刀，在荆棘蓬上砍起来。

“嗖——”的一声，一条乌黑的小蛇溜了出来，从春球的双脚中间蹿过去。春球吓得往后退了几步，差点儿跌倒，几乎将手中的刀都丢掉了。等蛇溜远了，春球才不顾一切地砍荆棘。手碰到尖刺，手套被刺破，血流了出来，手指钻心地痛。

春球顾不了那么多，她只有一个心愿：砍更多的柴草回家，家里老老小小还等着她的柴草烧火做饭呢。

不远处的一个树杈上有一个鸟巢。巢里还有几个鸟蛋。春球放下柴刀，小心翼翼地把鸟蛋捡起来，用擦汗的毛巾包好，放在地上。

回去把鸟蛋煮给老人和孩子吃，他们很久没有吃蛋了。春球这样想着，心情忽而高兴起来。

砍了一阵功夫，她把荆棘茅草全都砍倒了，又把比较长的荆棘砍成两段，堆成两堆，把堆好的荆棘茅草用绳索捆起来。她又把包好的鸟蛋挂在禾杆上，挑着柴草走出红土冈，走到大路上。

“稀里哗啦——”，茅草从禾秆上掉下来，撒了一地，接着荆棘也散了架。春球抬头望望天上的太阳，心急如焚，赶不到下午出工，要扣工分，得不偿失啊！

春球放下扁担，把撒满一地的柴草重新堆起来，可是怎么也捆不住，看看太阳开始斜着走，她心里越来越着急，越来越烦躁。

“你不是本村人吧？不用急。我来帮你捆柴草。”

春球回过头一看，一个四十岁上下的男人走了过来。春球见他方形大脸，剃个平头，打着赤脚，手里拿把锄头，一个典型的农人，心里一块石头好像有了着落。

“我是黄家村的，柴草没捆住，又要去上工，烦死了……”春球不知道为什么，在一个陌生人面前，她第一次那么直率。

“茅草要折成两半，把荆棘放在茅草中间，用茅草捆扎好。拿绳索捆柴草时，要用脚踩紧。”他一边帮她捆柴草，一边给她耐心示范。

春球看他捆好的柴草，中间小两头大，绳索勒得紧紧的；自己捆的柴草呢，一头大一头小，绳索又捆得不紧，挑起来走路，柴草一上一下跳动，不散架才怪呢。

不一会儿，他把柴草捆结实了，说：“妹子，我从没见过你，你是嫁到这边来的吧？”

“我是黄家村黄丹柏的老婆，你认识他吗？”春球回应道。

“认识认识，当年黄家村读书出来的有名的大学生啊，谁不认识！”他忙不迭地说，“妹子，这样吧，我帮你挑到你们村口去。”

“那多不好意思！”春球感动地说。

“不客气。”那人说完，挑起担子就走。春球跟在他后面，又仔细看了看他：个子不高，长得很结实，走起路来很快，一双赤脚踩在地上噼啪作响。

不一会儿，他把柴草放在黄家村村口，等春球转身说“谢谢”的时候，他已经返身，走出了很远。

春球挑着柴草回家，一身轻松。心想，这回真遇到好人了。如果不是这个陌生人，说不定下午要误工呢。她决定下次挑一担箩筐，带上一把竹耙子去耙松针，这个灶口以后再也不怕填不满了。

回到家，黄玉英看见两捆柴草，高兴得合不拢嘴。笑着夸奖：“春球，你真能干！头一回就砍了这么多柴草。”

“当、当当——”下午开工的钟声响了起来，春球匆匆喝了几口水，拿起劳动工具，急匆匆走出家门。

“春球，你还没吃饭呢！”黄玉英追出门来，喊道。

“我是吃了中午饭去的。”春球回话的时候，她已经跟着她的姐妹们飞快地上工去了。

生活有苦也有乐，春球心里回味着，思索着，明天的太阳照样会升起来。

九

傍晚回来，黄玉英对春球说:“春球，丹柏来信了，你快看看。”说完，把信递给了春球。

春球一把接过婆婆手中的书信，颤抖着撕开了信封，哆哆嗦嗦展开信笺，轻声地读了起来:“春球，你身体好吗？小孩儿不淘气吧？妈妈待你好吗？粮食够吃吗？你是个好强的人，什么都不甘心落后，劳动一定要量力而行，决不能争强好胜，否则身体会垮的……”

春球无力地靠在八仙桌前，泪水打湿了她的衣襟。黄玉英站在身旁，一个劲儿地说:“春球，怎么了?是丹柏出事了吗?快告诉我，丹柏怎么了？”两个孩子乖乖地依偎在春球怀里，小声地喊着:“妈妈，妈妈……”

春球搂着两个孩子，转身对她婆婆说:“没什么，丹柏挺好的，放心吧，我们现在去做饭吃……”

那天晚上，春球又把信拿出来，就着豆大的油灯灯火，一遍一遍地念着，有一股暖流再次涌出来，先是在心里，后来在眼里，最后流到了嘴角。

丹柏，你知道吗，盼你的信，我盼了整整三个月，你知道我多想你吗？我一个人，带着孩子，照顾着老人，还要下地干活儿，养猪，砍柴……你知道我多辛苦！我现在一双手都起老茧了，你知道吗？可是我看到你的信，你信里面那么关心我，我所有的委屈，全都没有了，我只求我们一家人平平安安的，我不想再分开了，丹柏，你听到了吗？

思念就像这无边的夜色，将春球团团包裹住；更像是放飞的风筝，放风筝的人是春球，天上飞的是丹柏。

春球的眼泪一次次地涌出来，她想用手抹去，可是越抹越多，就像决堤的河水，倾泻而下。她拿着信，反反复复地念着，直到天快亮了，女儿醒了，才把丹柏的信收起来，折叠好，放在枕头下，然后又按了按，才放心躺下。

不久，春球收到丹柏写来的第二封来信，他在信中说他被县政府抽调到乡村参加“抓革命促生产”工作。他说领导信任他，要他设计山区学大寨的蓝图。他还根据上级领导的安排，写了宣传标语：“八字头上一口塘，梯田顺着山坡上，中间一条机耕道，新村建在山两旁。”他还说他们白天劳动，晚上经常学习……当春球看到他在信中说，由于眼睛近视，走夜路几次都滑入水田里时，春球一颗悬着的心，突然不安起来，她不敢再往下看，闭上眼睛，眉头紧锁；不一会儿，闭着的眼睛里又流出了泪水，一直流到脸颊，流到信纸上。

春球拿起衣袖揩干了泪水，她怕吵醒老人和小孩。

丹柏参加生产劳动能习惯吗？生活很苦吗？春球恨不得立刻去看看他，去看看那个很久都没见面的丈夫，可是怎么走得开呢？

春球心乱如麻，这日子，什么时候才是尽头啊！她强忍着眼泪，擦干泪水，面带微笑，做深呼吸运动来试着使精神得到有效的放松，让心情平静下来。她怕公公婆婆担心，更怕孩子害怕。

油灯下，春球摊开她熟悉的信笺，含泪回信："丹柏，来信收阅，不胜思念。得知你下去农村锻炼，这是一件好事，是领导对你的信任和栽培。你要克服困难，不辜负组织对你的厚爱。丹柏，你身体不好，眼睛高度近视，一定要注意身体，好好工作，将来，把一个完完整整的你带到我身边，好吗？"

写完信，春球抬头一看墙上挂着的闹钟，已是凌晨一点了。春球打了一个哈欠，给两个熟睡的孩子掖了掖被子，才安心躺下。

春节快到了，春球收到丹柏的第三封书信，他说小年就会回家。春球把这个消息告诉家人的时候，大家都兴奋不已。

黄道德说道："春球，你去村里借十斤糯谷，碾成米，儿子回来了，我们一家人过一个像样的年。"

冬天的雨，淅淅沥沥的，湿漉漉黏在发丝间，又湿又冷。春球踩着泥泞的羊肠小道，到村里借了十斤糯谷，又借邻居家的舂把糯谷舂成糯米，再到丹柏姑婆家借石磨磨成了米粉。

雅婷睡了，黄玉英怕孙女醒来，把雅婷的摇床搬到磨房。她在磨中下米，春球推磨，黄道德在门外劈柴，那条小黑狗蹲在磨房门口。

一切都那么美好。

"丹柏一年回家一次，他会给你们母女买花布做新衣的。"婆婆一边下米，一边笑着说。

春球看着越来越苍老的婆婆，动情地说："妈，丹柏有孝心，过年做新衣，少不了给爸爸妈妈一份，等日子好了，你们就安心享福吧。”

“春球，这些年多亏了你，吃这么多苦，给你做件新衣服是应该的。”黄玉英心疼地说。

“一家人不要说两家话，大家齐心协力管好这个家，和和睦睦过日子，我吃点儿苦也是应该的。你和爸爸吃的苦更多，要不是你们帮着照料韶涵和雅婷，我能有时间做事吗？”

见春球说得如此暖心，黄玉英眼里噙满了泪水。

这时，韶涵跑到奶奶身边，扯着她的衣服说：“奶奶，我也带了雅婷呀！”

黄玉英破涕为笑，她对韶涵说：“龙生龙，凤生凤，妈妈能干，韶涵也能干。”

韶涵高兴地说：“我还会帮奶奶捶背呢。”

黄玉英紧接着说：“你爸爸回来，一定会奖赏你！”

韶涵听了，高兴地笑了。她又抬头望了春球一眼，眼睛清澈，眼神专注，把在门外劈柴的黄道德都逗乐了。

十

丹柏回家那天，春球到县汽车站去接他。

冬日的太阳慵懒朦胧，被雾气包裹着，缠绕着。上午十点多钟还没有露出日头；路面铺了白霜，马路两旁的水沟里结了一层薄薄的冰，寒风不停地刮来，吹在春球的脸上，比刀割还难受；她双手哈着热气，双脚不停地跺着，用来驱赶身体的寒冷。

春球一直等到下午三点多钟，到达县城的班车才到。春球看到班车进站了，三步并作两步，走到候车室门口，焦急地等待丹柏的出现。车上的乘客下来了：一个、两个、三个……最后，丹柏出现在班车车门口。

他头上戴的还是结婚时她给他买的皮帽，皮帽下约一寸长的头发整整齐齐贴着额头，看得出来他刚刚理完发。他戴着一副近视眼镜，眼镜下是他那晒得黝黑的脸庞；身上穿件蓝色的中山装，背着印有“为人民服务”的绿色背包。

春球拼命地挥手，大声地喊着：“丹柏！丹柏！”

丹柏听到喊声，远远看见春球站在候车室门口，飞也似的跑了过来。两个人四目相对，眼里噙满了泪水。

“春球！”

“丹柏！”

两双手紧紧地握在一起。

“春球,这么远的路,天又这么冷,你来车站干什么呢?我又没带什么东西。”丹柏看着春球,又高兴又怜惜地说。

春球白了他一眼:“来干什么?来接你呀,傻瓜!”说完,抹了一把丹柏的脸。

“你瘦了,也黑了,丹柏。”春球痴痴地看着眼前这个男人,一字一句地说。

“春球……”丹柏想过去拥抱一下他的老婆,但是始终没有,车站人这么多,他要把爱带回去,单独留给她。

丹柏从车上抱起一捆两米长的硬木棍,春球上前去接:“这不是东西是什么?”春球笑着回答。

丹柏说:“座位旁边还有两只水桶。”

丹柏返回车厢,提着两只水桶下了班车,一只水桶装了两斤笋干,一只水桶装了一包干薯片和几斤板栗。

“自己不舍得吃带回家,上车下车多麻烦呀!”春球心疼地说,看着丹柏不住地傻笑。

“东西不多也不重,我拿得动,你就不用拿东西了。”丹柏笑着说。

“我不想走,你背我回家吧!”走出候车室,春球撒娇道。

丹柏蹲下身子,做了一个背人的姿势,春球从后面一步跨到丹柏的背上,双脚紧紧地夹在丹柏的腰上。丹柏背着她,感觉春球是那样的轻盈、滚烫、柔美。

那是他的妻子,孩子的妈妈,父母的媳妇,是这个女人,用生命在呵护着他的一家人、他的思念、他的事业。他要用一生的时光去爱她、宠她、照顾她……

有一滴泪落在春球的手上，那么晶莹，滚烫。是丹柏的，她知道只有她的丹柏才会如此爱她。她伏在他宽阔的背上，陶醉，幸福，安稳，踏实。她好想在他背上美美地睡一觉，这一年来她所受的委屈，所遭的艰难，都会烟消云散。

可是，丹柏的一滴眼泪，在手臂上长久地停住，让她不假思索从他背上滑落下来。

“春球，怎么要下来？你不是要我背你吗？”丹柏期待地看着她。

“傻瓜，你背不动我了。”春球笑了一声，用手指在他头上轻轻地敲了一下。

春球将几根硬木棍扛在肩上，丹柏用一根硬木棍挑上两只水桶，他们一前一后，行走在回家的马路上。

“春球，爸爸妈妈待你好吗？”

“好。”

“小孩没少惹你生气吧？”

“没。”

“春球，家里老的老小的小，多亏了你啊！”

“爸爸妈妈也出了不少力。”

“这里的妇女多累呀，你吃了不少苦吧？”

“没有。”

他转过身，面对着春球，心疼地说：“还没有，看你又黑又瘦，这样下去，风都能把你吹起来！”

春球丢下木棍，急急地走过去，坍塌一般伏在丹柏胸口，望着丹柏的眼睛，无声地哭了起来。

太阳光软黄黄的，散乱地照在山旮旯里，没有一点点温暖，冷风呼呼吹来，在狭长的山路上扫荡，把春球的头发吹得凌乱不堪。她双手被风一吹，冻肿的手指裂开一道道口子，硬生生地痛。

怎能不知道自己的皮肤晒黑了，人也累瘦了？但是，春球听到他说自己黑了瘦了的时候，泪水顷刻就涌了出来。这一年以来，她多么想在信中跟他讲讲心里话，多么想在他面前倒倒心中的苦水，多么想他早一天回家跟自己一起过日子啊！

眼前的这个男人，他有什么魅力让她死心塌地跟他受苦受累，有什么能耐让她一如既往跟他生儿育女？

春球把所有的苦水都化作无尽的泪水，在丹柏胸前一泻千里。

"春球，你怎么流泪了？"其实，丹柏心里又何尝不是泪水涟漪，只是他忍住了，他一个男人有泪不能轻弹。

"就是你！"春球的泪水又情不自禁地涌了出来。

他从裤袋里取出小毛巾帮她揩泪水，充满歉意地说："对不起，春球，是我没做好这个丈夫，我请你原谅，以后一定会对你好的。"

不知道过了多长时间，春球站起身来，看看丹柏说："丹柏，我们回去吧，爸爸妈妈和孩子还在家里等着我们呢。"

看见那十几根木棍，春球忍不住又问道："丹柏，大老远的回来，你拿那些个木棍干什么呀？"

"硬木棍这里很少，是我专门请人砍的，带回来可以做扁担、做锄头把。"丹柏回答说。

这样一个男人，春球看着她哭笑不得，拉着他的手问："你的手这么冷，怎么不把短大衣穿回家？舍不得穿是吗？"

丹柏的那件短大衣，是结婚时春球买给他的结婚礼物，那是当年春球花了三个月工资才买到的，那是她爱的见证。

他的脸“唰”的一下变白了，张了一下嘴，嗫嚅着，想说什么，可是欲言又止，将嘴边的话咽了回去。

莫非短大衣弄丢了，还是送给别人了？他这个人从来不知道爱惜自己，只知道帮助别人。春球眼里掠过一丝不悦。

“春球，你不要难过，你不要生气啊！”他慢慢地说。

“你说，是不是送人了，还是弄丢了？”春球心里产生一种不祥的预感，她急不可耐，摇着他的双手，急切地问道。

丹柏眼前浮现出几个月前的一幕。

参加完下乡宣传工作后，他回到单位，领取了工资，把工资和平日里积存下来的钱，小心翼翼地珍藏在皮箱底下，准备一同带回家给父母、老婆、孩子，过年买新衣服和年货。他想到家里吃饭的人多，还特地买了一个大号铝合金平底锅，买了几斤春球爱吃的板栗，放在平底锅里，每天掰着手指头计算着回家的日期。

可是县里来了新任务，全县抽调民工修河堤，他作为文艺骨干要去做宣传工作。他二话没说，回家背上一床棉被，带了两套换洗衣服，急急忙忙坐班车去了河堤工地。

那件短大衣，他没舍得穿，留在了宿舍里。

有一天夜里，宿舍楼起火了，短短两个小时，宿舍楼化为一片灰烬。虽然有人在宿舍楼里抢救出不少东西，但是丹柏住在楼上，不仅人不在家，门也锁住了，他的东西一件都没有救出来，全部变成了灰烬。新买的铝合金平底锅，熔成一团金属饼。

丹柏知道火灾发生的事情，是一天以后了。看着化为废墟的所有家当，他欲哭无泪，他所有的积蓄和家当，他唯一的短大衣，统统都没了。

他的心里充满了无奈。

火灾过后，县里给了一点点救济款。可是他考虑到受灾的人多，比他更困难的不少，而自己还有工资，就主动放弃了补助。

丹柏说完，无奈地看着春球，那眼神里有一种随时听候发落的委屈。

看着丹柏有点儿滑稽的样子，春球并没有发脾气：能说什么呢，破财消灾吧！

春球说："丹柏，幸亏你不在家，否则，你住在楼上睡着了，又是半夜起火，后果不堪设想。"接着她又安慰说，"别难过，财产是身外之物，只要人没事就比什么都强，可以东山再起嘛。"

她捏了一下丹柏的鼻子，又在他脸上轻轻地摸了一把。

其实春球心里也很郁闷，她看着丹柏闷闷不乐的样子，假装满不在乎，对丹柏说："丹柏，你当年为什么喜欢我呀？"

"你说呢？喜欢就喜欢，还需要理由吗？"

"哼，当年是你拿什么谜语来套路我好吧。"春球假装生气。

说起当年的谜语，丹柏不厚道地笑了。

"是吧，我就说了你当年故意套路我的。"

"哎呀，都是当年的事了，不提了不提了。"丹柏的脸上出现了一丝红晕，眼睛里闪烁着异样的光芒。

真没想到，他如此羞于提起自己的初恋经历。春球看着他的眼睛，露出了幸福的笑容。

"丹柏，你还记得以前没有通车时，我回家的必经之路吗？"

春球突然问道。

“怎么不记得？而且记得特别清楚。这条路有七十多里长，沿着小河大约走十里路后，就开始翻山越岭，不一会儿，路边的参天大树似乎被我们踩到脚底下了。翻过了山坡，还有更高的山峰；翻过了更高的山峰，还有比它更高的山峰。哎呀！人们筋疲力尽，还没能走到高山顶上，走到了高山顶上，才走过一半路程。高山顶上有一个小饭店，供肚子饿了的行路人在那里充饥。也供累了的行路人停下脚步歇一歇，吃点儿自己带的零食，填饱肚子，准备下山。”丹柏顿了顿，继续说，“听说新中国成立前这条路是唯一一条通往县城的交通要道，在这条路上经常有坏人出没，抢劫财物，强奸妇女。不时还有豺狼和老虎出来伤人。人们听了都打冷战。我从来没有一人走过，都是结伴而行。可是春球，你一个姑娘家，总是单独行走。我真佩服你的胆量，一个男人都不敢做的事，你却毫不在意，真是一个了不起的人！”

丹柏的话语里显露出几分敬佩。

“我哪儿有不怕不累的呀，我是麻着头皮向前走，心里估计着，走完了多少里路，还剩下多少里路。心急步伐快，我只想早点儿赶回家。我一路上自己鼓励自己，别害怕，会平安无事的。”她回过头来，又笑着说，“丹柏，自从认识了你，我每次回家你都会送我一程，有你的陪伴，我不再胆小怕事了，这条山路也就成了我们爱情的见证之路。”

丹柏不住地点头，眼睛里充满了爱意。

“春球，你发现没有，在这条山路上，山上的树木从来就没人整修过，树上爬满了藤蔓，藤蔓缠绕在树上。它们相互依靠，彼此吸附，真是完美的结合。”

春球立刻就听出了丹柏的话中话，她娇滴滴地说道：“丹柏，你知道吗？不管是树，还是藤，都是由一粒种子落入土里发育而成。这种子不论是被风吹来的，还是被鸟带来的，它们都能随遇而安，然后破皮发芽，茁壮成长。它们不管环境恶劣与否，地势如何险恶，只是一个劲儿地向上生长。它们的生长并不容易，浸染了奋斗的鲜血与汗水。丹柏，我们一路走来多不容易呀，你说，我们是不是要好好生活，才能对得起我们当初的爱情？”

丹柏直愣愣地看着眼前这个熟悉的妻子，瞬间感到了自己的浅薄与无知，他庆幸自己娶了一个他一辈子都引以为荣的知己，爱人，妻子，朋友和战友。

春球说完这些话，连她自己都感到吃惊，自己怎么知道这么多道理？她再次把目光投向丹柏：他浓眉大眼，年轻英俊，朝气蓬勃。

这么帅气英俊、才华横溢的人，怎么会看上了自己呢？春球羞涩地问：“丹柏，我还是不明白，你这么优秀，有才华，怎么就看上了我呢？你们学校有文化的、漂亮的女孩子随处可见，你为什么只喜欢我？”

“你又来了！我刚才不是说了嘛，缘分，这就是缘分。躲都躲不掉的，懂了吧？”

“缘分？莫非真的是缘分？”春球重复了一句，“你还真相信命运呀？”

“是命运安排我们俩相遇的。那天，我与我单位领导帅主任去办事，你正好从我们对面走来，看见你与帅主任互相打招呼后，帅主任向我介绍说，你是春老师的妹妹，人很好的。我不由自主地看了你一眼。当时我感到十分惊讶，总觉得在什么地方见过你，很熟悉的面容，就是想不起来，也许是在梦里吧。”

丹柏俏皮地说道，然后看着春球，痴痴地笑。

“丹柏，我们根本不认识，你以前也根本没有见过我，怎么想得起来呢？”

“你哥是一位勤奋、敬业、人品好的老师，我与他来往密切，可能是你太像你哥的原因吧。你还记得自己当天的打扮吗？”丹柏又开始回忆。

“我从来不打扮。”

“不是说你涂脂抹粉。”

“既不讲涂脂抹粉，那说什么呢？我真没印象。”

“我现在仍然记得很清楚。那天，你穿着朴素简单，头戴草帽，肩扛锄头，一双赤脚，红红的脸上透出诱人的微笑。一眼就看出你是一个勤劳、俭朴、美丽动人的姑娘。哪个男人见了会不追呢？这种突如其来的熟悉和认定，使我相信姻缘是前世注定的。我决定要和你谈恋爱，要和你结婚生子，要和你患难与共，恩恩爱爱到时间的尽头。”

春球的脸上泛起一道红晕，风依然凛冽，可是春球感觉这空气是甜的。

“丹柏，那你确定我就一定会爱你吗？”春球笑着问他。

“以前不能确定，现在完全可以确定。亲爱的，你很爱我，我也很爱你。”丹柏认真地说道。

“臭美吧，你！”春球啐了他一口，“说实在的，追我的人都很优秀。我也知道，当时的法定结婚年龄是男二十岁，女十八岁。我虽然已经二十三岁，属于‘大龄’少女，但是我从未考虑过自己的终身大事。由于你的出现，我明白了，谁也不能回避这件事：男大当婚，女大当嫁。”

“春球，那你为什么跟我谈朋友呢？”

“丹柏，说老实话，你写给我的两封信，我都保留着原封未动，没有拆开，直到邮递员送来了你的第三封信，我才好奇地拆开来看。”

“春球，那时的联系方式只有通过邮局寄信，这种方式不确定性大，寄出去的信一个月毫无音讯是常有的事，寄失也是常有的事。我以为信在邮局丢失了，所以我一而再，再而三地写，总不会封封书信都丢失吧？我写信给你，就是想把自己一颗最真诚的心给你。”

“春球，你还记得第三封信上写的是什么内容吗？”

“哎呀，肉麻死了！不说了。”

可是丹柏不管这些，他像孩子似的，在春球面前念起了他曾经给春球的情书：“春球，如果你不嫌弃我，如果你能嫁给我，我愿意照顾你一生一世，永不变心。即使危难之时，穷得讨饭，我也会先让你吃饱。我真心地喜欢你！春球，如果我的表白被你拒绝，那也很正常。因为男女相好，是两相情愿的事。感情不是凭空产生的，要充分的交往了解，才有火眼金睛穿越未来……”

当年丹柏的独白，像一堆干柴被火柴点燃，燃烧起春球心中的爱情之火。这爱火如此神奇，它使春球简直找不到任何理由拒绝眼前的这位求婚者。

春球觉得自己很幸运：是丹柏大胆的求婚，让她拥有了自己的幸福。尽管现在日子很艰苦，但是她相信，好日子总会来临的，只是时间长短问题罢了。

“丹柏，我认为事实也是如此。很多优秀的男人，怕女方拒绝，怕失去自尊心，失去尊严，从而不去追求自己所喜欢的女人，这个男人就不配拥有这个女人。”

“我这一生最大的收获是遇到了生命中的另一半——春球。”

这是他们婚后第一次这么长时间地交流，坦荡、真诚，充满善意。他们都觉得，他们的爱更深了，情更浓了。这种聊天，对春球来说，简直是一种享受。

谈笑中，他们回到了家。

一家老小高兴得手舞足蹈。韶涵依偎在爸爸胸前说个不停。雅婷似乎认出了爸爸，但说起话来还只是咿呀学语，含含糊糊，只有她自己才能听懂。丹柏抱起她来的时候，她似乎有点儿害羞，离爸爸远远的，睁开双眼望着陌生的爸爸傻笑。春球和黄玉英忙着做晚饭，黄道德则扶着拐杖坐在儿子旁边唠叨不停，笑容始终挂在脸上。

春球在做饭的时候，依稀听到丹柏的父亲在和丹柏聊天：“丹柏，你真有福气！春球是人见人夸的好媳妇。她里里外外一把手，不要我们操半点儿心。我年岁大了，又患有肺痨病，成天咳嗽，她没半点儿嫌弃，经常问寒问暖，还请来医生帮我看病。你能把她娶回家，我们黄家算是烧高香了。这么好的儿媳到哪儿去找？”

春球羞红了脸，扭过头去，装作在认真地做饭。

吃饭的时候，丹柏把带回家的钱给了春球，春球执意不要，并且说：“丹柏，钱交给爸爸妈妈呀，他们管家更好。”

两个老人推脱着说："我们老了，管不动了，交给春球吧，她是个会过日子的好媳妇。"

春球坚持了一会儿，见老两口儿坚决拒绝，她只好接过"管家"这个担子。

黄家村的夜晚，冬天总是呼啸着北风，春球家近旁的那棵大槐树被吹得"呼呼"作响。春球缩在被窝里，看丹柏一个人在房间逗两个孩子玩游戏，心里升起了无限的柔情；再看看他只穿一件极薄的卫生袄，消瘦单薄的身躯，在冬日的夜里愈发显得落寞，心里不觉如同针刺一般。

她把孩子安置在另一张床上，哄孩子入睡了。丹柏轻轻地拉了一下春球，看着她如饥似渴的眼睛，他将嘴唇猛烈地压了上去。

外面天寒地冻，房内温暖如春。

第二天，春球寻思着，丹柏在外工作，这么冷的天，大衣还是要买一件。于是她要同丹柏去商店买大衣，可是丹柏好歹不同意。春球只好打算一个人进城给他买衣服。

丹柏急了，说："我不怕冷。"

春球知道他是怕花钱，要把钱留着给家里用。新年就要来了，要不干脆买好布料，请裁缝师傅来家里做新衣，春球想。

于是，春球买回布料，先给爸爸妈妈做新衣，然后给丹柏做了件仿军大衣，两条短裤和一条长裤，有多余的布料给韶涵缝了一件马夹。

这个春节，春球从来没有这样幸福过，在她的面前，再苦再累的日子都是阳光明媚。

十一

尾子终于结婚了。

乡亲们都送各种不同的礼物来贺喜,有送搪瓷杯的,有送搪瓷脸盆的,也有送枕巾床单的。春球思来想去,决定给尾子送一件最需要又与乡亲们不一样的礼物。

婚礼之前,她特意到百货商店,花了十来元钱,买回一块白棉布、几卷五彩绣花线。

春球是一个心灵手巧的女人,小时候在娘家就喜欢绣花、纳鞋、缝衣服。回到家,她把白棉布剪成二尺二寸长、一尺六寸宽,又把自己设计的图案用复写纸印在白棉布上,然后把白棉布固定在圆圆的竹子做的绣绷中。穿针引线,花了好几个晚上,绣出两条金黄色的金鱼在水中游泳。那金鱼,大大的脑袋上绣出了两只黑溜溜的大眼睛,圆圆的小嘴巴吐出小泡泡。春球又用橙黄色的绣花线绣出扇子形的大尾巴,用草绿色的绣花线绣了些活生生的水草。

她想把对尾子新婚的祝福都绣在这对金鱼上,寓意他们新婚幸福,百年好合。

第二天,春球把这对枕套拿出来给公公婆婆看,他们看了都说:"我活到几十岁,还没有见过绣花的枕头。这两条鱼就像真的一样在水里游动,活灵活现。送给尾子,他一定喜欢得不得了。”

春球又仔细看了看她的“作品”:针脚整齐,配色清雅,线条流畅,很有活力。她得意地笑了,决定在尾子新婚的那天亲自送给尾子。

新婚的夜晚,大伙儿都来闹洞房,大家目不转睛地盯着这对漂亮的枕头,有几个年轻的姑娘问新娘:“这枕头在哪里买的?可以帮我买一对吗?”

本村的那几个闹洞房的后生答话:“这枕头一定很贵,你舍得买吗?”

“我舍不得买,你买给我呀!”其中一个姑娘打趣道,那个后生吐了一下舌头,脸上立刻羞红了。

“是呀,你买呀!你买呀!”众人起哄道。

新房里洋溢着快乐的气氛。

隔壁李奶奶问新娘:“新娘子,我摸一摸这条金鱼,行吗?只摸一次。”

李奶奶一脸的羡慕。

春球听了,“扑哧”一声笑了,说:“这枕头是我送给新郎新娘的,这是我亲手绣的,用钱也买不到!以后,我们黄家村,谁家娶亲嫁女,想要绣花枕套的,包在我身上!”

新房里爆发出热烈的掌声。

此后,村里谁家办喜事都找上门来了。更多的时候,是年轻女孩子吃了晚饭后有事没事上春球家聊天、看刺绣、学刺绣。

黄家村的早晨,村子被一层薄薄的雾水包裹着,秋虫的呢喃清脆悦耳，稻田里翻滚着一片片金黄的稻浪，家家户户门前的禾场上晒起了稻谷。

秋天开始登场了。

“哪个短命鬼，敢偷我的糯谷……”

春球正在做早饭，听见隔壁菊花在嚷嚷，尖厉的声音穿过厚厚的泥巴墙，刺入她耳朵里。

禾场上顿时聚集了一群人，他们端着饭碗，斜眼看着菊花，想知道她到底在骂谁。

阳光出来了，昊昊地照在黄家村的每一栋房屋上、每一块稻田里，温暖而充满柔情，给秋后的山峦涂上了一片金黄的色彩。

“自家不种糯谷，偷别人家的，没本事别现世了！”菊花继续咒骂着，“以为自家多大本事，还不是靠偷别人糯谷过日子，真不算人！”

禾场上的人面面相觑，不知道菊花在骂谁。

春球正往灶里添柴，当她听到这一句“自家不种糯谷”的时候，手颤抖了一下，燃着的柴草差点儿没拿住。

她的心里似乎有什么东西堵着，闷得发慌。

“菊花，骂人不能指桑骂槐哦，是谁偷了你家糯谷，说出来嘛，免得大家心里不舒服。”

尾子正好去春球家还钱，不成想在这里听到菊花骂人，心里听着不舒服，不觉愤愤地说。

“是谁，自己心里还没个数吗？”菊花余怒未消。

在黄家村没有种糯谷的，除了五保户，就是春球家。菊花说的是谁，大家彼此心知肚明。

众人齐刷刷把目光投向了春球家。

尾子随着众人的目光扫了一眼春球家，他不相信春球会做这样的事：春球姐那么善良，怎么会呢？

“你不要冤枉人，谁会在乎你那点儿糯谷？！”尾子瞪着发红的眼睛，几乎吼叫着。

“哟，你那么着急，莫非是你偷了？我可没说是你呀，怪不得你三天两头往这边跑呀……”

“你！”尾子一着急，气得差点儿上去揍她。

“你什么你！你没资格在这里说话！”菊花揶揄着叫道，“偷了我家的糯谷，做缩头乌龟，又不敢出来，是怕没脸见人吧？”

这时候，菊花老公深一脚浅一脚地从里屋走出来，微眯着一双醉眼，吼着菊花：“你在叫……叫……什么呀，……丢……不丢人，不……不……就是……是一点……一点……糯谷吗？”

“你个死鬼，天天就知道喝酒，怎么不喝死你，没用的东西，你怎么不去死！”菊花吼道。

那个醉意十足的男人乖乖地返回了房间。

春球站在厨房里，听到菊花的谩骂，怔怔地，进也不是，出也不是，好像那个偷糯谷的贼就是她。

黄玉英走过来，看着春球：“春球，我们没偷别人东西吧？你看菊花在禾场上骂人，多难听。”

“妈，您怎么这样说呢？我怎么会去偷别人东西？我再穷再苦，也不会做那种事呀。”春球说着，眼泪都快流出来了。

“没有就好，没有就好。我们家没种糯谷，我怕她怀疑我们，听着她骂人，心里很不舒服。”黄玉英满是歉意地说道。然后又在墙壁上贴着耳朵,听菊花那一声一声难听的咒骂。

菊花自顾自地指桑骂槐,大家都莫名其妙地愣着。

尾子没好气儿地来到春球家,见春球愣愣地站在厨房里,忙问:“春球姐,你怎么啦,生病了吗?”

见是尾子,春球才回过神儿来:“尾子来了,吃饭了吗?我在做早饭呢。”

“吃过了。春球姐,你没听到菊花在骂街吗?多难听,我恨不得上去抽她,太没有人味儿了。”

尾子还在怒气冲冲。

“听到了,管她骂谁呢,不做亏心事,不怕鬼敲门。”春球回应道,“哦,对了,尾子来有什么事吗?”

“春球姐,我是来还钱的。你看,都借了那么久没还,多不好意思。”说完,从口袋里掏出一沓“工农兵”大团结,小心翼翼地送到春球手里。

“尾子,你哪来的那么多钱,捡到金子了?”春球疑惑地说道,回头盯着尾子,好像极不相信的样子。

“我和我媳妇两个人养两头猪卖的钱,哪里有金子捡哦。”尾子笑着说。

春球把钱收下,回屋放在枕头下,用手按了按,才从里屋出来。那边菊花还在肆意骂人。

“还说没人偷,昨晚我收糯谷的时候,发现比早上挑出来的糯谷少了一半;还说没人偷,是鬼偷走了呀……真是好吃懒做的一家人。谁吃了我家的糯谷,会不得好死!”

尾子从春球家出来,听到菊花还在喋喋不休,气不打一处来："你在骂谁呢？谁稀罕你那点儿糯谷！"

"远在天边，近在眼前。你说谁就是谁。"菊花不依不饶，针锋相对。

"你不要血口喷人！"尾子愤怒至极。

春球听见尾子和菊花对骂起来了，慌忙走了出来。

"菊花姐，怎么啦？"春球问道。

"怎么啦？糯谷被人偷了。你说怎么啦？"菊花双手叉在腰间，眼睛睁圆，盛气凌人。

"有这样的事？你会不会记错了？"春球依然笑着问她。

"怎么会错？谁偷了，谁心里有数。"

"倒也是……不过，在这里发脾气也没用啊，菊花姐……"春球突然感觉自己不知道说什么好。

"肯定是家里没有糯谷的人偷了，只有那种人才爱偷东西，吃进去会拉不出的。"菊花一边说，一边头也不回地往回走。

聚集在菊花门口的大伙儿，因为要去做农活儿，都散去了；只有春球，呆呆地站在那里，心里火辣辣的，有一种钻心的痛。

尾子走过来，说："春球姐，我们也去干农活儿吧，不跟小人一般见识。"

春球应了一声，跟着尾子上工去了。

"菊花应该是在怀疑我偷了她家的糯谷，因为只有我家没有种糯谷，也只有我家男人不在家，况且她家与我家是邻居……"春球这样想着，心情更加郁闷。

她是最不能被人误解的，她的眼里容不下沙子，如果是丹柏冤枉了她，她一定会和丹柏闹一个底朝天；但如果确实是自己做错了,她会毫不犹豫地承认错误,绝不会一笑了之;她是这样做的,连教育孩子的方式都是如此,她自信她的孩子从来不拿别人东西,更不会偷别人的财物。

春球一个下午都浑浑噩噩,脑子里老是想着这件事。傍晚回来的时候, 又听见菊花在自家院子里向着她家在咒骂:“偷了别人糯谷又不敢承认,吃了去死!”

春球实在忍不住了,走到菊花家门口,喊道:“菊花姐,你这样骂了一天了,到底骂谁呢?”

“我骂那个偷我糯谷的人。你管得着吗!”

“哪个人偷了你糯谷?你看见了吗?”

“还用看吗,猜也猜得着。”

“那你猜到了是谁偷了你家糯谷?”

“没种糯谷的人呗。”菊花撇撇嘴。

“我家就没种糯谷……”

“我可没说是你偷的!”

有一瞬间,春球差点儿晕了过去。她抬起头看着菊花那愤怒的脸,泪水都快流出来了:“菊花姐,你不能乱冤枉人,我家是没有种糯米,但是并不能说明我就偷了你家糯谷,你要讲道理。”

菊花鼻子哼了一下,不再言语。

秋天的黄家村,天黑得特别早,夕阳刚下山,暮色就裹挟着整个村庄。寒风袭来,春球打了个趔趄。远处传来女儿韶涵呼喊“妈妈”的声音,清脆而童稚,在空旷的村子里随着袅袅的炊烟一同飘来。

春球迈着沉重的脚步,离开菊花家门口。

第二天，黄家村家家户户都在议论，说丹柏家的人偷了菊花家的糯谷，而且有人说得有鼻子有眼。那几天只要有人看见春球，都嘁嘁喳喳，指手画脚，投来异样的目光。

春球一时间陷入了极度的恐慌中。

这事引起了妇女主任春婶的关注，她来到春球家，对春球说："春球，我相信你家没拿菊花家的糯谷，你们家不是这样的人。在黄家村，老黄家可是出了名的老实本分，说你们家偷了菊花家的糯谷，谁也不会相信。可是菊花一口咬定糯谷少了。春球，你说会不会是她那个酒鬼老公，偷了糯谷去卖，然后换酒喝了？"

春球猛然一惊，她突然想起那天菊花老公醉醺醺地从里屋出来的情形。

"那天我看见她老公从里屋出来，一副醉醺醺的样子。"春球幽幽地说，"但是也不能肯定就是他偷了糯谷卖了去买酒喝呀。"

"这事交给我，春球，你不要难过，不会让你蒙受不白之冤的。"春婶说完便匆匆走了。

第二天，春婶来到村支书家，把这几天菊花家糯谷被盗的事情说了一遍，又把菊花怀疑春球偷了她家糯谷的情况以及她老公喜欢酗酒的情况做了一个分析。村支书听完后对春婶说："春主任，这事我会解决好，你要安抚好群众的情绪，让人家互敬互爱，不能闹矛盾，搞分裂。"

几天后，村支书把菊花、菊花丈夫、春球叫到了村委会，村支书说："菊花，你家糯谷不是春球偷的，是你老公偷去换酒喝了。不信，你问你老公。"

菊花盯着她男人："是你偷去换酒喝了？"

她男人默不作声。

“你个死鬼！叫你喝，叫你喝，为什么不喝死你！”菊花咆哮着，咒骂着。

那男人一声不吭，任由菊花诅咒。

村支书拉开了菊花，对她说：“说春球一家人偷谷，你也相信？这几年你们邻里邻居，你丢失过什么东西吗？就算别人的金子银子丢在地上，春球一家碰都不敢碰一下，这么本分老实的人，怎么会做出这种出格的事？你自己也不用脑子想想！你以后再也不能冤枉一个好人了，记住了，远亲不如近邻，没有根据的事不要胡乱冤枉人。在广播站，去给春球道个歉，以后还要做邻居的。”

村支书回头又对春球说：“春球，事情弄清楚了，你以后也不要说什么了，好吗？得饶人处且饶人。邻里之间，低头不见抬头见，要互相谅解，互相包容。”

春球笑着说：“支书，谢谢你把事情弄明白，还我清白就可以了。”

第二天一大早，村里的广播喇叭里传来了菊花的声音：“我是菊花，我家的糯谷，是我那该死的老公拿去……”

春球总算舒了一口气，但是她觉得，心里总有一丝丝疼痛，让她不能释怀。

十二

黄家村的夏天，放眼望去，四处是谷子、玉米、大豆、瓜果……满眼浓郁的绿色，绵延不断，一望无际，俨然是一个绿色的仓库。一条水渠从农田流过，横贯东西；村中那条小河静静地从村口流过，站在桥上，河水里游鱼细石清晰可见，夏日的阳光照在水面上，波光粼粼，水光潋滟；小河两岸，一片片土墙农房就像一座座岛屿分散在绿海里，形成一种天然美景。

春球的房子就坐落在村头那条小河边，那棵红豆杉树上红彤彤的果实，每到初冬，特别晶莹可爱，春球喜欢静静地看着它们掉落下来，那种感觉让她有一种对生命的崇敬。

可是房子很小，小到只能容纳他们一家人，连个转身的空间都没有，房子也很破，房顶是杉树皮盖的，黄色的泥巴墙壁，由于年代久远，裂出一道一道的缝隙，乍一看，似乎随时都会坍塌；走进屋里，里面三间房，每一间都又矮又窄，春球的房间只能放一张床、一张桌子、一个谷仓；一间是厨房和吃饭厅，另一间是丹柏父母的卧室。尽管拥挤，但是一家人过得温馨和谐，春球心里很舒服。

景色再美，家人再温馨，可是如果丹柏回家没地方容身，她春球心里总觉得不舒服。房子实在太小了，两个孩子慢慢长大，不能总是挤在父母的床上。春球渴望着,梦想着拥有属于自己的一间住房,可以不大,能放下一桌、一椅、一床就行……

梦想的力量使春球茅塞顿开。她一拍脑袋:自家房子侧面不是有块空地吗?只要在老屋墙上开个门,把三面围起来建一座房子,该多好!春球好像哥伦布发现了新大陆,眼睛放光,兴奋不已,她把这个想法随即告诉了公公婆婆他们,期待着老人的赞同。

两位老人二话没说,一个劲儿地点头。

黄道德寻思着说:“我们是不是把养猪的地方也腾出来,那就可以盖两间房了。”

春球猛然醒悟,她一拍大腿:“对呀,我怎么没想到!”说完,立刻跑到猪圈旁,拿了一根绳子,和公公黄道德细细地量起了那块地的面积。

“爸,我们盖房子的钱不够,要不写信给丹柏,要他汇一点儿钱回来?”对着公公,春球小心翼翼地问。

黄道德的脸“唰”地红了,瞬间又转成白色。幸亏春球没发现,否则他要钻到地缝中去。在儿媳妇面前,他一个堂堂男人拿不出一分钱来盖房子,对他来说,简直无地自容。他“哦,哦……”了两声,便折回房间,再也没有出来。

他想他一定要想办法赚点儿钱,拿给春球盖房子。

春球还沉浸在自己的幻想当中,全然没有注意到黄道德尴尬的表情和失落的心情。

第二天,春球把自己的想法一五一十告诉了春婶。很多事情当她拿不定主意的时候,就会跑到春婶家,向她请教,请她帮助,这在春球看来，已经成为一种依赖和习惯了。

春婶是土生土长的农村妇女，年龄比春球大十多岁，做事泼辣，为人直爽，村里小姑娘小媳妇有什么难事，都爱跟她唠叨，久而久之，她便成了村里妇女儿童的“守护神”。她的丈夫在县城上班，因为她家公家婆年纪大，不愿离开老家，所以春婶放弃了去城里住的想法，留在黄家村照顾两个老人。

她的房子在一棵大槐树下，春球进来的时候，只见院子里收拾得干干净净，一群鸡鸭在槐树下专心觅食，春婶正在屋前辣椒地里除草施肥，见春球来了，立刻放下手头的活儿，风风火火地从地里回来。

“春球，什么风把你吹来了？”春婶笑着，一边开门，一边沏茶，还顺手掇了一把竹椅，叫春球坐下。

“春婶，我今天来是有一件事麻烦你帮忙……”春球把自己想盖房子的念头详细地跟春婶说了一遍。

“这是好事呀，春球，你真能干，丹柏回农村来，解决住房是大事。以后他就有一个属于自己的安乐窝了，我支持！你有什么困难只管跟我说，能帮上忙的一定帮。”

听完了春球的计划，春婶立刻表示赞同。

“但是我想占用我家房子侧面的空地，不知道村里能不能答应？”春球幽幽地说。

春婶说：“明天我去跟队长说说，你也去请示一下队长，我想没问题。”

没过多久，春婶就特意来到春球家里，兴奋地告诉她说：“春球，你盖房子的事，村委会同意了。”

春球一听，心里高兴极了，没想到村里批复得这么快，这真是一件值得高兴的事！她对春婶说：“春婶，谢谢你，今天在我家吃了晚饭再走吧。”

“不啦，我还得去打猪草呢，要不然那两头猪又要闹翻天啦！”春婶一边说，一边迈开碎步，眨眼间就不见了踪影。

十三

春球开始筹划盖房子的大事。

房子虽小，只盖两间，但是也少不了房梁屋架、瓦片、椽皮……黄家村一马平川，没有高山，也就没有树木。

春球思来想去，婆婆说可以去找舅公舅婆帮忙，春球心想，目前也没有更好的办法，于是只好硬着头皮去找他们，请他们想办法。他们说，没有木料，毛竹代替，而且毛竹更便宜，一半做横条，一半做椽子。

春球回来后便四处打听，终于打听到有户人家有毛竹要卖，她吃完中饭便急匆匆地赶到那户人家家里，将他家的毛竹买了下来。

要把毛竹掮回家，看似简单，实则很不容易。春球又犯难了。她从小到大，从来没有掮过毛竹，怎么办？

春球把一根毛竹掮在肩膀，竹子又长又重，不是前面撞地，就是后面拖地，行走起来像一个醉汉，还不时地在肩膀上磨来磨去，左右摇晃，滑稽可笑不说，又苦又累，一阵功夫就把肩膀磨得又红又痛。

长长的毛竹，一点儿也不好换肩。如果把毛竹放在地上，从地上重新抬起来换肩，会累得腰都直不起来。

春球坐在地上，累得气喘吁吁。

后来，春球想到一个换肩的办法：让竹尾拖地，双手举高毛竹，低下头弓着背换肩，这样，疼痛的肩膀可小憩片刻。走走换换，换换走走，虽然累得骨头像散了架，头发紧贴在汗迹斑斑的额头上，但是减少了疼痛感，而且掮竹子的速度也快了很多。

回来的时候，黄玉英从里屋拿了一块围兜让春球带上，说：“用围兜垫在肩膀上，肩膀不会磨破皮，可以减少肿痛。”围兜是围在孩子胸前防止流口水用的，同时可以接住吃饭时掉下的饭粒、菜渣、菜汤。它是春球剪的几层旧布做的软垫。

掮第二根毛竹，春球用围兜垫在肩上，觉得确实减少了不少疼痛，毛竹换肩也灵活多了，不觉得有那么累了。

就这样，春球一个人一天掮两三趟，五天时间，她把毛竹全部掮回了家。回头一看自己的肩膀，已经红肿了一大块。晚上她用热毛巾敷在红肿的地方，感觉舒服多了。早晨起来，红肿消退了许多。

梁子的问题解决了，砖瓦却还没有着落。

砖瓦厂就在去县城的路上，春球抽了个中午的时间，跑到砖瓦厂询问了价钱，垒两间房的砖头需要不少钱，可手头儿钱不够。

春球心里犯了愁。

在黄家村，不少人盖房都是自己做泥砖，只有丹柏家缺少劳动力，没办法只能自己想主意。春球琢磨：要不写信给丹柏，要他想办法寄钱回来买砖？可是丹柏那点儿工资也只够一家人吃喝拉撒，哪儿还有多余的钱盖房？听人说，一万片瓦能盖将近三十四平方米的房子，盖两间小小的房子，差不多也要这么多片瓦。春球拿出算盘噼里啪啦一打，盖房的瓦钱倒是有余，那就先把瓦买回来再说吧。

瓦片买好了，把它运回来又是一件难事。掮竹子的肩膀还隐隐作痛，如果又要挑瓦片，肩膀还受得了吗？不行，得想其他办法。

从砖瓦厂到村里正好有一条机耕道，这条道路是村上送公粮经常走的一条路。送粮时，家家户户都是用独轮手推车。如果借手推车走这条机耕道运瓦，岂不是省时又省力？春球眼前一亮。

春婶家里有独轮车，春球中午扒拉了几口饭，就直接往春婶家里走去。

“春婶，我想借你的独轮车用一下，行吗？”

春婶吃着饭，吃了一惊：“你要独轮车做什么？”

“运瓦呀！”

春婶吃了一惊：“你还会推独轮车？”

“不会，我学呗。”

春婶瞪大了眼睛：“不会推车，借车有什么用？弄不好车翻人倒地，瓦片摔碎了是小事，摔伤人可是大事。”

春球笑着说：“你是推车能手，你教我，不就会了？”

春婶听了这话，笑了起来：“春球，你可真会找师傅。”说完，从里屋推出一辆手推车，她自己先做示范，再手把手教春球怎样推车。

“要把握好两个车把，掌握好重心，尽量保持手推车两边重量平衡，推车时靠肩膀套绳担力，两脚跟车轮成三角形前进。”

春婶一边说着推手推车的要领,一边做着示范。

春球接过手推车,按照春婶说的要领,尝试着自己推车,她觉得还行,于是她告辞了春婶,推着车准备运瓦了。

许多事情说起来容易做起来难,春球推车去砖瓦厂拉瓦,没想到用手推车运送瓦片还真不是那么容易的事情。

黄玉英见春球一个人出去拉瓦片,不忍心,带了一根棕绳,从后面撵上她,说:“春球,我来帮你拉车,你一个人拉那么多,要拉到猴年马月呀!”

“妈,你回去吧,即使拉到猴年马月,也要拉回来呀!”春球笑着说,却并没有执意让婆婆回家。她想,在路上两个人互相做个伴,总比一个人要好得多。

到了砖瓦厂,春球买了三百片瓦,装上车,再用绳子缚住,觉得稳稳当当了,再也不会掉落,她才拉开架势准备推车。说来也奇怪,平时看别人推车不用费大力气,只要跟车前进就行,现在自己推车就没有那么顺溜了;春婶教的推车方法不管用,她费力地推着车,车就好像是桀骜不驯的野马,不听使唤,一会儿倒向左边,一会儿又倒向右边;一会儿向东,一会儿向西。春球打着趔趄,怎么也驾驭不了这手推车。她婆婆在前面拉,可手推车还是不听使唤,费了九牛二虎之力,还是把握不住车头的方向。

婆媳俩累得出了一身大汗,手推车还没走出两里路远。春球不知道该如何是好。她想,借手推车运瓦片,为的是省力又省时,可是,现在推车,比用肩挑还费时费力,真烦人。

春球干脆停了下来,坐在地上歇息。她擦了一把汗,又喝了一口茶。

两个人的力气怎样才能合在一起？手推车怎样才能不东倒西歪？春球琢磨着，与黄玉英一起商量着对策。

“我在前面喊号子，左右左，你在后面看我双脚，也喊号子左右左，两个人的步调一致，这样行走会好点儿吧？”黄玉英试探性地说，目光里充满了征询。

春球站起来，重新拉开架势，按照婆婆说的方法，两个人步调一致，也别说，走起来顺畅多了。车身左右晃动也不那么厉害了，双手使劲时，似乎能处于平衡状态了，车轮滚动能轧在车辙上了，速度也快多了。

春球感觉身体轻松多了。

她又模仿男人推车的架势，把车套绳挂在肩膀上，圈套套住把手，双手抓稳把手，双腿迈开，弓着身向前。奇迹出现了，车轮轧在车辙上一直向前滚动，速度也更快了。

“吱吱、嘎嘎，吱吱、嘎嘎”，一路上，手推车吱吱嘎嘎地唱着，伴着婆媳俩的脚步，勇往直前地朝她们家的方向奔去。

有了第一天的经验，第二天，婆媳二人多装了一百块瓦片。一路上，春球推车走在机耕道上，觉得太阳也没有那么毒辣了，微风在身边助力，汗水也流得少了，婆婆在前面拉车似乎也不用那么吃力了。

第三天，春球起了个大早，天还没亮，便一个人推着车来到砖瓦厂，装完瓦片就出发了。

瓦片拉回家，黄玉英嗔怪道：“春球，你去拉瓦片也不说一声，害得我没能帮你，多不好！”

“妈，瓦片也不多了，我一个人完全可以拉完。再说这活儿多累，再要你去，丹柏知道了还不数落我呀！”春球笑着，擦了一把脸上的汗珠，接过婆婆端来的早饭，狼吞虎咽吃完了。

中午收工回来，春婶老远就看见春球一个人推着一车瓦片，竟然在机耕道上轻松自由地小跑，惊讶不已，说：“春球呀，你真行！别看你一个女人家，做起事来不输任何一个男人，能干、泼辣，什么事一学就会。看你推车，哪儿像是个新手呀，真像一个车把式呢！”

春球脸一红，笑着回应：“名师出高徒！是大婶教会我的，我学会推车，先要感谢大婶您呢！”

经过菊花家门前时，菊花仰着脸，撇着嘴，眯着眼，上上下下打量着春球，说：“哎呀，春球，真看不出来呀，你这个城里来的大小姐会推车，太阳从西边出来了！”

春球尴尬地笑笑，一时不知道说什么好。没过多久，在她的身后，传来“哈哈哈”的笑声，一浪一浪的，很久才消失。

正午的骄阳毒辣辣地照射在黄家村的每一寸土地上，热浪一阵阵袭来，村头那棵柳树的叶子晒蔫了，每户人家门前的狗伸出长长的舌头，躲在阴凉的树下乘凉；知了伏在河边的树梢上，不知疲倦地聒噪，叫得人心里一阵阵烦躁；春球卸了瓦片，在厨房里随便擦了一把脸，在竹床上一躺下就睡着了。

有了毛竹和瓦片，土砖又到哪里去买呢？春球想，只有去问舅公舅婆，他们或许知道哪里有土砖出售。

果不其然，舅公告诉他说：“这个容易，我帮你打听打听。”

第二天早上，村里的邓婶上门对她说：“春球，听你舅公说，你要土砖盖屋，我家有土砖。由于地势低，放砖的水田进了一点点水，我老公脚痛，不能下田搬砖，放在那里，浪费了。你如果不嫌弃，你去搬就是。”顿了顿，邓婶又说，“我家做的砖头又大又厚，是自己设计的土砖模具，也是自己建房用的砖。垒的房子，墙厚，夏天不热，冬天不冷，房子又坚实。这土砖很重，每块约重二十多斤，男人才搬得动，你是万万不行的。”

春球一听，感激地说：“谢谢婶子，我必须付钱给你，做砖也不容易，这是辛苦钱，不给你，良心会不安的。”

“土砖浸在水里，时间久了泥会散架，也会没用。你抓紧时间请人搬上田埂晒，砖如果烂在田里，什么都不是。要你付什么钱？乡里乡亲，说钱就见外了。”邓婶继续说，“我带你去放砖的田里看看，不过田埂很高。”

春球跟着邓婶出了门。到了田边，她看见那田里土砖真不少，田埂差不多齐腰高。把土砖搬上田埂，中间要经过一丘田，脚踩在泥田里，田埂就显得更高。要把这些土砖搬上岸，可得费一番工夫。

做好的土砖总比现请人做要来得快，再费力气也得把这些土砖搬到田埂上晒。春球下定决心，打算把这些土砖都搬回家去。她不顾来了例假身体不适，深一脚浅一脚下到水田里，把土砖捞上来，再放到田埂上去晒干。

土砖又长又宽又厚，加上浸了点儿水，就更重了。把土砖捞起来放到田埂上面也就更费力气。

春球弯下腰，双手抱起土砖，然后把土砖靠在肚皮上，一步一步移动脚步；靠近田埂时，用膝盖顶住土砖，再奋力向上把土砖放到田埂上面。没搬几块土砖，春球身上的衣服裤子全都湿了，汗、泥、水混成一片，就像泥猴一般。

时间才过了一个小时，春球却觉得土砖一块比一块重，她上气不接下气，腰酸背痛，直不起身子。尿水不自觉地流出来，月经纸掉入水田里，水染成了红色。下午，春球的肚子疼痛难忍，胸口也作痛，双手酸痛，再没有力气把土砖举起来了。

春球坐在田埂上，看着眼前这一块一块的土砖，又厚又重，一座小山一般。太阳像一个火球烤在她身上，天空没有一丝云彩；她看着那些土砖，慢慢变成一栋房子，里面金碧辉煌，她的两个孩子在房子里嬉戏打闹；丹柏从房子里出来，身上挎一个绿色的书包，那包上绣了大大的两个红色的字——“春球”，她迎上去，迎上去……

心中有一个梦，她春球什么苦都能吃。

稍作休息，春球继续搬砖，她凭着感觉，用脚趾仔细摸索着田基，身体向前倾斜，一步一步地踩过去。她向前面的田岸上扫了一眼，琢磨着砖头放到哪个位置更近。临近田埂的时候，一不小心，脚一滑，身体马上就要倒下去。情急之中，她把抱住的土砖使劲地扔了上去，而自己的身体，却直挺挺地倒在田岸边。

看着那块土砖，稳稳地落在田埂上面，居然没有掉入水田里，她心里有一种庆幸的感觉。随后，她继续把一块一块土砖搬到了田埂上面。

太阳渐渐挂在了西边，热浪却依然咄咄逼人。春球抹了一把脸上的汗水，继续搬砖，她恨不得生出第三只手来把剩余的砖头都搬完。天慢慢黑了下来，暑气还没有完全消散，黄家村家家户户的房顶上升起了袅袅炊烟，形成一片片青白交汇的云朵，盘旋在村子的上空，显示着村庄的朝气，炫耀着故乡的生机。一阵微风吹来，田野里飘来了淡淡的饭菜的香味；暮色中传来村子最末头那个牧羊老人吆喝牲口的声音，在满是温馨的夜色中，显得那么委婉动听。

春球拖着疲惫的身体，艰难地爬上田岸，脚腿不听使唤。她跟跟跄跄地走回家，还没到家门口，全身就打起冷战。她急忙走进睡房，坐在尿桶上小便，突然觉得天旋地转……眼前一黑，“砰”的一声，尿桶横倒在地，春球栽倒在尿水中，什么都不知道了。

当春球睁开眼睛的时候，黄玉英泪流满面，不停地喊着：“春球，春球！”她一边用手掐住春球的人中，一边用热毛巾帮她擦洗身上的污渍；她又看见韶涵跪在她身边大声喊着“妈妈，妈妈”。春球想用手去擦韶涵的眼泪，发现手湿淋淋的，有一股难闻的臭味，她迅速把手缩了回来，有气无力地说：“傻子，妈妈好着呢，妈妈没事，别哭，别哭哈。”

黄玉英一边哭，一边把她的衣服从外到内一起脱下来换了，然后扶她到床上躺下，心疼地说：“人都晕倒了，还说没事。”转身去了厨房。

一会儿，她手里端着一只装有水的小饭碗，走到床沿边说：“我帮你揪痧，你坐稳。”

春球看见她麻利地用食指和中指背，像蜻蜓点水一样在水中点一下，攥紧拳头，然后食指和中指弯曲如钩状，像钳子一样，先夹揪她的眉心，之后夹揪喉结和脖颈。夹揪一下，又松开一下，每次都发出“嗒”“嗒”的响声。

春球咬着牙，强忍着痛。

黄道德独自一人坐在房子外边唉声叹气。黄玉英边夹揪边说：“春球，你是闭痧了。民间叫——揪疙瘩。把痧揪出来，病才会好。”她接着说，“揪痧要用冷水，像你这样才夹揪两下，皮肤马上出现痧红，多夹揪了几下就呈现黑紫瘩，要夹揪十几分钟以上。”说完，她又用力揪起来。

春球被夹揪得疼痛难忍，就说：“妈，我舒服多了，不要揪了。”

“刚准备吃饭，听到一声巨响，我走进房间，发现你不省人事躺在地上，真吓死我了！”说完，她眼睛又噙满泪水。

春球平躺着，迷迷糊糊地睡着了。

第二天起床，春球浑身无力，全身疼痛，手指和肚子起了泡，里面汪着水。但是，看见太阳挂在天空，她心里又想到浸湿了的土砖，天气这么好，不抓紧把土砖捞上来晒，土砖有可能会散掉，不如趁早捞起来。

春球挣扎着起来，打算去田里捞砖。

“人都累成这样，还捞什么砖？你不要命啦！”黄玉英走过来叱责道，“在家好好休息，哪儿都不能去。”

“妈，我必须这几天把砖全都捞起来，过几天一旦下雨，土砖散了就没用了。”

“那你也不能去！散了就散了，不能把命给搭上。”黄玉英还在絮絮叨叨。

“我不能去谁去，丹柏去？”春球苦笑一声，看着婆婆，“你说，谁能去？”

黄玉英叹了口气，她觉得他们黄家人欠春球的实在是太多了,他儿子丹柏一辈子都还不清。回到里屋,她又偷偷地抹起眼泪。

吃完饭,春球跑到田里去搬土砖,尾子正好路过,看见春球在搬土砖,惊讶地说道:“春球姐,你搬这些土砖干什么用?”

春球说:“我寻思着盖间房子,需要土砖……你怎么跑这里来了?”

“刚卖完猪回来。”尾子一边说,一边卷起裤筒,下到田里,说,“春球姐,你怎么不叫上我帮帮忙?这根本不是女人干的活儿,你赶快上来,我帮你搬。”

“我搬得动,麻烦你多不好意思。”春球说。

“你这是什么话?你帮我的时候,眼睛都没眨一下,你有事我不帮,那我还是人吗!再说,你人都累成这样了,还说搬得动,别逞强了,丹柏哥知道了,还不知道有多心疼呢!”

说完,尾子捋起袖子,走到田里,搬起砖来。他人高马大,力气十足,每次都搬四块土砖,来来回回,就像一头不知疲倦的牛。

在尾子的帮助下,盖房子的土砖总算全都捞起来了,放在田埂上晾晒。天空作美,这些天烈日炎炎,土砖全都晒干了。

春球悬着的心终于放下了。再难的事情,只要自己坚持,总能取得成功。

丹柏的舅舅,在附近一个村做木工和泥瓦匠,村里不少房子都是他帮着盖的。他听说春球家要盖房,特意跑过来帮她。

春球大老远就看见丹柏舅舅带着几个人火急火燎地赶来,丹柏舅舅见面就嗔怪道:“春球,盖房的事是不是又打算不要我帮了？”

春球笑了起来，打趣说：“舅舅日理万机，哪敢劳驾呀！你现在不请自来，我还打算亲自去请你呢。”

“不请自到。”他们几个人边说着趣话，边把工具放下。春球看见伙计们商量了一番之后，便拿出线尺，丈量土地，又在线上撒上石灰，再在开门的位置上，量好了门的高度和宽度，标好了记号。

舅舅对伙计们说：“大家休息一下，还早。”转过身来，他又问春球，“春球，你买鞭炮了吗？”

“没买。”

“家里有点心吗？”

“没有。”

他笑了一声，对春球说道：“盖房子也不大方一点儿。”

春球羞红了脸，过了好久才说：“途中休息，我煮鸡蛋给你们打点心。如果还需要什么，只管直说，我马上去买。”

“不用了，我都带来了。”丹柏舅舅失声笑了起来。他打趣道，“春球，搞我们这一行的，在动土之前，先要摆上点心，还要放鞭炮。意思是告诉‘土地爷’，我们要挖‘土地爷’所管的土地。这样‘土地爷’才会保佑我们建房顺利，保佑主人事业有成，生活幸福。建房的过程有三个阶段要放鞭炮：第一是刚刚动土，第二是上梁，第三是竣工……”

他说完，看了几次时间，然后拿出他带来的点心摆上，接着又拿出鞭炮，划着一根火柴，点燃鞭炮引信，只听“噼噼啪啪”的响声在黄家村响彻云霄。他又把点心分给了一旁看热闹的人，才宣布破土动工。

“春球，今日是良辰吉日，是入宅、安门、盖房子的好日子，所以我们才不请自到。”

春球点点头，似懂非懂。

邻居都走过来了，他们有的送菜，有的送茶，有的送点心，有的送烟酒，有的帮工。

春球家这么多年来第一次这么热闹，春球眼里蓄满了泪水，她觉得，在黄家村她是一个幸福的女人。

房子盖好以后，春球买了几张红纸，托人写了一副对联。上联是“向阳庭院风光好”，下联是“勤劳人家幸福多”，横联是“阖家欢乐”。然后她又拿出一张红纸，剪出一副活灵活现的喜鹊登梅，贴在房门中间。

她想，丹柏回家，一定会兴奋不已。

搬进新房的那天晚上，春球一个人坐在窗前，她看着柔和的月光穿过窗户，慢慢地照进房间，流水一样在她身上洒过；院子里的橙子树，撒了一地斑驳的树影，葡萄藤随着晚风轻轻摇曳。这样宁静的夜晚，丹柏在遥远的异乡。她真想告诉她的丈夫，在她的不懈努力下盖起了两间新房，等他回来，他们可以好好地过他们的二人世界。她甚至幻想着她和丹柏重新谈一次恋爱，那种感觉，温馨浪漫，就像当年丹柏去药店追求她的时候那样青涩淳朴，那该多好呀！

她这样想着，躺在床上，不一会儿就进入了梦乡。

第二天，多年没有交往的邻居黄林生跨过一墙之隔的围墙，笑着说:“嫂子,恭喜你呀！”说完一屁股坐在竹椅上,点燃一支烟,悠闲地吸起来。

“林生兄弟,你来啦,同喜同喜。”春球赶紧沏茶,让座。

“茶就不喝了,我过来是有一件事想跟你商量。”见春球惊讶的样子,他慢条斯理地说,“你们住的这房子,是我父亲卖给你们的,那时候情况不同……”

夏天的黄家村,热浪袭人,远处天边飘来一层层乌云,整个村子瞬间便笼罩在紫色的阴影里。看样子又要下暴雨了,春球这样想着,心里涌起一阵阵逼人的燥热。

“林生,你怎么能这样呢？”春球说,“房子都已经卖给我家了,钱也给你父亲了,你怎么可以要回去呢？”

“我不承认卖给了你们,那是上辈子做的买卖。”黄林生从耳朵上取下一支烟点上,吐出一个烟圈儿,“再说,你们说卖给你们了,拿出契约我看看。有契约,我会认可;没有契约,我坚决不认可。”

黄林生叼着烟,斜眼看着春球。

春球一时语塞,契约在哪里她怎么知道?她只记得父亲跟她说过,由于当时买这半边房的时候是亲兄弟,好像没有写什么契约。万一真没有契约,那该怎么办啊?

看到春球缄口不语,黄林生嘴角露出一丝得意的微笑。“你拿得出契约,我不再打扰;你拿不出契约,我还会来的。”他说完这话,便甩门出去了。

春球怔怔地站在房里,疲倦与不安就像这高温一样布满了全身。

丹柏,咱家是怎么回事啊？春球心里充满了憋屈。

十四

初冬来临的时候，春球家后院的那棵红豆杉树结满了果子，晶莹剔透，就像一颗颗珍珠玛瑙，在阳光下闪烁着耀眼的光芒。

春球上工走了之后，有三个陌生人来到了春球家里，他们绕着那棵红豆杉树转了好几圈儿，眼睛直勾勾地看着鲜艳欲滴的红豆杉籽，脚步始终不肯挪开。

“请问，你们是……”黄道德站在院子里，对于他们的到来他有点儿莫名其妙，于是试探着问道。

“老哥，你那红豆杉籽卖不卖？”一个操着外地口音的中年汉子随口问道。

“这玩意儿还能卖钱？”黄道德将信将疑，“平时鸡都不吃，你们要这东西干什么？”

“老哥，这你就不懂了，这东西在外面卖大价钱，像你这一树红豆杉籽卖出去，可以赚一栋房子的钱。”

黄道德眼前一亮，家里刚盖了两间房，还欠着一屁股债呢，如果把红豆杉籽卖出去，不就可以还清债务了吗？他这样想着，真是踏破铁鞋无觅处，得来全不费工夫。

“那我这树红豆杉籽可以卖多少钱？”黄道德着急地问道。

“老哥，咱明人不说暗话，一口价，二百元，怎样？”另一个穿黑色T恤的年轻人说道。

二百就二百，反正是捡来的便宜，黄道德心里想。但是他并没有急着答应，而是反问道："你们这事不违法吧？违法我可不负责任啊。"

"违哪门子法哟，你们哪家人不是摘了它泡酒喝，违法了吗？没有吧？再说，你不说，我不说，大家都不说，违什么法？是不是？老哥！"站在旁边的另一个中年人说道。

黄道德心里有点儿忐忑不安。

三人见黄道德犹豫不决，一齐起身，说道："既然老哥不愿意卖给我们，那我们去下面那个村子收，不为难老哥你……"说完，他们三个人相互使了一个眼色。

"好吧。"黄道德说，"不过，要你们自己爬树去摘，我一个老头子可上不了树。"

"那是当然的。"那个中年汉子说话之间便拿着尼龙编织袋"噌、噌、噌"地爬到树上去了。

黄道德站在树下，仰头看着他们在树上麻利地采摘着红豆杉籽，不一会儿，那一树红豆杉籽就被摘得精光。他看了看，满满的两大袋。其中一个人从内衣口袋里摸出二十张"大团结"，躲躲闪闪地塞到他手里，并说明年还来收购。说完，便匆匆离开了。

望着他们离开的背影，黄道德总感觉在哪儿见过，但一时又想不起来，他也没想那么多，得了钱，兴冲冲地回屋，跟老婆一起数钞票去了。

黄林生站在他家门前的草垛上，嘴里吸着烟，眯着眼睛，脸上露出一丝莫名其妙的微笑。

傍晚，春球收工回家的时候，黄道德老两口把那二百元钱兴高采烈地交到她手里：“春球，你去把做房子欠的钱还了。”

春球并没有去接，吃惊地问道：“哪儿来这么多钱？”

“这你就别管了，春球，不是偷的抢的。”婆婆黄玉英一脸开心，“还清欠账还有结余，春球，你自己把钱留着用。”

春球看着这一沓厚厚的“大团结”，心里生起了一种前所未有的担心，她忐忑不安地接过婆婆手里的钞票，一言不发地回到房间。

这时黄道德走了进来，对春球说：“春球，今天有几个收红豆杉籽的人来我们家，他们说愿意用二百元收购我们的红豆杉籽，我卖给他们了。”

“爸，红豆杉是国家一级保护植物，不能动它的，你卖了红豆杉籽，不会出什么事吧？”春球忧心忡忡。

“能出什么事？我卖的是红豆杉籽，又不是红豆杉树；再说，村里人不是每年都会摘红豆杉籽泡酒吗，没看见谁出事吧？况且这红豆杉籽不摘，每年都浪费了，谁也没说不能摘呀！”黄道德满不在乎。

春球这才把钱接过来，用一个手帕仔仔细细地包了又包，放在装衣服的一个旧柜子的底层，上面用厚厚的衣服压着；但她心里还是莫名其妙地忧虑，很久没有睡着。

十五

半个月后，春球一家全乱套了。那天黄道德在自家院子里正跟大伙儿聊天，突然被镇上林业工作站的人带走了。

黄玉英倒在地上，翻来覆去地打滚儿，吓得说不出话，只是一个劲儿地抽噎；韶涵放声大哭，雅婷也缩成一团。春球下工还没到家，半路上看见桂花走过来，一把眼泪一把鼻涕地哭诉。

“怎么啦，桂花婶？”春球大吃一惊。

“春球，快回去吧，你家出事了……”桂花叫了起来。

春球一怔，手中的锄头差点儿掉落下来：“出什么事了？”

“你公公被镇上的人抓走了。”

春球眼前一黑，整个人几乎要栽倒在路上；幸亏桂花手快，一把扶住了春球。瞬间，她好像明白了什么似的，疯了一样向家里跑去。她的身后，跟着蹒跚奔走的桂花，还有桂花那一句句：“慢点儿，春球！慢点儿，春球！”回到家，春球看到眼前的一幕，惊呆了。过了好一会儿，她才醒过味儿来。她一边扶起倒在地上的婆婆黄玉英，一边抱着哭泣的两个孩子，一边打探事情的来龙去脉。

“春球，快去找村支书，看是怎么回事？”赶过来的桂花，上气不接下气地说。

“多谢婶婶，你知道我公公是因为什么事被带走的吗？”春球着急地问道。

桂花摇了摇头。

菊花从自家里屋窥见黄玉英瘫坐在地上号啕大哭，她扭着腰肢，手里拿着瓜子儿，一路走过来，边走边说：“春球，你家公怎么了？怎么突然就被抓走了，是犯了哪门子法哟？”

春球刚想反驳，话到嘴边又咽了回去。她觉得此时说什么都是多余的，其实也确实无话可说。

“菊花，你可不要乱说，事情还没弄清楚，谁都不知道什么原因，也许是一场误会呢！”桂花对着菊花愤愤不平地说。

“我怎么乱说了？大伙儿都看见黄道德被镇上的人抓走了，又不是我搬弄是非，哼！”菊花一边嗑着瓜子，一边将瓜子壳狠狠地吐在地上，又扭着腰肢，兀自回去了。

春球心绪有点儿乱，她走进里屋，抚慰了一番婆婆黄玉英，又告诫两个孩子，要他们不能哭，否则爷爷就真的回不来了。等孩子停止了哭泣，她才走出房间。

此时，春球家门口聚集了一大堆人。

“春球姐，道德叔到底怎么回事呀？不会出什么事吧？”尾子站在春球面前，急切地问道。

“是呀，道德到底犯了什么事要被带走？”众人交头接耳，纷纷问道。

“什么事？他摘了红豆杉籽去卖。这是违法的，要判刑，你们不知道吗？”黄林生站在人群中，嘴里叼着一支烟，叉开两腿，幸灾乐祸地说。

“你怎么知道的？”人群里有人问道。

“我怎么不知道，我……”黄林生感觉自己说漏了嘴，一时语塞，不知如何是好。他的身后，传来一片“哈哈哈”的笑声，把黄林生闹了一个大红脸，知趣地回去了。

春球脑袋“嗡”的一下。她知道，她担心的事果真发生了。

“摘几个红豆杉籽就要坐牢，你以为是你家开的牢房呀？”尾子听了很不服气，呛了黄林生一句。

“是呀是呀，有那么严重吗？”大家七嘴八舌。

“我经常摘红豆杉籽泡酒呢，怎没见有人来抓我呀！”人群中有一个毛头后生揶揄道。

春球呆呆地瘫坐在院子里的长凳上，很久都没回过神儿来；尾子唤了她好几次，她才醒悟过来，思忖片刻，她决定去找春婶。

“事情就这样，卖的钱还在我这里。”春球在春婶家里，一五一十地把事情的来龙去脉说了个遍。

春婶细细地听完她的诉说，一时陷入了沉思。偷卖红豆杉籽这样的事她从来没有听说过，只知道红豆杉很贵重，国家明令禁止砍伐。至于红豆杉籽，以前家家户户都会摘来泡酒，说吃了可以延年益寿、美容养颜，但是从来没有人摘来卖钱，也从来没有人想到可以卖钱；可是在这深远的村子里，谁会知道这些个东西呢？所以即使摘了，也没人去报告林业工作站。

这事该怎么办呢？春婶想来想去，真不知道如何是好。她在房里左思右想，突然说道：“春球，你家公黄道德远房侄子黄林生的小舅子，在林管站上班，或许他可以帮什么忙……”春婶若有所思，“只是你们两家人……”她没有再说下去。

“哦，怪不得……”春球若有所思，“我从来不知道黄林生的小舅子在林管站上班，我家公也从未提起过，可能他也不知道吧。”

“什么怪不得？”春婶笑着问道。

“怪不得刚才黄林生知道我公公被带走的原因，刚才在我家门口，就是他说的。”春球回答说。

春婶笑了笑：“如果他出面解决，你家公放出来应该问题不大。”春婶思忖着，“不过既然违法了，肯定要处理，就看能不能从轻处罚……”

“我去找黄林生试试，看他能不能帮忙。”春球说完，站起身来匆匆忙忙往回赶。

是谁告诉了林管站，说爸爸偷卖了红豆杉籽呢？村里就这么几十户人家，抬头不见低头见，爸爸到底得罪了谁呢？主要是这告状的人还知道得非常多，看来是有备而来的。

一路上，春球绞尽脑汁，也没有理出一个头绪来。一袋烟的工夫，春球就到了她堂弟黄林生家里。

“林生，嫂子有事求你。”春球开门见山。

“是我叔偷卖红豆杉籽的事吗？”黄林生此时正在猪圈里打扫卫生，看见春球走过来，淡淡地问。

“是。”

“我可帮不了，他违法了，违法就要受到惩罚。”黄林生没有抬头，继续干他的活儿。

春球想到了他会拒绝，但是她没想到他一口回绝。“可是你叔……”春球红着脸，还没把话说完，黄林生便打断道：“嫂子，我真没办法。如果有办法，我肯定会帮忙，你说是不是？”

“林生，我们都是一家人，你看……”春球几乎带着哭腔，哀求道。

“嫂子，我就一个老百姓，贫下中农，没权没势，怎么帮你？不像你家，丹柏在做老师，外面门路广，熟人多……”

“林生，丹柏只是一个教书匠，没有熟人。你小舅不是在林管站吗，你能不能……”春球几乎要跪下了。

“嫂子，你真想现在就把我叔弄出来？”见春球绝望的神态，黄林生停下手中的活儿，直勾勾地问。

“肯定的，我都心急如焚了。”春球眼泪在眼眶里打转。

“也不是没有办法，但是要破财……”黄林生若有所思，“要么你把你们的住房按原价退还给我，我去求他放人……”

“你！”春球差点儿晕过去。

“两条道你选择，我仁至义尽了，嫂子。”黄林生冷冷地说。

春球转身，跌跌撞撞往家里赶，她的耳边一直响着黄林生的那句“住房按原价退还给我”，心里像针扎一样难受。

她似乎知道了是谁告的状了，都是房子惹的祸。可是救人要紧，谁告的状无关紧要了。找谁去救公公出来呢？春球一时陷入极大的苦恼中。

回到家中，黄玉英还在不停地抹着眼泪，春球劝慰她说：“妈，你好好休息，我给你们做饭去了。”

韶涵端着脸盆，进了厨房，倒了水，又盛了水，送给奶奶洗脸。

吃饭的时候，春球突然问黄玉英：“妈，我们这房子从大伯手里买过来，写了契约的吗？”“好像没有。都是兄弟之间，还写什么契约，还不放心你大伯呀！怎么了？”黄玉英放下筷子，吃惊地看着春球。

“没什么，就问问。你吃完饭去你箱子里找找，看有没有买房的字据。”春球继续说。

黄玉英又开始哽咽，絮絮叨叨地说道：“我们从外地回来……家里小的小、老的老……看见我没有孙子……只生了俩孙女……儿子又不在身边……他们明明是欺侮人……”

深秋的黄家村，夜幕早早地降临，月亮出来了，冷冷地挂在村西头春球家那棵红豆杉上，凄清而宁静。远处的山，近处的房顶上，一层层雾霭像轻纱一样笼罩在它们上面，朦朦胧胧的，好像妖魔嘴里吐出的妖气，叫人望而生畏。

春球把孩子和黄玉英都哄去睡觉了，她收拾好厨房，一个人坐在房间的窗户下，看着窗外渐渐升起的月亮，看着每家每户安静平和的房子，它们矗立在黄家村的土地上，那么温馨怡人。春球坐在自家房间里，看着这四周的一切，那么熟悉，那么温暖。墙角边上，一只蟋蟀轻轻地聒噪，然后是两只，三只……更远的禾坪里，田野上，无数的秋虫在呢喃，在唱歌，在舞蹈，秋夜的黄家村总是别样的深情。隔壁房间传来婆婆黄玉英一声高一声低的鼾声、两个孩子磨牙的声音、梦中的哭声，在万籁俱寂的夜里，格外幽静、孤寂。

春球却无心聆听。

云层慢慢地聚拢起来，月色越来越模糊。

丹柏，你在备课，还是睡觉呢？你知道吗，我快撑不住了。丹柏，爸爸被林业工作站的人抓走了，说他卖了红豆杉籽；丹柏，妈妈又气又急，不停地哭；丹柏，孩子被吓得全身发抖，晚上都在说梦话。丹柏，我想你回来，我快撑不住了，你叫我一个女人怎样去应付这个场面啊！

春球轻轻地啜泣着，心里一遍一遍地呼唤着丹柏，她用一生的时光去爱那个男人，可是他听不到，也看不见。她只能在心里一次一次地呼唤丹柏，直到她声嘶力竭，筋疲力尽。

月亮完全没有了，西风开始撕裂着报纸糊着窗缝的窗户，“呜呜”的风声一阵阵刮来，在房顶上呼啸而过。春球走到窗户边向外一看，整个村子漆黑一片，伸手不见五指。

这天气，说变就变。不一会儿，大雨滴滴答答地敲打着屋顶的瓦片，那声音密密匝匝，像追赶着什么似的，叫人提心吊胆。

床前的小条桌上，一盏高脚的油灯，散发出刺鼻的煤油味儿；火苗一闪一闪，窗外的寒风只要从缝隙中挤进来，油灯就摇曳着，随时有熄灭的可能；但是，只要还有一点儿油，灯光就会不甘示弱地在简陋的小屋内挣扎着发出希望的光亮。

不知道公公在派出所会不会经受不住，他身体差，有高血压，经不起折腾。春球这样想着，不由自主地朝大门走去。她抻长脖子，侧着头，在门缝中凝神静听。她倾听着屋外有没有黄道德的脚步声，几次都觉得脚步声响到门前了，一会儿脚步声好像又消失了。

春球心急如焚，不知所措。

窗外一片漆黑，撕裂人心的寒风在黑夜里肆虐地呼啸，好像发了疯的猛兽，黑着脸，撞击着门窗，掀动着瓦片。远处，是时高时低的狗吠声，令人不寒而栗。

十六

春球坐在小桌子前，思绪万千：丹柏父亲有肺病，走路都气喘吁吁，人瘦得皮包骨头，走在路上，随时都有可能倒在地上，现在他被带走了，不知道会不会……

春球不敢想下去。她戴上斗笠，推开家门，走到村口道发叔家门外，敲门问道："道发婶，道发婶，道发叔回来了吗？"

道发叔是村里唯一撑船摆渡的船夫，村里人进进出出都是道发摆渡的。每天清晨，他是第一个赶到渡口的人，晚上他是最后一个离开渡口的人。道发婶从床上爬起来，点亮了煤油灯，走到门边，拉开木头门闩，敞开一条缝，惊讶地问："春球，是你呀，怎么啦？"

"道发婶，道发叔回来了吗？"春球问道。

"他老早就回来了呀，怎么啦？"

"啊！打扰婶婶啦！"

春球听后，心情更加焦躁不安，她三步并成两步回到家中，走到床前看看两个孩子，听到均匀的呼吸声，看到她们白皙的脸上泛出微微的红润。她们俩互相依偎，天真无邪……她决定去镇上看看公公黄道德。

春球靠在房门上，轻轻地叫了声"妈"，可是黄玉英没有回答。她知道婆婆白天折腾得累了，这会儿筋疲力尽了。她返回到孩子房间里，给两个孩子掖紧了棉被，将一条高凳靠床沿放好，防止她们两个滚下来。然后拢了拢头发，从枕头底下小心翼翼地取出手电筒，轻手轻脚地走出房门，披上蓑衣，戴好斗笠，吹灭了油灯，走出了家门。

漆黑的夜晚，寒风迎面刮来。春球将斗笠的绳子套紧扣在下巴上，斗笠还是被风吹得左右摇摆，每走一步都打着寒战。她一手抓住斗笠，一手紧握手电筒，急忙向镇上走去。

寒风一阵紧接一阵，刮得脸上生疼，两眼也难以睁开；雨水一泼又一泼从背后打来，魔鬼一般推着春球蹒跚前行。春球感到一阵阵背冷心寒。

“啪——”远处的水塘里突然传来一声巨响，春球一惊，停住了脚步，用手电不停地扫视水面。水塘像一块打破了的圆镜，缺口裂齿一样卧在黑暗里，发出透心冰骨的冷光。不远处，一团黑影在寒风的推搡下随波摇曳……

春球低着头，顶着风雨，一步一步向前挪动。为了壮胆，她轻轻地哼着歌，脚步跳跃着。突然，手电筒没有了亮光，眼前漆黑一片。她停住脚步，用力摔打手电筒，用手指来来回回地推动开关。又一次一次地摔打手电筒。但手电筒就是不发光。

面前一片漆黑，伸手不见五指，春球心里从来没有这样着急害怕过。她的心脏“咚咚”直跳，呼吸急促，茫然无措。水塘里发出呜呜的怪叫，春球汗毛竖起，冷汗湿透了内衣。眼泪在眼眶里打转。

春球双腿有点儿发软，嘴唇牙齿也在打战，她尽力调整呼吸，闭上眼睛，定定神，努力让自己镇定下来。

她想到恋爱时候的丹柏，每次过来看她，他总是敞开胸怀，张开双臂向她奔来，随后紧紧地抱住她。她躲在丹柏胸前，感觉到踏实、温暖、宽厚。他用高大的身躯抚慰着她的不安，温暖着她的委屈，她在他胸口依偎着，所有的眼泪都化作了甜蜜，她喜欢静静地享受这世间最美的情缘。

这样想着，恐惧逐渐消失。突然，一道光透过她的眼皮，打开了黑暗。“亮了！亮了！亮了！”她止不住欢喜，喊出了声音。

手里的手电筒竟然突然亮了，是丹柏给她的力量吗？

春球沿着小路继续前行，手电光亮划破黑暗，她不知不觉来到两棵古樟树下。港里的河水拦断了去路，港边正拴着一条渡船，道发叔回家休息去了。她站在港岸上，孤零零的，像一座可以活动的雕塑。港口的寒风更加肆虐，一阵一阵地刮，刮得两岸的大树东倒西歪，发出呼啸的哨音。她用手电筒照射着港面，港水在狂风中掀起一层层波澜，冲击着岸边的沙滩。

渡船在水中摇晃，撞击着码头，发出“扑哧、扑哧”的声响。

春球一直幻想公公黄道德出现在她的手电光里，出现在港口对岸。这样，她就可以去道发家叫他过来开船，接她公公回家了。可是，她只看见港水一次又一次拍打岸边的树丛，听见树丛在风雨中一次又一次发出怪异的声音，却始终没有看见人影出现在对岸。

春球看着那汹涌的河水，下意识地后退。她一个女人家，如何渡过这水港？她六神无主。

她的身后，不知什么时候射出一束灯光，灯光下一个人头戴斗笠，身披蓑衣，手提防风灯走了过来。春球吓了一跳，定睛一看，原来是尾子，她心里一阵惊喜，眼泪夺眶而出。

“尾子，你怎么来了？”春球声音沙哑，目光里满是哀愁。

“春球姐，你婆婆刚才来了我家，说没看到你，她怕你去镇上，特意叫我过来看看。”尾子眼里充满了担心，“这么晚了，你要去镇上看道德叔吗？”

看见尾子，春球感觉就像见到了亲人，她带着哭腔说：“你道德叔被带走了，我不放心，怕他出事，要去镇上看看他……”

尾子听了，说：“春球姐，我送你过港。”

“你行吗，尾子？”春球又惊又喜。

“你就放心好啦！”

说完，他走下港，来到渡船边，一边解开缆绳，一边说：“春球姐，你坐稳了。”

春球跳上船，蹲在船中心，尾子把竹篙往后一点，用力一磕，那船就像一条海浪里的鲸鱼，轻快地往前蹿去。

“春球姐，是谁这么缺德，去镇上告状的？”尾子一边划船，一边问春球。

“尾子，姐这回遇到大麻烦了。”春球大声地说道。

“什么麻烦？不就是道德叔摘红豆杉籽卖了吗？大不了罚个款，赔点儿钱，明天把他接回来就是了。”

“尾子，事情不是那么简单，人家是冲着咱家房子来的……”春球的声音低下去了。

“房子？什么房子？”尾子吃惊地问道。

“尾子，你安心划船，没什么的。”春球勉强笑了笑，故作轻松地说。

天亮的时候，春球来到了镇上。

十七

春球决定直接去林管站。

“你就是春球？”到了上班的时候，春球走进了林管站办公室，一个高高瘦瘦、戴着眼镜的年轻人热情地接待了她。

“嗯。”春球老老实实地回答道。

“黄道德是你家公？”那个年轻人又问道，同时泡了一杯热茶端给了春球，顺便拿了一把椅子，让春球坐下。

“早就听人说你能干、顾家，有文化。今天才见到你本人呀！”那个后生继续说道。

“领导，我是为我家公的事来的……”春球嘴里嗫嚅着，许是初冬，后背凉飕飕的。

“春球，有人举报你家公偷卖红豆杉树和红豆杉籽，经过调查，事实清楚。你家公确实违法了。国家是明令禁止买卖红豆杉籽的，现在唯一的办法就是采取补救措施。”停了停，他又说，“不过我们也有疏漏的地方，宣传不到位，工作没做好，很多群众都不清楚红豆杉树和红豆杉籽是不能砍伐和采摘的……”

见这年轻干部口吻诚恳，态度和蔼，春球心里稍微感到一点点安慰。

“领导，我家公现在人没事吧？他身体不好，我可以去看他吗？”春球着急地问道。

“这你放心，他没一点儿事。不要说别人，我们还是亲戚呢，就是其他任何人我们都不会伤害他的。”

“亲戚？”春球一头雾水。

“是呀，林生就是我姐夫，我不是你侄子吗？我是吴雄啊，你不认识吗？”吴雄看着春球，失声笑了起来。

“哦哦哦，我失礼了。”春球的脸一阵白一阵红，她很尴尬地站起来，又坐下去；然后又站起来，再坐下去。

撞到枪口上了，春球想，他会不会公报私仇？但是从他刚才的话语中，听不出他是那种势利小人。他态度温和，说话斯文，对人客客气气，根本没有一个站长的架子。

管他呢，兵来将挡，水来土掩。再怎么着，先把公公接回去再说。

“吴站长，我想知道我公公的事怎么处理？”春球平静了一下心态，鼓起勇气，单刀直入。

吴雄见春球如此直率，也就不再拐弯抹角，他说：“春球，你既然来了，那我们也是公事公办，赃款上缴，罚款是赃款的两倍，你要是觉得可行，现在就去办手续，等会儿就让你家公回家。”吴雄一字一句，斩钉截铁，“当然，我们还要做一个反面材料，在各地宣传，用来警示别人。”他补充了一个条件。

“那房子，不会逼我再要回去吧？”春球不知道哪来的勇气，向吴雄说道。

“房子，什么房子？”吴雄反问道。

“没，没什么，我弄错了。”

“那好,你现在考虑一下。”吴雄说。

春球心想,破财免灾,拿钱给公公买个教训也值。不过这四百块钱罚款可要了春球的半条命，她和丹柏需要辛辛苦苦一年才可以赚回来。

“吴站长,就按你说的办,我现在去银行取钱,等会儿就来交罚款。”春球说完,便径自走了。

春球把罚款交了,黄道德才从林管站的最里间出来。他神情有点儿沮丧,脑袋耷拉着,一副无精打采的样子。看见春球,他一脸的不自在，嘴里絮絮叨叨地说些谁也听不懂的话。春球走过去,叫了一声“爸”,牵着他的手,心情沉郁地走了。

一夜未合眼的春球,回到家中并没有睡意。她收拾好凌乱的什物,做好中饭,并亲自帮公公婆婆盛好饭,给孩子夹好菜。

“老黄,你没受苦吧？”黄玉英问道。

“没有。有吃有喝的,受什么苦？”黄道德自顾自吃饭,脸色阴沉。

“以后不要再去卖红豆杉籽了,不要给春球添乱了。”黄玉英还在絮絮叨叨,她一眼瞥见春球心力交瘁的脸色,便不再言语了。

春球吃完饭,一个人悄悄地出门,漫无目的地在村子里那条小河边上逡巡。初冬的河面,由于昨晚下了一场雨而变得宽阔起来,河水呜咽着,奔腾着,流向村口,再流到更远的地方。鸟雀的聒噪渐渐销声匿迹,偶尔一两声鸣叫显得孤寂、单调、无助。田野里只剩下光秃秃的禾蔸,孤零零的样子,就像是一群无家可归的孩子,落寞无比。远处的山野中,偶尔有一树红枫,矗立在旷野里，红彤彤的叶子相互簇拥着、推搡着、怒放着，让人感到一种生命的力量，澎湃而盛大。春球细细地看着它，在初冬阴冷的天空下毫不畏惧地成长，心里涌起一种莫名的感动：自然界的每一种生物都在负重前行，并不是只有人才如此艰难地活着。

春球心里忽然亮堂起来了，她折了一根将要枯萎的狗尾巴草，将茎含在嘴里，用牙齿咬着，心里哼着读高中时唱的那首《茉莉花》，迈开脚步，毫不犹豫地赶回家去。

等丹柏过年回来的时候，要他好好跟黄林生商量一下关于房子的事情，必须重新签订一份协议，哪怕再补偿他一些钱，也要把这件事情处理好，否则永无宁日。

昨天听春婶说，镇上又有什么劳动要参加了。春球想着，不知不觉就已经到家了。

扶摇韶华

星星出来了，眨着眼睛；月亮也出来了，跟随着她的脚步。树林发出神秘的银光；小溪传来潺潺的流水声。芦苇的清香、水草的腥味把她紧紧地裹住。

十八

镇上又要抽调大批劳动力去修水库、筑堤坝。大伙儿都知道，只要修好水库、筑高堤坝，村子就再也不怕洪水肆虐了；否则，锦江年年涨水，港水倒灌，村子汪洋一片，粮食颗粒无收，对老百姓来说，这无疑是当头一棒。今年春天，正是因为洪水的无情泛滥，油菜籽顷刻之间化为乌有，家家户户的食油几乎都捉襟见肘。

可是修水库筑河堤这工作很艰苦，家里连油都没的吃，许多人都不想去。镇上最后决定，秋后每家每户最少要抽调一个劳动力，争取今冬完成修坝筑堤的任务。

春球家里的油缸因为做房子招待工人很早就见了底，但是她想，修堤筑坝是为大家今后的日子过得更好，是为子孙后代造福，公公年迈力衰，丹柏又不在家，不管镇上抽不抽她去，她都必须去。

可是她去了水库工地，总不能让老人和小孩儿在家吃“红锅菜”呀，那样的话她这做儿媳、做母亲的会于心不忍！

春球决定去借油，以解燃眉之急。

黄玉英告诉她，黄林生的二姐夫家里有食油。他们那里田肥，地势高，一年四季不怕天旱水涝，小山丘上全长满了油茶树，所以他们村子里每家每户的粮油都吃不完。

春球笑着说:“他姐能借给我们油？还是算了吧。”

黄玉英自信地说:“你二姐家的针线活儿好歹都是我帮她做的。做鞋子,上袜子底,穿在身上的围裙,小孩子吃饭围在脖子下的围兜等,都是我做的。你二姐不懂做针线活儿,我教了之后,她才慢慢懂得如何做了。”

听她这么一说,春球极不情愿地接过她手上的空油瓶,慢腾腾地去了二姐夫家。

连油都要借,这过的叫什么日子！春球心里有一种无法言喻的无奈,一阵阵袭上心头。可是不去借油,家里没有油吃,她就不能放心去修河堤筑水坝,唉!

太阳光匆匆一露脸,又匆匆暗淡下去了,好像是谁用墨汁在天幕上涂了一层黑色,天空瞬间便暗了下来。看样子快要下雨了,春球不由加快了脚步,不知不觉已经到了去二姐夫家的小路上。

村舍四周青山逶迤,碧水蓝天绕着整个村子。丘陵上全部都是油茶树,“油茶之乡”的美称果然名不虚传。村中小路蜿蜒,丘陵起伏,山村田野,青山绿水,美不胜收。山茶树上,一群胖乎乎的黄腹山雀,正在欢呼雀跃,高声鸣叫。这群黄腹山雀,正从茶树上的各个角落,仔细地搜索着每一条缝隙,似乎在寻找它们的食物。

来到二姐夫家,姐夫正站在门口,春球叫了声:“二姐夫在家呀！”

二姐夫说:“春球,你来了。你二姐去了姑娘家,还没回来呢。”

二姐不在家,她不好开口。

“要不进来坐坐？”二姐夫又说，他看见春球手提着空油瓶，就问：“你是来借油吧？你二姐也是，做什么事都不商量，还有点油，又带到姑娘家去了。唉，真不凑巧！”

春球红着脸颊，轻轻地点点头，微笑了一下说：“姐夫，打扰你了，不坐了，我回去还有事呢。”她转过身，提着空荡荡的油瓶，沿着回家的路，怏怏地回去了。

二姐夫望着春球的背影，转身回到里屋，看着自家一瓶一瓶的茶油，爱不释手地抚摸着。

“这茶油，我要卖钱的，借给你，肉包子打狗，我才不做傻瓜呢！”

黄玉英看到春球手里提着的空油瓶，心里顿时什么都明白了，过了很久，她郁郁地说：“春球，只怪咱家穷，让你受气了。”

借不到油，春球不能安心去水库工地干活儿。她问道：“妈，还可以找谁借油？”

“东村吴家姐姐那里，你去试试看。”春球疑惑地看着她：“东村吴家姐姐？以前我怎么没听说过呀！”

“东村吴家姐姐是房下黄友发哥哥的姐姐，她叫秀兰，住在东村村头第三家。我以前帮她带过小孩儿，她人好。”黄玉英很有把握地说。

这年头儿堂姐家都借不到油，房下姐姐更不靠谱；况且人生地不熟的，怎么好开口向人家借呀！

春球一脸迷惑，默不作声。

“去试试，兴许能借到的。”黄玉英轻轻地说道，声音比蚊子还小。

没油下锅，饭也吃不饱，一家人怎么办？深夜，春球倚在窗边，望着窗外漆黑的夜晚，不知所措。要是丹柏在，这事还要她操心吗？可是丹柏不在家，我不去借油，谁能去借？春球心里幽怨起来：黄丹柏，我春球是上辈子欠了你们黄家人的吗？

两行清泪，不自觉地滚落下来。

第二天清晨，春球提着空油瓶，咬咬牙，又出门了。

黄家村的早晨，喜鹊啁啾着，飞落在路边一棵古老的樟树上。蔚蓝的天空上悬着几朵白云，悠悠的，辽阔而高远。冬日的阳光，温暖如春，照在春球的身上，给人一种自信。

春球欣赏着途中的美景，疲惫感便在不知不觉中一扫而光。不知不觉，她已经到达吴家港的岸边。这里的瓜叶菊、山茶花，在阳光下格外茁壮，如果不是冬天，还会以为是春天来了。港边两只野山鸡，不紧不慢踩着碎步，悠闲地在水边觅食。蓝天、白云、两岸的绿树倒映在港水中……春球忘了心里的郁闷，不由自主地沉浸在优美的景色中。

往东走了几十米，一座临时搭建的木头桥，横跨在河港的两岸。河港中间的桥墩是由四根大松树组成的，三根木头搭在桥墩的左边，三根木头搭在桥墩的右边。原来的桥板大概是被洪水冲走了。

离桥不远，有个不大的村庄，那里就是东村。

要到东村，就必须走过眼前这座小桥。桥面没有木板，只是搭了几根横木，胡乱地铺在上面，走过去的时候，摇摇晃晃，让人提心吊胆。对这里的人来说，走过去不成问题。但是春球要走过去，还真的很难。

她试着踩上树棍，脚还没踩稳当，树棍便不听使唤地一滑，“骨碌”一声，春球差点扑倒在树棍下，幸亏她反应敏捷，拎着空油瓶的手高高举起。她一看，空油瓶没受损，不由得笑了。看看前后没有人来，她干脆趴下来用双手爬过了小桥。

她直起身，用手拍拍身上的泥土，又用手梳了梳头发，快步朝村子走去。

村子东边第三家是个普通的人家。家门口不远处有两棵桃树，草坪上几只母鸡在觅食，一只黄狗蹲在家门口打盹儿，一个清清瘦瘦的男人低着头在晒垫上晒着花生。

“汪汪——”那只大黄狗看见有人来了，远远地狂吠了起来。

“大姐，你找谁？”那男人抬起头，站起来问她。

春球走进院子里，仔细地瞧了瞧他：浓眉大眼，鼻梁高挺，说话斯斯文文，三十多岁的样子。

“这是秀兰家吗？”春球怯怯地问。

“嗯嗯，我是她的老公。”他端过一把椅子，放在春球跟前，客气地说，“你坐，你是？”

“我住黄家村，是黄道德的儿媳妇，叫春球。我婆婆是黄玉英。”春球急忙回应道。

“啊！秀兰生小孩儿时，你妈妈帮我们带过孩子。她老人家好吗？”他一边倒茶一边说，“先喝口茶，歇歇。原来你就是远近闻名、吃苦在前的春球呀！了不起，了不起！”

他竖起了大拇指。

“我没那么好呢！”她的脸红了起来，忙放下空油瓶，双手接过茶杯。

他看了一眼空油瓶，明白了什么似的，笑着说："你运气好，迟一步来，我都出门了。春球，你坐一会儿，我去叫你姐回来。"说完就出了门。

春球站在院子里，仔细地打量这所房子，整洁、干净、敞亮。泥巴墙的一侧，堆满了整整齐齐的柴火。院子外面，菜园里的白菜、青菜、萝卜，绿油油的，一大片一大片，在冬日的阳光下散发出脉脉的香味。一大群鸡鸭不时在田野里觅食，偶尔一声鸡鸣，声音在空旷的原野里回响，整个山地都流淌着温馨的味道。

又是一户勤劳善良的亲戚，春球这样想着。秀兰从小路上急匆匆地往回赶。春球看见秀兰的头上包着花毛巾，清清瘦瘦的脸。秀兰一进门就风风火火地说："是弟媳春球呀，早就要去你家拜访的，只怪我们不懂规矩。快进去坐！"

在农村，每个人都是这样，说话热情大方，待人客客气气，刚开始春球还有点儿拘谨，后来渐渐适应了，人也变得活泛起来。

秀兰说完，拉着春球的手，亲亲热热地推开门，把春球迎了进去。

"秀兰姐，你别这么说，是我们不懂道理，这么多年都没来看你们。"春球应和着，心里感觉暖暖的。

秀兰扯下头上的毛巾说："说的哪里话！我进厨房洗下脸，你先坐会儿哈。"

春球站起来，也跟着秀兰进了厨房。只见她抹了一把脸，往锅里舀了一勺水，便坐在灶口开始烧火。

"还没吃早饭吧？没有好吃的，在这里吃早饭。"秀兰从碗橱里端出一篓鸡蛋。

“秀兰姐，你这是干什么？”春球抢过蛋篓，把蛋篓放回了原处。

“这是瑞安的规矩，新客上门一定要吃鸡蛋的。”秀兰拿过蛋篓，一边揭开锅盖，一边说，“这年头儿哪家没个困难？我知道你家老的老，小的小，老公又不在家，粮油都不够吃，真难为你了。”

春球心头一热，眼泪吧嗒吧嗒地掉了下来：“秀兰姐，我是来借油的……”

“妹子，莫说借，只要我家有，你只管来拿。”秀兰姐微笑着，在她耳边轻轻地说道，“当年你家婆帮我带孩子，没少操心费力，这份恩情，我秀兰永远都记得。”

秀兰姐拿起鸡蛋，看了又看，挑了又挑。她挑的鸡蛋，全是蛋壳上带血的。

春球心里疑惑：为什么挑这种鸡蛋？秀兰看出了她的心事，问道：“你知道这是啥蛋吗？”

“不知道。”春球摇摇头。

“这是处女蛋，处女蛋大补。”

她还真不懂，心想：鸡蛋还分类别，看来自己没有生活常识，没有经验，什么都不懂。秀兰这么一说，她才知道处女蛋是怎么回事了。

鸡蛋煮好了，秀兰把蛋舀起来，加了白糖，端到饭桌上。说：“妹子，你慢慢吃。我们也没吃早饭，等吃了早饭我给你灌油。”

满碗白玉似的荷包蛋，少说也煮了五六个。秀兰走到春球身边，把汤勺送到她手中说：“别客气！你没有来过我家，这鸡蛋一定要吃！”

说完，她把空油瓶拿进了房间。

待秀兰进去里屋的时候，春球又仔细观察起室内的摆设，只见几件简单的橱柜，里面放了一些生活用品。一张八仙桌，桌面油漆涂得崭新锃亮。四条凳子被擦得一尘不染，坐在上面，春球心里有一种踏实感。屋子陈设虽然很简单，但是秀兰收拾得井井有条，干干净净。

不多的工夫，秀兰麻利地把早饭做好了。这时，姐夫也回来了。

“来，来往上坐。”秀兰姐盛情地把春球奉为座上宾。

春球问道：“秀兰姐，你家孩子呢？”

“跟她外婆到大姨家去了。我们吃饭吧！”秀兰拿了一个大碗，盛了满满的一碗饭，放到春球面前，笑着说：“没什么好吃的，你不要见外哈！”

春球不好意思地说：“我刚吃完鸡蛋，已经饱了……”

“走这么远的路，不要说吃几个蛋，就是吃三碗饭，跨过门槛还可以吃呢。”她打断春球的话，抢着说。

春球看了看桌子上面摆的菜：一碗米粉肉，一碗蒸蛋，一碗南瓜，一碗小鱼炒辣椒，一碗薯粉丝，一碗汤。

这是她平生第一次见到如此丰富的早餐。

秀兰一直往她碗里夹又大又厚的米粉肉，边夹边说：“没什么菜，饭要吃饱。”

说实在话，自从嫁到丹柏家以后，她还从来没有吃过这么饱的饭菜呢。想到昨天去堂二姐家借油，春球不由得鼻子一酸，偷偷地掉下了眼泪。

吃完饭，秀兰姐提着满瓶的油出来说："春球妹子，能不能留下来住一晚上？"

"家里事那么多，怎么能住？再说孩子还小，公公婆婆身体不好，丹柏又不在家……"

见春球执意要走，姐夫拿了一只布袋，从晒垫上装了满满一袋花生，塞进春球手里："春球，花生拿回家给小孩儿、老人吃，以后多多走动，不要生疏了。我要忙着去种油菜，就不送你了。"

秀兰一手提了一篮子鸡蛋，一手提了一壶茶油，塞到春球手里。春球还客气了一番，见秀兰他们一口一句"妹了，都是自家人"，便不再客气，勉强收下了。

秀兰把春球送到小桥边上。走到桥边，她突然说："我送你过桥吧。这桥板被洪水冲走了，只剩几根横木，也不知道你是怎么过来的。这桥早就要架新的，一来由于村民们凑不齐钱，二来由于忙于农活儿，所以拖到现在都没动工。这座桥不好走，我送你过桥。"

来到桥边，秀兰姐一手提着油和花生，一手牵着她的手说："春球，不用怕！双脚横踩在两根树上，跟我走。"

春球说："我从来没有走过这种桥，来时差点儿跌跤呢。"她没好意思说她是爬桥过来的。秀兰姐牵着她的手，小心翼翼地把她送过了桥。

见春球拿着那么多东西，秀兰还想要送她，但是春球没有让她再送。她接过油瓶、鸡蛋和满袋的花生，感激地说："谢谢秀兰姐，以后有空儿来我家玩儿。借的油我会还！"

“又说傻话！油不用还，吃完了下次再来。”秀兰“咯咯咯”笑个不停，把路边的鸟雀都惊飞了。

春球的脸上，一行行泪水像豆大的雨点一样滚落下来，瞬间就打湿了衣襟。

“妹子不哭，这年头儿，哪家没有一个难处呀！有困难，尽管对姐姐说。”秀兰站在桥头，挥着手，要她一路注意安全。

春球转身朝家走去，刚走出几步，猛然一扭头，发现秀兰还站在桥头拼命地朝她挥手，她的眼泪洪水一般倾泻而下。

躲在转角处，春球目送秀兰过了小桥，朝着朝阳走去，她发现，秀兰的身影和她这个人一样，愈来愈高大。

总算可以安心地去工地修水库了。

十九

今年春节,丹柏回家特别早,小年还没到,他就踏上了回乡的路。为了给春球一个惊喜,他特意没告诉春球。等他到了家门口的时候,他想偷偷在她的身后,轻轻唤一声:“春球!”他想象着春球那种由惊讶到喜悦、由喜悦到兴奋的神态,他心里会有一种奇怪的满足感。

可是当他憧憬着无数个激动人心的相见场景时,春球并不在家里,他的心里突然有一种深深的失落感。

父亲黄道德告诉他,春球去南山打柴了。

丹柏立刻放下行李,安慰了一番父母和孩子,拔腿就往南山跑去。

从黄家村出发,沿着小路,穿过河流,登上山冈,爬过峭壁,一路向南。他顾不得几百公里坐车的疲惫,顾不得一天一夜没合眼的辛苦,现在他的眼里全是春球一个人在山上打柴的影子。他只有一个念头:找到他心心念念的春球。

他从来没有像现在这样渴望见到春球。他想告诉她,他担任了教务主任,工作任务更重了;他想告诉她,她受的苦太多了,他的心里有无数的感激和愧疚;他还想告诉她,他用一辈子的时间来还她的爱,都还不清。

山上的树叶落满了一地，踩上去软绵绵的，沙沙的声音比校园里琅琅的读书声更有一种乡间的韵味。山涧里的水枯了，鸟雀不知道去了哪里聒噪，静静的山谷里只有寒风掠过耳际。丹柏从一个山头转到另一个山头，他想尽快找到春球，拥她入怀。他要用他不是很宽阔的臂膀，护她一生周全。

“当、当、当”，听到了砍柴的声音，他循着声音狂奔过去，嘴里还喊着：“春球！春球！”可是没有回音。他以为喊错人了，便屏住呼吸，继续往前。

远远地，他看见一个人，弯着腰佝偻着背，用力地在捆扎砍好的柴草，头发凌乱，衣衫褴褛，是春球！他简直认不出她来了。

“春球！”他朝着她的背影大声喊道。

春球放下手中的活儿，回头看见丹柏，他站在她后面，傻傻的，两眼满是泪花。

“丹柏，你什么时候回来的？”

丹柏迎上去，将春球搂在怀里，话也不说，一个劲儿地掉眼泪，春球挣扎着，吓了一跳。

“丹柏，你怎么了？出什么事了吗？”

丹柏不住地摇头。

春球瞬间就明白了丹柏是怎么回事：“还哭上了？瞧你这出息！走，回家！”

丹柏把柴草扛在肩上，他觉得春球再也不是当初那个在医药公司上班的美娇娘了。

“丹柏，你回来得正好，咱家房子，黄林生来闹了好几次，当年爸爸他们买过来的时候，也没有写个字据，这次我们把村里的干部叫过来，跟黄林生签一个协议，哪怕再补给他一些钱，也不能再让他牵着鼻子走……”

“房子怎么了？黄林生闹什么？”丹柏惊讶地问。

春球便把这一年发生的很多事，一五一十地告诉了丹柏，最后她说：“这不都挺过来了吗？都过去了，不说了。”

丹柏的眼里再次溢满了眼泪。

寒假过了将近一个月，丹柏才恋恋不舍地返回学校。对于离别，春球似乎早就习以为常，但是她心里依旧闷闷不乐，因为她发现自己怀孕了，如果要生下来，家里老的老，小的小，不说别的，单说挑一担谷去碾米，都得求助他人，更何况还有别的繁重的劳动！

春球左思右想，觉得肚子里的孩子还是不能生。那能怎么办呢？她找到邻居家的黄小梅商量，告诉她肚子里有孩子了，不想生孩子，问她有什么办法能打下来。

黄小梅问：“家里有谁知道你怀孕吗？”

“不知道。”

“他们会同意你把孩子打掉吗？”

“天地间只有你我二人知道这个秘密，只要你不说出去，家里人就绝对不会知道打孩子的事。”

“我保证不告诉任何一个人。”

“你有办法了？”

“这个事好办。以前我到医院打过胎，今天去，今天就可以回家。”

“要多少钱？”

“六七十元钱就够了。”

“你明天能不能带我去？”

“可以。”

“要是家里人问，我们怎么说？”

“我堂哥在县副食品公司当经理，我嫂子在百货公司工作，我们就说你跟我到哥哥嫂嫂那里去玩儿。我们早点儿起床，争取早点儿回家。”

春球问：“我要带什么东西去吗？”

“带上钱，其他什么都不要带。”

第二天，黄小梅带着春球，两个人一起走进医院，找到医生。医生检查后说：“你准备什么时候做？”

春球回答道：“今天做，做了就可以回家吗？”

“你带了衣服裤子吗？”医生反问道。

“没带。”

“你带了多少钱？”

“一百多元钱。”

“你的亲人来了吗？”

“亲人没有来，邻居黄小梅陪我来的。”春球老老实实回答。

医生说：“你今天回家吧，明天早点儿来。来时带齐衣服、月经带、草纸等物品。多带点儿钱，和家人一同来，要家人签字，要家人陪着住三四天院。”

做人工流产要亲人签字，要亲人陪住。丹柏在几百里之外的单位上班，能签字吗？能陪我吗？春球苦笑了一声。仿佛冰凌挂在胸口，冰透了春球的心，做人工流产这事瞬间化为了泡影。

春球无可奈何地离开了医院。

回到家,黄玉英问她:“春球,你们到县城玩儿,去了堂哥家吗?”

“在堂哥家吃的午饭。”春球一边撒谎,一边从衣袋里掏出些糖果分给大家吃,脸色瞬间就红了。

肚子里的孩子一天天长大,黄道德夫妻俩喜上眉梢,乐在心里。他们想:这回要是生一个大胖小子,我们黄家可就后继有人了,再也不会有人敢欺负我们家没孙子了。黄道德一直想要一个孙子,没有孙子,他感觉自己都比别人矮三分;如果有一个孙子,他在村里走路都能迈开大步,说话也能挺直了腰杆。

可是孩子在哪儿出生这个问题一直困扰着春球。在老家生孩子,离医院远,无人照顾,只有回到丹柏身边生孩子,才能有人照顾。

晚上,春球找到二老商量说:“爸爸妈妈,你们岁数大了,再也不能照顾我生孩子了。我去丹柏那里生孩子,小女儿雅婷暂由你们照管。我带韶涵到她爸爸那里去,等那边安顿好了,我和丹柏再来接你们过去……”

两个老人还能说什么?都只能点头同意。

临走的时候,黄小梅步行十多里路,一直把春球送到长途汽车站。汽车快开动时,她匆匆从背上的布袋里掏出一双新布鞋递给春球,热情地说:“这是我连夜赶做的布鞋,送给你肚子里的宝宝穿的。”

她又掏出一个用红线绑着的纸包,说:“这是刚煮熟的鸡蛋,送给你母女俩路上吃的。”

春球接过东西,眼泪涌了出来,她呆呆地看着黄小梅,只见她笑吟吟地站在原地,并向春球不停地挥手。春球心里五味杂陈,她觉得她已经成为这里的一部分,再也分不开了。

等生完孩子我就回来,春球想。

二十

直达铜鼓的客车开走了，春球母女俩坐上一趟到上高的班车，准备第二天一早再由上高到铜鼓。春球找了一家旅行社准备住下来。旅行社服务员，一个戴着眼镜的男子，很客气地叫她把证件拿出来办理住宿登记。

“同志，我没有证件。”春球诚实地说道。

“没有证件不能住宿。”那个男服务员头也没抬，一口拒绝了春球的要求。

春球有点儿着急，她恳求说：“同志，我挺着个大肚子，带着一个孩子，行动很不方便。你就破例让我住一晚吧。”

“我不能违反旅行社的规章制度。”停了停，他看到这个女人确实挺着大肚子，旁边还有一个孩子，语气缓和了不少，“附近你有熟人吗？请熟人开张证明也行。”

“我人生地不熟，到哪里也开不到证明，求求你打个电话给你们经理，让我住上一晚吧。”春球继续恳求。

“我已经打电话了，请示了经理，经理说不行。我不是不帮你，万一今晚检查的人来了，我吃不了兜着走——自担责任，连饭碗都没了。”男服务员两手一摊，表示他确实无能为力。

春球一时慌了手脚：怎么办？孩子还小，自己挺个大肚子，总不能露宿街头吧？

要不去求助派出所吧！春球突然想。她问服务员："同志，你知道派出所的电话号码吗？"

他摇摇头说："不知道。"

"你知道派出所往哪里走吗？"

他又摇摇头说："我也不知道。"

春球再一次用恳求的语气说："同志，请你留一个床位，我去派出所找人。"

服务员无奈地扫了一眼春球，很不耐烦地说："你也看到了，来这里住宿的人很多，超过三十分钟，床位就给其他顾客了。"

春球说了一声"谢谢"，便拉着韶涵的手，走进了浓浓的夜色之中。

人生地不熟，到哪儿去找派出所？春球心里着急起来。

一路打听，母女俩终于找到了派出所。一进门，春球便一口气把她们母女俩从哪里来、到哪里去，丈夫叫什么名字，自己叫什么名字，以及由于没有证明而无法住旅行社的情况，统统说了一遍，然后静静地等待派出所的人回话。

"你把你丈夫的电话号码告诉我，我打个电话联系一下。"派出所的工作人员说。

"现在私人家哪里有电话？单位的电话号码我也不知道呀！"春球有点失望。

"你有什么理由让我们相信呢？你有信件什么的吗？"那个工作人员继续问道。

工作人员的提醒，让春球想到了那个装了钱的信封。信封带了，信没有带。她急忙从裤袋里掏出信封递给派出所工作人员。

那人接过信封，看了眼信封和邮戳说："寄信人的地址、收信人的地址及收信人的名字一字不差，你是一个诚实的女人。其实我们一眼就看出你是个老实本分的女人，但也要有依据。现在你可以去住宿了。"

春球双手合十，低着头，千恩万谢。

停了一会儿，那个人又说："旅行社你找得到吗？刚才你是从大门右边那条路来的还是从左边来的？"

春球想了想说："我是从右边来的。"

"右边比左边要远，你出门往左手走，走大路，一直走再往右拐。快到旅馆的时候有条岔路，你不能往岔路走。"

另一位工作人员说："我上次办案的时候去了一次，那里有几个村子，道路复杂，回来时我走了好多冤枉路。到了岔路口你要直走，右边不远处有座石头小桥，过桥就到了。路有点儿远，一个孕妇带着一个孩子挺不容易，像你这种情况，打个电话联系一下就行，我们会派人去。好了，你现在可以走了。"

春球说："还没写证明纸条给我呢。"

"一看你就是老实人，但你很聪明，有文化，否则你想不到来找我们。我们已经打电话联系好了，给你留了床位，不需要写证明。"

春球一连说了好几声"谢谢"，牵着女儿的手，心里总算松了一口气。

她们出门往左手走，一直走再往右拐。走了一会儿，女儿蹲在地上说："妈妈，我肚子疼，走不动了。"

春球心疼地说:“休息一会儿再走。你已经很了不起了,走了这么远的路,没叫一声累,妈妈累得都不行了。”

韶涵哭丧着脸说:“妈妈,我的脚好疼。”

春球安慰她说:“一会儿我们就到旅行社了,再坚持一下。要不我背你。”

她说着便弯下腰,蹲了下去。不料腿怎么也弯不下去了,只好又伸直腰,领着女儿继续往前走。

走着走着,一个中年男人走到她们身边问:“你们这么晚了,是要到谁家去呀?”春球说:“我们到旅行社去,请问到旅行社还有多远?”

“你们是第一次来吗?”

“我们是第一次来。”

“不远了,跟着我走,我带你们去。”

“好,谢谢!”

“小女孩儿走不动,我来抱她。”

“谢谢!”春球感激地说道。

跟着他走了很远,越走路越窄,春球感觉越来越不对劲儿,她猛然想到派出所工作人员的叮嘱:快到旅行社,有条岔路,要靠右手走,不能走岔路,否则进去了就不知道怎么出来了。直走不远有座小石头桥,过了桥就到了。

现在正是往岔路上走。

那人回转头说:“你们快跟上呀,马上到了。”说着他停了下来。

春球心里打了一个激灵,是不是遇到了人贩子?她赶快牵着女儿的手,转身就跑。

这时前方不远处来了一个人，春球的心才稍微安定下来。她们母女俩走到了岔路口，直走不远，果然发现右边有座石头桥。春球走到桥上，看见“旅行社”三个大字，心里的石头才落了地。

安顿下来后，母女俩坐在床沿上。吃着黄小梅送的鸡蛋，春球心想，怪不得很多人说“在家千日好，出门万事难”，看来这是颠扑不破的真理。

第二天，她回到了丹柏身边。

二十一

丹柏下班回家，他一边用手打着节拍，一边哼着小曲儿。那股高兴劲儿，春球应该有很多年没有看见了。

“春球，今天是吉星高照之日。”看见春球挺着肚子在做饭，丹柏一边撸起袖子帮着洗菜，一边喜出望外地说。

春球笑着问：“什么事这么高兴，还吉星高照呢？”

他神秘兮兮地说：“出门捡到个宝，你说吉祥不吉祥？”

“什么宝？不会是你这个宝吧？”春球说。

他哈哈一笑说：“春球，你工作的事有着落了。”

“真的假的？这么快就有着落了，谁信呀？”春球半信半疑，她觉得找到工作这样的事不现实。

见春球将信将疑，丹柏急了：“今天我去上班，高桥乡干部找我谈话，说芳坪村要办医疗室，现正在筹备中。镇上正缺少中药专业技术人才，大家急得像热锅上的蚂蚁，到处打听都没有找到合适人选。听说你原来在药店工作，这真是踏破铁鞋无觅处，得来全不费功夫，估计还要两至三个月开业，把你安排在医疗室上班，报酬同村上干部一样。”

说完这些，丹柏眼睛直直地看着她，样子既天真又滑稽，把平时不苟言笑的春球都逗乐了。

春球这才松了一口气，说：“丹柏，这的确是好消息，你直说不就得了，还绕这么大的一个圈子，真坏。”她嘴里虽然这么说，眼睛却亮了。

要是现在能上班，该多好啊！春球心想，医疗室估计还要两三个月才开业，万一拖到半年呢？靠丹柏一个人工资也不够一家人开销，再说老家还有公公婆婆呢，总不能坐吃山空呀！

于是她和丹柏商量说：“丹柏，我现在没工作，全靠你一个人工资养活一大家子，我不能就这样坐享其成，要不现在落到镇上近旁的村里劳动吧，多少给家里增加点儿补贴。”

“什么？你说什么？春球，你疯了！”丹柏一听，瞪大眼睛，不由分说地数落她一番，“你都怀孕七八个月了，不要命了！”

看着丹柏着急吃惊的样子，春球心里掠过一阵阵欣喜，可是家里老老小小要生活，总不能喝西北风呀！

“我也不想去上班呀，丹柏，我不去上班赚钱，谁给我们粮食，谁送孩子读书，谁买孩子奶粉，谁给父母养老……”春球一口气说完这些话，怔怔地看着丹柏，眼里充满无限柔情。

丹柏低着头，一言不发。

“你下午去问问，看可不可以提前上班？丹柏，你就放心吧，我能行的。”春球说完，用手捏了一下丹柏的脸颊，俏皮地笑了一声，那样子就好像一个小姑娘一般天真。

下午，丹柏上班的时候把春球的想法跟镇上干部谈了。镇领导高兴地说：“真是良机难得，今天下午召开全镇村干部会，我会把你爱人的事提交到大会研究讨论，应该不成问题。”

春球本以为再也没有在医药单位工作的机会了，可万万没有想到，她又可以重操旧业，再次走进医药这个行业，有一刻她有一种恍若隔世的感觉。真的不容易，一晃就过了十年，时间就像流水一般流逝，转眼间，她成了中年大妈，丹柏也是“油腻大叔”了。

春球这样想着，丹柏不知道什么时候回家了。

“春球，你的愿望实现了。”

“真好，我明天就可以上班了。”春球说完，兴奋地看着丹柏，看他额头浓密的头发渐渐斑白，看他黄黑的脸色不再白皙，看他略弓的后背不再挺拔，她的心里仿佛突然被谁重重地挠了一下，硬生生的痛，喉咙也像被什么东西卡住了，呼吸困难。

她起身，走到丹柏身边，臃肿的身体挨着丹柏，头轻轻地靠在丹柏胸前，闭着眼睛，任凭泪水滴在丹柏的衣襟上，双手紧紧揽着他不甚宽实的腰围，久久不肯松手。

有那么一刻，她生怕失去丹柏。

夫妻俩就这么依偎在一起，直到女儿韶涵进来了，他们才分开。

刚参加工作时，春球拼命学习会计知识，打算盘、记账、背“十九畏”“十八反”歌诀、背“药性赋”……加班加点学习加工炮制药材，苦练实际本领；用碾槽碾药，用刀切药……在医药公司，她切的“白芍”被风一吹能飞上天，切的“甘草”成柳叶形，切的“半夏”成鳞片状，切的“厚朴”像肚片……不仅精细而且美观。

这么多年过去了，春球以为这些努力会付诸东流，未曾想现在又派上了用场，不禁百感交集。

晚上，丹柏小心翼翼地牵着春球的手，行走在去队长家的路上，他们是去领取春球第二天的工作任务。天上没有云彩，深蓝色的夜幕上挂着许多星星，月光皎洁，大地如银似水。山野的树在水色的月光里投着一丛丛的月影。春球很久都没有感觉到夜色的美好了，她拉着丹柏的手，沉浸在美好的景色中。

穿过一排竹篱笆围墙，走过几段青石板铺就的小路，趟过几条流水潺潺的小溪，一座砖木结构的小屋赫然出现在眼前。

“春球，这就是队长家。”丹柏用手指了指说。

走进陈队长家的大厅，他们一家人正围在四方桌旁吃饭，看见来了客人，陈队长赶紧起来让座，沏茶。

丹柏说：“陈队长，听说我爱人安排在你队上，今晚特来请求队长，安排她明天出工的活儿。”

“请坐！请坐！”队长一边泡茶一边说，“今天开会才定下来，明天就要出工做事，也太勤快了。我看出工的事还是等你老婆生下孩子再说，现在让她好好休息。”

听说要安排休息，春球着急地说：“队长，我没事，我可以做事的。我明天就和你们一同干活儿，请你告诉我，明天在什么地方、干什么活儿。”

“好吧，我看你也是个闲不住的人，明天大家在你们住的屋场旁牵薯藤，如果你硬是要出工做事，就在屋场旁等。”队长一口气说完这些后不忘叮嘱，“你可要注意安全啰，肚子里的孩子要好好保护的。”

“队长，我知道了。不好意思，打扰了你们吃饭，明天见。”说完，他们俩便朝门外走去。

从队长家出来，一抬头，春球又望见挂在天空的那轮明月，它今天升得特别早，特别圆，也特别亮，就像春球现在的心情，幸福，安宁，美好。

明天又是一个艳阳天。

芳坪村是一个山多田少的小村子，人口不足二百，大多数居住在山顶，掩映在翠竹之间。由于田少，老百姓几乎靠山吃山，他们种得最多的农作物是红薯。可是红薯种在山崖上，莫说产量低，就是挖出来担回家，都要费九牛二虎之力。

春球带着女儿在山崖上牵红薯藤，突然晕头转向，一脚踏在山崖边，她像一块往坡下翻滚的石头，接连打了几个滚儿，横卧在山谷边。

山路很窄，路下是一条很深的河，河水打着漩，到中间成喇叭状，水中间深不可测，四周树林荫翳，阴森可怕。万一跌入河水里，就会被漩涡拽入河底，生死难料。春球掉在离河水不到二尺的山坳处，抬眼一看脚下，吓得魂飞魄散，幸亏命大，否则后果不堪设想。

韶涵在山顶吓得大哭大叫："妈妈！妈妈！我要妈妈！"

春球扯开嗓门儿，大声回应着："韶涵，你别怕！妈没摔着，妈妈好着呢！韶涵，你别哭呀，你要离这里远点儿，坐下来等妈妈上来。"

韶涵一边哭，一边说："妈妈，好！我走远了，我坐在地上了，妈妈快点儿上来，妈妈快点儿上来！"

听声音，春球感觉韶涵真的走远了。她双手抓住小灌木，双脚蹬在峭壁上，一步一步地往上挪。她使出全身力气，拼命往上爬。

不知道肚子里的孩子有没有受伤，如果孩子受伤了，春球不知道会有多后悔。

她提心吊胆地爬上了岸，紧紧地抱着韶涵，说道："妈妈没事了，妈妈没事了。"

回家后，韶涵把她摔跤的事一五一十地告诉了丹柏。

丹柏正在洗衣服，他突然停下来，两只沾满肥皂泡的手分别放在自己的两只腿上，坐在小板凳上，呆呆地看着春球。那样子滑稽可笑又惹人心疼。

不一会儿，他眼中的泪水扑簌簌落下来，汗珠挂在他两颊上，形成两道小溪，潺潺地流着。春球看着他，他仿佛虚脱得似乎成了个泥塑的人，失魂落魄。

春球走过去，用右手握住了丹柏的一只手，左手替他拭干了泪，安抚他说："丹柏，你怎么啦？我好着哩！你应为我感到欣慰。大难不死，必有后福呀！"

他回过神儿来，双手使劲地打自己的脸，嘴里喃喃地说："都怪我，都是我的错。我该死，居然要你挺着肚子去干农活儿，我真不算人……"

春球跑过去，双手死死地按住他的手，整个身子压在他身上，嘴巴不停地舔着他的泪水。

"丹柏，别这样好吗！我错了，我再也不去了！"

丹柏渐渐地冷静下来。

"春球，今天你命大，万一有个三长两短，叫我怎么活呀！都是我不好，没主见！其他人都把老婆、孩子安排在一起过日子，只有我这个笨蛋把家分开过，让你挑起全家的重担，吃苦受累，让你担当两个孩子的爸爸、妈妈双重责任。家里家外的重担全落在你身上，所以才把你身体折磨得这样差，让你活受罪。”说着说着，他又呜呜地哭起来。

春球紧紧地挨着他，双手搂着他的脖子，脸不停地在他额头上蹭。

“我思前想后，决定把家安在一起，今后让我来担当起这个家的责任，我也该服侍服侍你了。我应该做一个合格的好丈夫，肩上扛的是责任，牵挂的是整个家里的大小老少，最苦最累的活儿只能由我扛着。我决定把爸爸妈妈和雅婷都接过来，一家人在一起团团圆圆过日子，让我们的家庭充满爱，充满幸福和快乐！”

春球笑了，她从来没有这么开心地笑过。

寻常人家，日子寻常过，有限快乐似黄金。春球想，自己历经千辛万苦酿造出来的生活，肯定会更有滋味。不久，春球的第三个孩子降生了，是个男孩儿，取名“韶华”。

孩子的降生，乐坏了家人，给他们带来了欢乐和希望，黄道德夫妻二人更是乐得合不拢嘴。他们从黄家村特意搬过来住，把韶华看得比命都重要；只要孩子哭几声，就赶忙把邻居王医生请来观察；一有空儿就抱着孩子哄他开心，与他“聊天”。

丹柏每天第一个起床，洗衣服、搞卫生、弄饭菜，忙得不亦乐乎。为了让春球吃得开心，他变着花样做饭做菜。他什么活儿也不让春球沾边，连洗脸水都端进房间，拧干毛巾递给她擦脸……

月子期满，医疗室也正式开业了。

坐完月子，春球重新走上了工作岗位。县城中医院转岗下来的王医生，病人称他是“妙手回春”的神医，他负责看病；县人民医院转岗下来的汤医生，也是有名的西医，她看病打针；春球负责调剂中药。

小小的医疗室开张了，常常被挤得水泄不通。外省的、县城的、各个乡镇厂的病人，都会来这里求医问药。春球常常一个人忙前忙后，但见她，走得快、抓药准，笑容美。尽管这样，有时候还是连饭也顾不上吃。

虽然很累，但是春球每个月有固定收入，而且其他待遇也不错，丹柏在工作之余种菜、养鸡、养猪……日子过得红红火火。

人逢喜事精神爽，好事接踵而至。一天，房间内突然飞来了蜜蜂，七八只、十几只、二十几只……有患者说：“春球，你家走大运了！蜜蜂只有在有喜事的家里才定居。这是蜜蜂在踩点儿，你准备好一个干净的桶，在里面抹点糖水，它们就会在桶内定居……”

丹柏在窗户旁放了一个桶，在桶上钻了很多洞，并在桶里面抹了很多糖水。

没过多久，蜜蜂越来越多，只听见一阵狂风呼啸从天而降，黑压压的一群蜜蜂从远方涌来，它们飞过医疗室房顶，再从房屋后的窗户里飞进了房间，全部尾随蜂王飞进了木桶。

最开心的还是韶涵，那天她问春球：“妈妈，这么多蜜蜂，它们有爸爸妈妈吗？每只蜜蜂每天都要飞出去采蜜吗？”

春球这才发现，自己每天忙于工作，忽略了孩子的成长，为了能正确回答韶涵的问题，同时也为了激发孩子的求知欲，她特意请来养蜂师傅小鲁，要他为韶涵讲解蜜蜂的秘密。

小鲁是丹柏的学生，他欣然应允。一天下午，小鲁饶有兴趣地和韶涵聊起了蜜蜂："小韶涵，蜜蜂家族呢，是一个大家族，它们非常团结，又很勤劳。这个大家族中，有一只最大的是蜂王，蜂王到哪里，所有的蜜蜂也跟着到哪里。蜂王是负责产卵的，它就是妈妈。雄蜂与蜂王交尾，这只雄峰就是所有工蜂的爸爸。爸爸和妈妈是不出去采蜜的。"

"鲁叔叔，他们的爸爸妈妈那么懒呀！我的爸爸妈妈可勤快了。"韶涵天真地说道。

小鲁笑得前仰后翻。

"分工不同呀，小韶涵，他们的爸爸妈妈负责管理家族，负责生儿育女，比工蜂还辛苦呢！"小鲁停了一会儿，继续说，"所有的工蜂也很勤劳，每只工蜂都负责一项工作。你们看，蜂桶顶上有好多工蜂看似吊在那儿，其实，这是工蜂在筑建巢房。每一间巢房里都住着一个由蜂王产下的卵，这些卵宝宝在工蜂精心哺育下，慢慢长成蜂宝宝。"

为了让韶涵看得更清楚，小鲁干脆把她抱起来："看到了吗，韶涵？蜂桶的下面还有很多工蜂，你知道它们又在干什么吗？这是在打扫卫生，它们把脏的粪便、杂物、垃圾搬走。"

"啊，原来它们那么勤快呀！"韶涵惊讶不已。

"是呢，它们都在为生活而劳动，你看到那些在桶外飞来飞去的工蜂了吗，它们又在干什么？它们是蜜蜂们的警察叔叔，保卫着这个大家庭，如果发现其他昆虫来偷吃蜂蜜，会立即把它们赶走。"

"呀，真神奇！"韶涵一脸赞叹。

"神奇吧，韶涵。"小鲁笑着说，"你知道吗，工蜂是很勤劳的，它们每天天刚刚亮就飞出去采花蜜和花粉。它们在花朵里爬来爬去，把花粉粘在毛茸茸的腿上，给粮食作物和其他植物传播花粉，给人们带来丰收。它们又把花蜜和花粉带回家，给所有蜜蜂提供食物，又为我们酿造蜂蜜。”

“小蜜蜂真伟大。”韶涵轻轻地说。

“它们天天如此地忙碌着，从不叫累，也不要报酬。所以，我们要学习工蜂以苦为乐、不计个人得失、乐于奉献的精神。小韶涵，我们以后也要像蜜蜂一样，做对社会有贡献的人，你能做到吗？”

小鲁不仅是一个养蜂能手，更是一个教育行家。

韶涵听了，郑重地说：“叔叔，我也要像蜜蜂一样酿蜜，长大后把蜂蜜给所有的人吃。”

一句话让所有的人都开怀大笑。

“韶涵真乖，韶涵真懂事！”所有人都竖起了大拇指。

很多知青都以招工、招干、参军、上大学、病退顶替等方式陆续回城了。不久，王医生和汤医生也接到通知，回原单位上班。春球还在那里，负责处理剩下的一些事务，她心里有一种被抛弃的滋味。

这里从一个挤得水泄不通的医疗室，到现在只有春球一个人出出进进，春球感到从未有过的失落。门前的道路，曾经的人们川流不息，现在则行人稀少，哪怕一点点动静，那些鸟雀都会惊起，仓皇不安地飞个不停。

春球处理好医疗室的事务后，就和丹柏一起住在他单位。由于没事可做，她有些百无聊赖，不过并没有颓废，她知道时事在悄悄地发生着变化，她在等待着重新工作的机会。

过年那天,赣西北下了一场前所未有的大雪,芳坪村整个村庄全都覆盖在皑皑白雪之下。春球有一种预感,一场更大的“大雪”迟早会呼啸而来。

这年，春球生了一对双胞胎，早半个小时出生的是姐姐瑄妍,迟出生的是弟弟光华。生活对她来说,或许将更加艰难。

二十二

元宵过后，春球突然接到通知，县药材公司要她尽快回单位工作。

春球自从领取了三个月生活补助后，县药材公司谁也不知道她去了哪儿。县药材公司黄经理费了很大周折才在一个叫高桥的镇子里找到春球，把通知书亲自送到春球手里。

坐在春球家，他意气风发地说："春球，现在药材公司单位名称取消了，改为医药公司了，现在单位一切就都走上正轨了。经公司领导研究、班子会一致通过，决定分配你到四都仁爱药店上班，担任会计，负责人是厉希望主任。厉主任原来是四都大队的党支部书记，现在全面负责四都仁爱药店的工作。你到四都仁爱药店要协助厉主任搞好管理和业务，当好参谋……"

黄经理说完之后，春球心里特别激动，没想到她还能回到单位上班，更没想到，她一上班领导就让她担起会计这个重担。她有些语无伦次地说："黄经理放心，我一定会尽心尽力、尽职尽责做好本职工作，决不会辜负领导对我的期望。"

一个星期后，春球正式走马上任。她到理发店烫了一个大波浪，又到服装店买了一身米黄色的职业小西装，换了一双黑色的中跟女皮鞋。临出门的时候，春球还特意在镜子前照了照，感觉挺满意了,才迈步出门。

“老婆今天最漂亮。”丹柏在她身后调侃,还从后边双手抱住她,在她耳边亲吻了一下。

“去去去,老了都不正经。”春球娇嗔道,用手在丹柏脸上捏了一把,脸上却笑开了花。

“妈妈今天好好看啊!”韶涵也随声附和,靠在春球身边,摸了摸她的头发。

“是吗,我们的韶涵更漂亮呀。”春球俯下身子,抚摸着韶涵的小脑瓜子,高兴地说。

“我也很漂亮,妈妈,我也很漂亮!”雅婷抢着说。

“漂亮,漂亮,都漂亮。”春球一家人笑着说,房子里洋溢着快乐的气氛。

“快去上班吧。”丹柏催促着,春球这才放开两个孩子,搭上了早晨第一辆去县城的班车。

春天的铜鼓县,万物复苏,百废俱兴。四都仁爱药店内张灯结彩,人声鼎沸。一排排货架上摆放着各种药品,种类繁多,数不胜数。由于四都仁爱药店是四都镇唯一的药店,因此来买药的人络绎不绝。春球不厌其烦地向顾客介绍着各种药品,脸上始终洋溢着灿烂的微笑。

“你好,请问需要点儿什么?”春球问。

“我家孩子右腿跟鼓了一个包,有时还会痛,请问有什么中成药卖吗?”一个顾客问道。

“这是腹股沟疝气,俗称‘小肠串气’,大部分由于咳嗽,小孩过度啼哭引起的。”春球一边说一边从货架上取出“疝气内消丸”，双手递给了那位顾客，说：“这‘疝气内消丸’治疗效果很好，没有副作用，服完一个疗程可以很好地缓解病痛，是保守治疗。不要吃绿豆、白菜、黄豆芽；少吃会引起便秘、胀气的辛辣刺激食物，适当饮水，保持大便通畅。我建议等孩子大点儿到医院做手术，可以一次性根治好，完全不会留后遗症。”春球很诚恳地说道。

顾客接过药，付了钱，一连说了好几个“谢谢”，鞠了一躬，千恩万谢地走了。

望着顾客远去的背影，春球脸上露出了优雅的微笑。

由于四都仁爱药店经营有方，业绩稳步上升。医药公司年终将“先进单位”的锦旗授给了他们。第二年，公司下达了新的任务，营业额每年要以百分之二十增加，利润随着销售任务的增加而增长。近几年，四都仁爱药店每年只能完成任务的百分之九十左右。今年时间已过四分之一，但是，离完成任务还相差甚远。怎么办？厉主任在一次职工大会上提出，不能坐等顾客上门，职工要轮流送药品下乡。

送药品下乡是件新鲜事，四都仁爱药店的许多职工都害怕向不认识的人推销药品。他们不去找陌生的顾客，不去找那些适合作销售对象的人，主要是羞于启齿。

在职工大会上，春球提出：“我们只要做到脸皮厚一点儿，胆子大一点儿，嘴巴甜一点儿，多介绍药品的用途。下乡卖药对老百姓是大有好处的。他们不必花时间走路，也不用花劳力拿药，价钱比药店的一分不多，老百姓何乐而不为呢！”春球有点儿激动，随后她话锋一转，“不过，用肩挑药走村串户，是一项艰苦的工作，单位应该让点儿利，适当补贴职工一点儿钱，作为多劳多得的奖励。”

她的话音刚落，立刻引起了不小的议论。

张小红黑了脸，厉声道：“这活儿我可干不了！人生地不熟，万一货被坏人抢了，钱被扒手偷了，我可赔不起……”

老丰认为自己年长，工作时间又最长，也算是在生意场上摸爬滚打过的人，他竹筒倒豆子，撇着嘴说：“我反对！我活了几十年，可从没听说过送药下乡。这是我闻所未闻、见所未见的新鲜事……”

李小勇直来直去，抢着说：“我也反对！只有正月十五元宵节打龙灯才会走村串户，哪儿有走村串户送药到别人家去卖的，人家不骂你才怪呢！”

…………

厉主任见大家各抒己见，争论不休，便耐心地说：“大家出出主意，看看还有没有更好的办法。”

会场一片沉默，与会者都陷入沉思之中。

过了一会儿，厉主任坦然道：“不管怎样，任务一定要完成！否则，我这个主任也当不成了。”

看到会场尴尬的局面，春球接着说：“大家集思广益，我个人认为要想增加利润，完成销售任务，目前唯一可行的办法，就是大家都要做能吃苦的推销员。不过，话不说不明，理也是不辩不清，希望大家解放思想，畅所欲言，充分沟通意见，做到知无不言，言者无过嘛。”

大家你一言我一语，纷纷表达自己的想法。激烈讨论之后，大伙儿都认为只有送药下乡才是最好的方法,别无其他选择。

“要调动职工的积极性,激励职工下乡卖药品,就应该补贴下乡人员的劳务费。”几个年轻人说道。

其他职工随声附和。

最后,厉主任宣布讨论结果:决定给送药品下乡人员从当天自己所卖药品的销售金额中提取百分之一作为下乡奖金，此外还可以享受一天的下乡补贴。这样既给老百姓带来了方便,为国家创造了税收,也为职工增加了收入,为药店增加了销售,既创造了利润,又完成了任务。

春球是第一个报名送药下乡的人。她想:万事开头难,我一定要带好这个头儿,头儿带好了,一切困难都会迎刃而解,一切新鲜事物也会变成平常事。

太阳尚未露出笑脸,但在天地相接的地平线上,一缕赤红已将灰蒙蒙的天空与大地分开。

新的一天即将开始了。

春球吃完早饭,连碗筷都没洗,就拿起扁担,挑着药品出门了。这里山路蜿蜒,高山绵延起伏,草木茂盛,空气清新。微风袭来,一股清新而潮润的泥土气息沁入心脾。

天边那条赤带,慢慢地扩大成一片红云、一片红海;这红云闪着金光,如同一罐钢水,一下冲破云霞,飞跃而出。

太阳在东方的山峦上缓缓冲出了云层。

大地在沉睡中渐渐地苏醒,一切都显得宁静、温柔、庄严,充满了神圣的气息。朝霞给竹叶涂抹上了一层绚丽夺目的色彩。路边小草上亮晶晶的露珠，随着风儿滚动，有的滴落在草丛里。路边的溪水清澈见底，数条小鱼逆流而上，活蹦乱跳。

前面的良田沃野，尽收眼底。田野里一大片一大片油菜花，像一片金色的海洋，在晨光中芳香四溢，迎风摇曳。

春球挑着一担药品，行走在村中小路。不知道走了多远，感觉肩上的担子有点儿重了，她低头把担子从右肩移到左肩，左手握住前方的箩绳，右手握住后面的箩绳。肩上的担子越走越重，春球放下箩筐，坐在路边的草垛上好好地歇一歇脚。

职工反对下乡卖药品不是没有道理，挑药品下乡又累，又有风险。此时，要是突然蹿出一个不三不四的人该怎么办？到了别人家，又怎么开口卖药，在路上又怎么吆喝？

春球这样想着，心里一时半会儿也没了主意。

不管他，到了别人家里再说，'车到山前必有路'。春球站起身，挑着箩筐继续赶路。

走不多久，她看见前方有一个大屋场，便朝大屋场走去，选了个宽敞干净的地方，把箩筐放下。

一只黄狗朝她狂吠，它是在提醒屋里的主人有陌生人进入了村子，要警惕。

"会计同志，别怕！这只狗不咬人。"陈队长好奇地从她身后绕过来说。

"哎呀，陈队长，你把我吓一跳！你怎么神不知鬼不觉地出现在我眼前？"春球一脸惊奇，她万万没想到在这儿遇到了熟人。

陈队长笑着说："会计同志，今天什么风把你吹来了？"

"陈队长，我这是在送药品下乡。"春球正发愁怎么把箩筐里的药品卖出去呢，这下可好，遇到救星了。

“你送药品下乡不累呀？”陈队长笑着问道。

“只要是为大家服务，再苦再累我也开心。”春球也笑着说。

“你能把药品送到我们家门口，真是做了好事。我们离街远，来回一次要花好几个小时。如果农忙，就更别提上街的事了，除非是大病临头非去不可。”

“陈队长说的正是我们四都仁爱药店考虑的，所以我们四都仁爱药店所有人都要……”春球说到这儿，她莞尔一笑，“不过，说实在的，陈队长，这下乡卖药品，我也是‘大姑娘上轿——头一回’呢。你得教教我怎么吆喝。”

“这个简单，会计同志，看我的。”

说完，他开始吆喝起来：“喂！各位老乡，大家快来买补品呀，快来买药呀！”

陈队长的嗓门儿大，经他这么一喊，整个屋场一下子就来了好多人。

陈队长已经打开了话匣子，春球害羞恐慌的情绪立刻烟消云散，自然而然也叫卖着：“有治闹肚子的、治头痛脑热的、治胃病的、治嗓子痛的、治风湿的、补肾益气的，应有尽有……”

春球的四周，一会儿工夫便挤满了老乡。

陈队长说：“会计同志，我家老爷子脚不好，一年多都没上过街了，你看他吃点儿什么好？”

春球说：“买两瓶北京同仁堂国公酒，每天喝两口，舒舒筋骨，活活血……”

陈队长又接着说：“我老婆拉肚子，晚上都拉了三次，我收工回家正准备去药店买点儿药。现在你来了,我就不用上街了,送药下乡好啊!”

春球半带调侃地对陈队长说:“我早不来晚不来,因为我会算,算到了你今天要买药,所以送药下乡了。”

一句话说得大家笑了起来。

陈队长选择了藿香正气丸,还有的选择了感冒药,月经不调的买了乌鸡白凤丸,另外有人买了蛤蚧精……

临走时,大家还说:“会计同志,下次不要隔久了再来呀!”

“会计,你翻过这座山,山背后还有好多人家,他们一定会买药品。我帮你送一脚路?”陈队长热心地说。

“不用了,谢谢你!”说完,春球挑起箩筐,顿时觉得担子轻多了,究其原因,一半是卖出去很多药品,一半是心情愉悦。

在山路上行走,满眼的青山绿水,连空气都是甜丝丝的。上到山顶,春球放下箩筐,摘下头上的草帽,躺在草丛中美美地歇上一会儿。这里层层叠叠的山,一直延伸到天边;山上的苍松、老槐、青藤、翠竹比比皆是,占满了眼球;小溪边盛开的映山红,鲜艳欲滴,像一束火炬在燃烧;一棵松树上栖息着一对淡黄色的金丝鸟,其中一只抖动着一身醒目的羽毛,它似乎正在向另一只鸟炫耀它美丽的身姿,以博得对方的青睐。

不知道从哪儿传来一阵阵歌声,将春球的心都快融化了:

日头落岭就过河,
细声细气安置哥,
今晡日子冇几久,

约个日子到山坐。
今晡日子冇几久，
约个日子到山坐。
日头落岭过河背，
细声细气安置妹，
今晡日子冇几久，
约个日子倒转来。
今晡日子冇几久，
约个日子倒转来。
日头落岭夜了哩，
问哥样么打主意，
阿哥路头冇几远，
老妹路头几十里。
阿哥路头冇几远，
老妹路头几十里。
…………

这是一首流行在赣南地区的客家山歌，不知道什么时候传入到铜鼓县这个客家县了。歌声悠扬婉转，一咏三叹，淡淡的忧伤萦绕在心中；春球听得入了神，根本没注意她身边走来了一个人，那个人径直走到她跟前，把春球吓了一大跳。她“腾”地站了起来，这个举动反而让对方愣住了。

“春球！”对方睁大了眼睛，不敢相信。

“李冬贵！”春球也愕然。

“你怎么在这儿？”两个人异口同声。

“我来卖药品呀，你看，我成了卖货郎了。”春球打趣道。

“哎呀，稀客！稀客！真是稀客呀！你怎么跑到这山里来卖药品了？”李冬贵热情洋溢。

李冬贵是春球刚来铜鼓时在芳坪村医疗室当司药的时候认识的一个病人。当时他身患肺炎，每天发烧，大家都躲瘟神一样躲着他，只有春球一点儿也不嫌弃，一如既往地帮他捡药、煎药、送药，全然把他当亲人一样看待，直到他痊愈。没想到在这里遇上了，真的是无巧不成书啊。

两个人感慨一番，李冬贵接过春球的担子，把她带到了他们家里去了。

李冬贵一边张罗着让老婆倒茶，一边拿来凳子，嘴里还不住地念叨着：“春会计，你真是一个好人，那次肺炎要不是你精心照顾，我恐怕就要去见马克思了。”他笑了笑，接着说，“我此后每次去药店买药，你总是说我家住得远，先帮我捡药，好让我早点儿赶回家。我上山采的药，挑到药店卖，你一点儿都不为难我，等级价格都公平合理，不会打压我。我带的中午饭，你妈都会帮着蒸热，还夹点儿自家做的霉豆腐放在饭上，你们一家子都是好人。”

“这不都是应该的嘛！你这么说就见外了。”春球也笑了笑，轻松地说道。

李冬贵招呼春球坐下，看了一眼他房前的大片土地，憧憬着说：“会计，要是政策允许，能在自家的自留地上种植药材，该有多好呀！那就不愁钱花了。”

“会有那么一天的，到时候你家就成万元户了。”春球笑着接过话茬。

这时李冬贵老婆倒了茶，恭敬地递了过来，笑眯眯地说："春会计，我家冬贵老是念叨你，说你救了他的命。今天，无论如何都要在我家吃顿便饭。"

"嫂子，你客气了，这是我们应该做的。"春球一边回答，一边站起身来，双手接过茶水。春球仔细地打量起这个农村妇女，她笑起来的样子最为动人，两片薄薄的嘴唇在笑，长长的眼睛在笑，两个酒窝也在笑。真是一个美人坯子呢！

春球轻轻地呷了一口茶水，一股诱人的香甜在舌尖慢慢地荡漾开来，那种感觉，令人神清气爽，回味无穷。

李冬贵一边要小孩儿张罗村民来买药，一边叫老婆多做两个菜，好好招待一下恩人。

"李冬贵，我就不客气了，说吃就吃。"春球爽快地说，"不过，你们吃什么我就吃什么，不许多添一个菜。"

"嗨，这个怎要得！以前是物资贫乏缺衣少食，现在农村实行家庭联产承包责任制(俗称大包干)，生活改善了，炒两个鸡蛋，炒点儿腊肉，算不了什么。"

春球急忙说："那我就不吃了。"说着挑起担就要走。

"不能走！不能走！就依你的。哎呀，你这人真是的，来到我家还这么客气。"李冬贵苦笑着，硬生生拖住了春球。

春球留了下来。

李冬贵说："现在不是以前的困难时期，加两个菜算不了什么。往年吃大锅饭，是偷懒的人沾光，勤快的人吃亏。那时按人口分粮，粮钱可以拖欠，现在找谁拖欠？不干活儿就没的吃。自从实行家庭联产承包责任制，偷懒的人抽掉了懒筋，不甘落后，要互相拼个高低。我们比以前饿肚子吃救济强多了。吃饭谷仓里有粮，吃肉猪栏里有猪，吃蛋鸡窝里有蛋，上山挖点儿药材，一家的穿衣吃饭足够了。搞联产承包责任制，是要填饱肚子。民以食为天，如果饿着肚子，什么也干不了……”

李冬贵满脸笑容，骨子里都洋溢着幸福。春球心里忽然有了一种感慨：要是以前，谁家敢留客吃饭？不是不好客，是家里没有下锅的粮食呀。

祖国的春天正以磅礴的气势，呼啸而来。

嚼着清香四溢的米饭，吃着色香味俱全的菜肴，李冬贵家里老老小小、男男女女，每个人脸上都洋溢着喜悦，一顿简朴的饭吃得满屋都是欢笑声。

吃完饭，春球看了看箩筐里的药品，满满两箩筐卖得所剩无几。她心里琢磨了一下，照这样下去，四都仁爱药店今年的销售额又会翻番，员工的工资也会提高。这样想着，她嘴角露出了一丝浅浅的微笑。

看看夕阳将要下山了，春球手拿扁担，系好箩筐的绳索，同李冬贵一家告辞：“麻烦你们了！有空儿来我家做客啊！”

“有什么麻烦的？没有什么好吃的，还不知道你吃饱了没？你送药品下乡方便群众，倒是把你累坏了！”李冬贵老婆一边说，一边快速从春球手中夺过扁担，麻利地挑起担子。

“山路不好走，我送你一程吧。”

春球还没来得及说“不用”的时候，她眼疾手快地把箩筐挑在肩上，憨厚地微笑着。春球只好老老实实跟在后面。

“真不好意思，太谢谢你了！”春球说完，便和李冬贵一家挥手告别，愉快地回家了。

远处的天边，彩霞布满了天空，近处的山峦镀上了一层金色的霞光，村子里到处流光溢彩，美如梦境。春球几次催李冬贵老婆回家，可她一直没答应，直到大马路口，这女人才舒了一口气，恋恋不舍地回去了。

夜色渐渐地朦胧起来，村子里家家户户的屋顶上升腾起缕缕炊烟。炊烟越来越浓，越旋越高，慢慢地编织成朦朦胧胧的灰白色布幔，在风中温婉地舞动，将一幅优美的画卷呈现在眼前。春球突然想起黄家村，想起尾子，想起春婶，想起黄林生和老屋……她心里充满了眷恋。

什么时候有空儿，真想回去看看，春球想。

星星出来了，眨着眼睛；月亮也出来了，跟随着她的脚步。树林发出神秘的银光；小溪传来潺潺的流水声。芦苇的清香、水草的腥味把她紧紧地裹住。

春球的心里充满了宁静和安适。

晚上九点钟，她终于回到了四都仁爱药店。跟主管结算后，发现总共销售药品二百三十九元，按百分之一计算，可以提成二元三角九分，加上当天的伙食补贴，春球赚了一笔不小的收入。

后来，职工们都争着要下乡送药品，大伙儿再也不怕山高路远，再也不怕肩肿脚痛了，下乡成了职工们的常事。从此，上级下达的销售任务每年都能提前超额完成。

春球明显地感觉到改革的春风已经迎面扑来了。

二十三

春节快到了，春球掐指一算，已经在四都仁爱药店工作五年了。几年来，她与家人总是聚少离多，很少回去与丹柏和孩子团聚，她想，这回过春节，该好好回去享受家人团聚的快乐了。

很早就准备好了老人和小孩的新衣裳、年货、土果子，春球决定放假的时候一并带回家去。

还是在黄家村务农的时候，她学会了用红薯晒成薯片，用薯粉和熟红薯和匀，做成圆筒状长条，蒸熟后切成薄片晒干——叫雪花片。抓一小把放进热油锅里，捞起来吃，又香又脆，小孩儿和老人特别爱吃。她还学会了用糯米粉做年糕和米果，甚至还学会了做腊肉，一块一块的腊肉挂在阳台上晒干，吃的时候切成薄片，和冬笋一起爆炒，那种味道又香又醇，特别好吃。

春球做梦都想回去和丹柏、孩子们团聚，她甚至想象着做一顿热乎乎的饭菜，与家人一起喝点儿酒，晚上带他们一起看一场露天电影，那种温馨的感觉很久都没有体会了。

农历十二月二十七日，春球迫不及待地挤上了回家的班车。

这一年的春节特别寒冷，正月初一清晨，春球早早地打开大门，远远看去，只见大地和村庄全被白雪覆盖着，展现在眼前的是一片银色的世界。

天空中大雪无声地飘落着，在天地间搅成一团，鸟雀不知道躲到哪儿去了，白茫茫的原野上没有任何踪迹。天地间雾蒙蒙一片，看不到山峦，更听不到人声。春球站在门口，看见有些枯草被压在两三寸厚的雪褥下面，有些枝条被压得歪歪扭扭的；房屋也白了头。她两手插入棉袄口袋里，帽子压得低低的，眉毛上结了一层霜。

春球心里念着："赶紧下吧！把所有的雪都落下来，等我上班那天一定是阳光明媚的艳阳天。"

尽管回家了，春球的心思还是落在单位，不管在哪里，工作已经融入她的魂里，这已经成了她的习惯。

到了正月初二那天，地上的积雪铺得很厚。天气还是出奇的冷，但是大雪给孩子们带来了欢乐：他们忙着堆雪人、打雪仗、滚雪球。韶涵拿来了水桶和火铲，她不断地往水桶里铲雪。雅婷拿来了锅铲和脸盆，也不断地往盆里铲雪。丹柏拿着一把小铁锹，把雪铲到水桶里。春球和韶华负责堆雪人，黄道德老两口儿在一旁观看，时不时发出一阵阵笑声。

雪人做成了，韶涵在灶口下面的灰里挑出两颗黑色的火炭，给雪人做了两只眼睛；雅婷跑进屋内切了一圈儿红萝卜，贴在雪人头上，做成了嘴巴；韶华干脆把自己的手套脱下，将手套上的绳子套在雪人脖子上，雪人有了两只小手。

这种家的感觉，让春球差点儿流下了幸福的眼泪。

幸福的时光总是转瞬即逝，转眼间春球又要上班了。由于山区下雪路面结冰，致使客车无法通行，唯一的办法只有走路。为了防止路滑，春球拿稻草搓成两根绳子，绑在鞋子上打成死结，这样走路就不会滑倒了。

丹柏看见了，忧心忡忡地说："今天才初四，路又滑，司机连班车都不敢开，难道你还敢走路去上班？"

春球说："我何尝不想在家多待两天，可到了上班的时间，就得去上班呀！"

丹柏耸耸肩，一脸忧郁："马路上都结冰了，万一滑落山沟，到时候叫天天不应、叫地地不灵，你还是等通了车再去上班吧。"

春球安慰他说："迟到是旷工，旷工就要扣工资，年终也不能参加评先进。这制度是大家规定的，我是一名会计，更不能带头违反纪律。丹柏，你说呢？"

她把头靠在丹柏肩膀上，双手揽着丹柏的脖子。丹柏见她决心已定，便没有再说什么。他拿出搓好的稻草绳，又在她鞋子上绑了一圈儿，生怕绳子掉了，打了一个扎扎实实的结头。他还找来一根结实的棍子，塞到春球手中，牵着她的手说："春球，我留不住你，要去，就早点儿动身吧。从胆坑出发，走九里的小坡路，再到花山林场，花山开始盘山走二十里路，然后下陡坡十四里，据说有九十多个弯，全程一共有九十多里，你要在县城住一晚，第二天坐车去四都仁爱药店，县城可能通车了吧，你记住了吗？"

"我记住了，你放心！"春球眼里热热的，有一股液体没忍住，悄悄地涌了出来。

丹柏把她的背包跨在肩上，送她出门。路上雪很厚，雪的下层结了冰，他们踩在雪地上，发出清脆的响声。

路边一棵山茶树，开着粉红色的花朵，在大雪纷飞的冬日分外耀眼。盛开的花朵迎着北风，娇艳欲滴，与洁白的雪花交相辉映，分外艳丽。

又一个春天将要蓬勃而来。

春球和丹柏并排走在白雪覆盖的马路上，如果没记错，这是他们夫妻俩第五次单独在一起走路。

一路上看不见一个人影，河面连水鸟都没有踪迹。只有沿河岸停泊着一个接一个的木排。这些木材出自这山区，扎成排后从源头顺着河水漂流到定江河。放排的人叫排客。他们终年在水面漂流，把家也安在排上，排上用杉树皮盖成小棚子，家眷就住在里面。

现在排客也在家过年了。

丹柏送了一程，又送一程，他抓住妻子的手不肯放开。春球依依不舍："别送了，回家吧。"

她把棍子塞到丹柏手里，说他眼睛近视，拿棍子探路回去时更安全。可是丹柏坚决不要。他停下脚步，静静地看着春球，一字一句地说："你一定要在县城住一晚！记住，一定要住一晚！"

丹柏的眼里有无限爱意，让春球欲罢不能。

她一直走到路的拐弯处，再也看不见丹柏了，才停住了脚步。可是春球站了大约好几分钟，又折回去，看看丹柏走了没有。她发现丹柏同样转回身来，看见春球返回身，又立刻朝着回家的路疾步走了起来。

不知道为什么，春球总感觉他泪流满脸。天气透骨的寒冷，他眼睛近视，赤手空拳，万一滑倒把眼镜弄掉了怎么办！春球心里从来没有这样担忧过。

有一刻，她想回去再和丹柏住一个晚上，可是最终还是走向了县城方向。

现在，只剩下春球独自一人走在白雪皑皑的“S”形山路上，她时而歪向左边，时而滑向右边。路下面的山峰像刀劈斧削，刀劈得随意，斧削得光滑；山上的松树，松针上挂满了晶莹的冰雪，像数不清的金刚钻，一丛丛、一簇簇，形成一种冰天雪地的壮观景象。竹叶上缀满了雪花，竹茎上粘着冰雪，偶尔一阵寒风涌来，将枝头上的雪花抖落下来，银铺玉砌，充满了浪漫与神秘。

春球感觉自己就像一只蚂蚁在旷野里踽踽独行。前面是雪地，后面是雪地，左边是峭壁。她是第一次一个人在雪野中行走，很怕滑落到望不到底的沟壑。一路上她毛发竖起，内心发麻，几次滑倒，又迅速爬起来，拍拍身上的雪，继续往前走。有时眼睛被雪光映得发花，她只好眨眨眼睛、晃晃头，来缓解一下疲惫。

在雪地上行走，很多时候没有距离的概念，应该有很长一段路程了，春球看见前方有一栋房子，孤零零地静卧在雪野中。

她的心里涌来一种孤独后的温暖，就像突然遇到了久别的亲人。

房子的旁边有一块菜地，菜地里剩下些零零星星的萝卜，在雪地上桀骜地生长着。那片片绿叶预示着它不屈的生命力。这荒山野岭中，它应该是一抹最感人的色彩了。

看到小小的萝卜，春球才觉得肚子饿了，好像肚皮都贴在脊梁骨上。她走过去，拔了一个萝卜，在雪地上来回蹭了几下，还是没蹭干净。她看见路边有口水塘，准备下去洗一洗；又见到一位老婆婆，上身穿一件蓝印花布的大襟棉袄，下身穿一条黑色的裤子，一头稀疏斑白的头发，整整齐齐，盘拢在脑后结成发髻儿。

老人家正在水塘里洗红薯，冰冷的雪水浸泡着她的双手，春球透过眼睛都能感到彻骨的寒冷。

老人家看见春球，吃了一惊："这大冷天的，冰天雪地，你是谁？从哪里来？要到哪里去？"

她满脸皱纹，却又满心疑惑。

"我是春球，从崇乡那边来，去县城四都仁爱药店上班。"春球老老实实回答。她拿着萝卜，边洗边难为情地说："婆婆，我肚子饿了，在地里拔了一个小萝卜……"

"没关系，这萝卜太小了，我们都不要了。这还能吃吗？"说着，她拿了两个大红薯硬塞到春球手里。

世界上很多事情，总是在绝望的时候又有了新的希望。春球喜出望外，接过红薯，谢了那个老婆婆，又急着赶路。

我是谁？是赶着去四都仁爱药店上班的员工，是新年刚过就要告别丈夫的妻子，是吃了无数苦、还能坚强地走下去的一个女人……

春球笑了笑，将一个红薯塞进嘴里，咬了一口，拼命地嚼着。只要活着，就能创造希望。她坚信，总有一天，她和丹柏不再天各一方。

天黑的时候，终于到了四都仁爱药店。

厉主任正抱着一个大烤火箱，看见春球，说："春球，你在县城住了几晚？今天你是从县城走来的吗？"

春球回答说："我没有在县城住，我是直接从家里走来的。"

"我不信！你家到这里少说也有八九十里路，而且要走近四十里的雪山路，一个女人一天能走这么远的路，这么难走的路，这是不可能的事！万万不可能！”厉主任连连摇头。

春球说：“为了能够按时上班，我真的是从家里走来的。整整走了一天，我的脚都不能动弹了。”

“这么恶劣的天气，你请一个假，等通了车再来上班，也完全可以。你真是的……”他没有再说下去，自顾自拨弄着火盆里的木炭火。

春球走进房间，倒在床上就睡着了。

二十四

春球万万没想到,李冬贵真的来四都仁爱药店找她了。

“哎呀,稀客,快进来坐。”春球拾掇出一把椅子给他坐下,又泡了一杯热气腾腾的菊花豆子茶,“来,喝杯茶,驱驱寒。”

李冬贵接过茶杯,兴奋地说:“会计同志,告诉你一个好消息,现在我们可以种植药材了,你说这是不是好消息呀?!”

“你还蛮懂国家政策呀!”春球打趣道,“这确实是我们农民脱贫致富的一个好项目。”

“嘿嘿,我每天都会收听广播。”李冬贵摸了一下自己的后脑勺,不好意思地笑了起来。

春球也觉得,发动老百姓参与药材生产,是一件利国利民的好事,不仅可以给老百姓增加经济收入,而且可以提高公司效益,为国家创收。

她立刻把她的想法和李冬贵来医药公司的目的,向县医药公司做了汇报。

县医药公司黄经理听后,高兴地说:“春球,你的想法不错,公司大力支持你,你就大胆干吧。”

从办公室出来,春球心情愉悦。有了县医药公司的支持,春球吃了一颗定心丸,她回头对李冬贵说:“老李,公司特别支持你的想法。当地的气候环境很适合种植天麻、白术、玄参、茯苓等，这些药材养护成本低、收效大，也是目前市场上的紧俏药材。”

“太好了，春会计，我回去就发动乡亲们种植药材，共同致富。”李冬贵说完，马上就要回家。

春球拉住他说：“你倒是个急性子，时间不早了，先吃了饭再说。到了我这里，我就是地主。”

李冬贵尴尬地说：“怎么好意思让你破费。”

“应该的呀，上次在你家，要不是你帮忙，我那一担药还不知道要卖到什么时候呢！”

李冬贵憨厚地笑着说：“不值一提，不值一提。”

两个人就在医药公司食堂炒了两个菜，一边吃饭，一边谈论起种植药材的具体事项。

“种植药材是一门技术活儿，不能急于求成，公司会派人到农户家里进行专业指导。你就在家静候佳音吧，老李。”春球说道。

“那行，我等你好消息哦，春会计。”李冬贵回应道。在他眼里，春球是一个非常值得信赖的人。事实也确实如此，他与春球的交往不是一天两天了，从当年在芳坪医疗室对他嘘寒问暖就能判断出来。

为了帮助农民种植中药材，县医药公司指派春球去牛子坑药材种植基地学习种植药材技术。

由于工作需要，丹柏由高桥中学调入铜鼓县教研室工作，前不久，家里老人和小孩儿跟春球住在四都仁爱药店，一家人好不容易在一起生活了，春球的心里有一种如释重负的感觉。可是为了工作，春球又要离开家，离开孩子，离开公公婆婆了，她心里又有一种莫名其妙的依依不舍。

她觉得她亏欠孩子的太多了。

自小，孩子们就很懂事，韶华和韶涵出去玩儿，经过“木工社”，韶涵看见木工们在做工。木头上劈下的“废角料”，韶涵捡起来，捆成一捆柴，背回家；韶华也学着用绳子捆一捆，七手八脚地抱回家。同事看见称赞说：“你们家的孩子多顾家，大了肯定是把好手。”春球笑笑：“穷人的孩子早当家。”

言传身教是春球教育孩子最直接的方法。

韶华体弱，春球陪着他去体育场跑步锻炼身体。春球对他说：“韶华，妈妈有高血压病，可以通过跑步缓解甚至祛除病症；你经常感冒，也可以通过跑步提高免疫力。我们一起跑步，看谁的身体最快恢复正常，好吗？”

韶华说：“打赌，谁不坚持锻炼谁就是小狗！”

“好呀，拉钩，上吊，一百年，不许变。”韶华拉住春球的手指，奶声奶气地发着誓，把春球给逗乐了。

此后，学校的体育场上，每天清晨总可以看到母子二人跑步的身影。

有一天，韶华缠着春球，要她看他的胸肌：“妈妈，你看我胸肌如何，是不是更发达了？”

春球伸出手去，在韶华胸前轻轻一摸，惊讶道：“呀，我家小韶华成男子汉了，了不起，了不起！”

韶华听妈妈这么一说，反倒有些不自在起来，赶紧把衣服放下，脸色都被说红了。

春球继续说：“韶华，你的身体练得棒棒的，将来想干什么？”

韶华拍拍胸脯，大声说："将来我要考军校，当兵保家卫国！"

春球大吃一惊，暗暗思忖：小小年纪，能有这个雄心壮志，真的要刮目相看，不愧是丹柏的儿子。

欣喜的泪水溢满了春球的眼眶。

"真不愧是我的好儿子，我支持！现在你一定要刻苦学习，锻炼好身体，为保家卫国立新功。我等着你的喜讯，韶华。"

韶华兴奋地说："好！我会像妈妈一样，不怕困难，排除万难，去争取胜利！"

听了韶华的话，春球特别欣慰，她问韶华："妈妈跟你商量一件事，看你意见如何？"

韶华疑惑地看着她，有点儿吃惊的样子。春球把种植药材的重要性对韶华说了一遍，并把县医药公司指派她去牛子坑药材种植基地学习种植药材的事也告诉了他。接着她问韶华："韶华，我学习种植药材，是去好还是不去好？"

韶华眨巴着双眼，摸摸脑袋说："妈妈，你常常告诉我，无论学校搞什么活动都要踊跃报名争取参加，不要放过任何一次学习的机会。我觉得妈妈不应该放弃这次学习种植药材的机会，因为种植药材是关系到很多家庭能否过上幸福生活的大事……"

春球看了看他，眼泪差点流了出来，内疚地说："我如果走了，就不能督促你学习、检查你的作业，不能照顾一家老小的生活了……"

他急忙说："妈妈，你不是教导我们要像工蜂一样，不计较个人得失，乐于贡献。你不会因为这个小家而放弃学习种植药材的机会吧？"

韶华神气十足，拍拍自己的胸膛又说：“我已经长大了，我是一个男子汉了，我会管好自己，也会帮着管好这个家。妈妈，你就放心地去吧！我要是连这点儿小事都做不了，将来还能当兵保家卫国吗？”

真没想到，那年小鲁教他们三姊妹学习工蜂品德的事，他们还铭记在心。春球一把抱起儿子，在他脸上亲个不停，还抱着他转了一个大圈儿，说：“你真不愧是妈妈的好孩子！”

这一天，春球从来没有这么自豪过，她发现她的儿子是那么优秀、那么善解人意，懂事得让她心生疼爱。

带着骄傲与不舍，春球走进了牛子坑药材种植基地。

三个月后，中药材栽培技术培训结束了，春球回家的第一件事就是回到单位，组织药材种植户来四都仁爱药店学习中药材栽培技术，把自己学到的知识和技能完完全全传授给他们。春球在培训班讲中药材种植方法、管理、病虫害的预防与救治、土壤的选择、种植的时间、收获应注意的事项……

春天来了，种植户们纷纷把中药材种子种在自家土地里，也把生活的希望种在土地里。春球一时之间感到责任的重大，似乎她主宰着这些种植户的生活，他们的成功与否与春球密切相关。

张有雄家是全村中药材种植最多的一户，天麻、黄精、白术、玄参……种植面积达十多亩。春球在选种、育苗、施肥和管理等方面一直跟踪服务，到了晚上，春球还要在培训班讲课，忙得不亦乐乎。

“春会计，你这样贴心帮我，我领受不起呀！”张有雄说，“你自己还有家庭呢，还有孩子需要照看，你看看，我怎么好意思?!”

“老张，你就别多想了，种植成功了，你也翻身了，我们公司也受益了，你说是不是这个道理？我们这叫一举两得。”春球笑着说。

张有雄眼眶湿漉漉的，他觉得他这一辈子很幸运，在他最最困难的时候遇到了一个好人。

指导完张有雄家的黄精栽培技术，春球又急匆匆赶往村西头张大宝的药材基地，指导他种植白术。去年，他完全不懂技术，又没有接受培训，自个儿种植白术，结果白术全都发病死了，一年的投资全部打了水漂。张大宝今年一筹莫展，眼睁睁看着别人忙于春耕，自己却没有资金，不懂技术，干着急却毫无办法。

春球看在眼里，急在心上。她决定去张大宝家帮他一把。

春球快要到张大宝家时，屋子里传来了他老婆的吼叫声：“离婚，离婚，我要离婚！”

接着传来了张大宝娘愤怒的声音：“你说什么？你要离婚？你，你——好你个王满英，你敢离婚，我打断你的腿！”

春球以闪电般的速度冲进张大宝家，一把抱住了他娘，夺了她手中的笤帚：“大娘，这可使不得，儿媳妇会被你打跑的，到时候你大宝老婆都讨不到的。”

“大宝怎么了，你这是？”春球走到张大宝跟前，吃惊地问道。

只见张大宝垂下目光，低着头一言不发，任凭老婆王满英发怒。

春球转身对王满英说：“满英，你怎么了？好端端的，离什么婚呀？有话好好说，这可不是闹着玩儿的。”

王满英眼泪在眼眶里直打转。

“满英，到底怎么回事，能跟我说说吗？”安抚好张大宝的娘，春球走到王满英身边，拉着她的手，轻声问道。

王满英本是埋怨张大宝不知道赚钱，心中有气没处出，没想到婆婆这样蛮不讲理，不觉脸红脖子粗，抢过话题，索性竹筒倒豆子，将憋在心里的话一股脑儿倾吐出来。

“我嫁到这个家，过的都是一分钱恨不得掰成两半儿花的日子，省衣节食，还是没钱用。我几年没回过一次娘家，我也是妈妈身上掉下来的肉，可是，我没有钱买往返车票，也没有钱买礼物送人。我嫁到这个家，出门身上穿的还是从娘家出嫁时穿的衣服，回去当着众人的面，我下得了台吗？我能不尴尬吗？家里上有老下有小，我们一年忙到头儿赚不到一个活钱，去年种植药材又血本无归，家里一分钱都没有了。几次都想和他离婚，离开这个鬼地方，但又不舍得孩子……”

王满英一边哭诉，一边痛骂，说得张大宝低头不语，面红耳赤，却又无可奈何。

都是家里没钱惹的祸，春球一边帮王满英擦干眼泪，一边暗下决心，一定要为乡亲们多办实事，让他们早点儿富裕起来。

“大宝，满英，别难受了，今年我亲自帮你们栽培药材，保证你们赚钱。”春球对着夫妻俩说。

“真的吗，那太好了！”大宝眼睛像通了电的灯泡，蓦地亮了；一直沉着的脸也露出了笑容。

“好什么好，你拿什么买种子？没起手本钱，你高兴个屁呀！”王满英嘲讽道。

“这个你放心，满英，我们四都仁爱药店负责给你种子，负责回收,你只管好好种植就是了。”

“春会计,那先谢谢你了,你就是我家的大恩人呀!”张大宝说完,在春球跟前鞠了一躬,把春球吓了一个趔趄。

秋天到了,家家户户都开始采挖药材。春球比以前更忙了,她不仅要计算家家户户的种植数量,还要指导种植户进行药材采摘、烘干、收藏。

陈桂生种植的天麻大获丰收,他寻思着,今年赚钱了就可以在自家老房子旁建一幢新房。可是天麻的烘干出了问题,他焙烘的时候没有掌握方法,结果全鼓壳了,陈桂生拿着鼓了壳的天麻找到春球说:“会计同志,我种的天麻怎么和药店卖的不一样?天麻种是不是假的?”

春球一看,就知道是怎么回事了,她告诉陈桂生说:“天麻种绝对不会有假,你焙干天麻的方法错了。焙干天麻是一种技能。首先要用竹片刮去粗皮,然后用木甑蒸约一小时左右,用无烟火焙。还要随时用竹筷翻动,并用小竹针在尾部穿两三个孔,以免发生气壳。焙至半干时用厚木板压一夜,再焙至八成干取出,此时要在木板上面加上石头压,压后再焙干为止。”

陈桂生听了说:“会计同志,对不起!原来是我误会你了。幸亏我只焙干一点点,否则我就全完了!我再也不敢自己烘干了,剩下的天麻送给你们加工。”

春球说:“行啊,你全部拿过来吧。”

春球想:这么多药材,怎样才能快速烘干呢?她请示了医药公司,请来师傅打“焙灶”进行加工,这样一次能焙两千多斤。大麻、白术、玄参的加工效率提高了很多。

过年的时候，李冬贵等一群农户把春球请到了他们村里，说是请她看看他们村开的民主生活会。听到是开民主生活会，春球欣然应允。

走进会场，四周响起了热烈的掌声，春球有点儿不好意思，发现原来有那么多人给她鼓掌欢迎她，这是不是一种幸福？春球心里甜甜的，有一瞬间，她特别满足。

"同志们，乡亲们，下面请张有雄谈谈他的致富过程。"台下又是一阵掌声。

张有雄披红戴花，手里拿着话筒，身着西服，说道："我不会说话，不过我种植中药材，两年工夫就还清了信用社的贷款。我还有了存款，已经跃居本村富裕户的前列。"他容光焕发，眼睛发亮，说话虽然语无伦次，却怎么也掩饰不了内心的喜悦。谁都知道，前几年他家还穷得叮当响，现在却是村里数一数二的富裕户。

"我要谢谢春会计，是她手把手教我种植药材。"最后他说道，把话筒递给了李冬贵。

春球的眼里有泪花在闪烁。

"下面有请张大宝上台谈谈他的致富经。"李冬贵接着说。张大宝正要起身接过话筒说话，没想到他身边的老婆王满英抢过了话筒，高声说道："我要感谢春会计，要不是她免费提供种子给我们，教我老公种药致富，我们可能已经离婚了。"

会场上顿时鸦雀无声。

"你现在还想离婚吗？"当着乡亲们的面，春球故意高声问她。王满英一下子被她逗笑了，说："现在——现在打死我也不离婚了。谢谢会计教我们种药，让我们家脱了贫，过上了好生活。再过三五年我们计划要建新房子。"

张大宝走到老婆王满英身边，抱住她低声说："老婆，对不起！嫁给我让你受苦了！"

台下的掌声如潮水一样涌起。

"吃水不忘挖井人，下面请春会计给我们说几句话，大家鼓掌欢迎。"李冬贵在台上喊道。

春球还从来没有在台上讲过话，一时间有些慌乱。说什么呢？她整了整衣襟，清了清嗓子，开口说道："乡亲们，我们又见面了。看到你们种植中药材发家致富，都赚钱了，我心里很高兴，也很欣慰。我春球没什么本事，可是你看，李冬贵大哥种植中药材赚钱了，张有雄大哥种植药材赚到了房子，张大宝种植药材挽回了婚姻，还有许许多多的农民兄弟种植药材都赚钱了，我高兴呀！"春球有些激动，脸上通红，声音颤抖，"今天能参加你们的民主生活会，我真的很荣幸，也很骄傲，你们不要感谢我，要感谢党的政策好，感谢领导的重视，我希望乡亲们都来种植药材，大家一起共同致富，把日子过好。"

春球说完，把话筒递给了李冬贵。一浪一浪的掌声此起彼伏，经久不息。

大家沉浸在一片欢声笑语之中。

现在是冬季，春球回到家，陪伴孩子是她梦寐以求的生活，每次回家，她最大的遗憾就是觉得欠孩子太多，她心里总有一种内疚在纠缠她，刺痛她。

“蝴蝶和知了你们都认识吗？”春球看到孩子们在看书，她插进话来，微笑着问他们。

他们异口同声地说：“认识！”

雅婷说：“弟弟韶华经常抓好看的大花蝴蝶做成标本，可好看啦。”

韶涵说：“韶华为了实现考军校的目标，他做了一支皮筋弹弓，天天练射树叶。他眼力好，弹无虚发，经常把射来的知了埋在火堆里烤，烤熟了可好吃了，香喷喷的，想起来我都流口水。”

韶华说：“大姐是只大馋猫，每次她都吃得最多。”

“是吗，韶华真厉害。既然你们都认识，那我现在讲蝴蝶和知了的故事，你们要认真听，认真思考。能做到吗？”春球问。

“能，妈妈，你快说吧。”

“从前，蝴蝶和知了是一对很要好的朋友，常在一起玩耍。那时，他们不但穿衣服有同一爱好——喜欢穿雪白的羽衣。吃早点也有同一种习性——爱饮清凉的露汁。他们还用功学习，都有一双会飞的翅膀：知了哥哥想当一名歌星，蝴蝶有志成为舞蹈明星。为了实现自己的梦想，他们还开展了友好竞赛，天天抓紧时间刻苦练习。”

“妈妈，那它们累吗？”雅婷问。

“肯定累呀，但是它们不怕累。”春球回答说，“春去夏来，邻居花姐姐向他们兄妹求援：好兄弟好妹妹，请你们帮个忙，帮我传授花粉，好不好？知了听后，一脸不高兴，鼓起两只灯笼似的大眼睛，不满地回答：‘我生来只爱唱歌，别的事不会。传什么花授什么粉,我可没时间呢!'"

"知了真小气。"韶华说,脸上露出鄙夷的神色。

"是呀,知了为了自己的前途,拒绝了花姐姐的请求。"春球继续说,"蝴蝶听了知了的话, 也大吃一惊, 她嘟起小嘴嗔怪知了:'知了,你怎么能这样说话呀? 花姐姐有事相求,我们好意思袖手旁观吗?再说,左邻右舍的,谁不会有需要帮助的时候呢?'"

"知了太自私了。"韶涵说。

"知了傲慢地昂起头,扭扭身子说:'花姐姐懂得抓时节传授花粉,我也要争分夺秒练习唱歌。你思想好,你就去帮她吧!'知了说完,双翅一展,飞走了。"春球继续讲着故事。

"蝴蝶还想劝劝知了,看见它越飞越远,只好摇摇头:真想不到,知了会这样自私呀!"

"蝴蝶是怎样帮花姐姐传粉的呢,妈妈?"雅婷仰着头,天真稚气地问道。

"蝴蝶朝着花丛飞去,一丝不苟地帮助花姐姐传授花粉。她从清晨忙到日落,由这朵花飞到那朵花,不知疲劳,不会偷闲,饿了就吮点花叶上的露珠,困了就在花朵枝叶上打个盹儿。她一直兢兢业业,不怕太阳晒,不怕雨水淋,一直忙到花枝头上结出丰硕的果实才停止传粉。"春球笑着说。

三姊妹不约而同地点点头,那样子着实让春球怜爱。

"蝴蝶的善良赢得了花姐姐的认可,她把所有的花朵都雕刻在蝴蝶的翅膀上,从此,蝴蝶便成了大自然中最美丽的舞者。可是知了呢? 不知道躲到哪里去了。如果知了帮助了花姐姐,花姐姐肯定会教它唱歌的,它也可以在赛歌会上获奖的。"

“知了真的是咎由自取啊！”韶华用了一个于他而言还比较深奥的词语，让春球喜出望外。

“故事讲完了，你们学到了什么呢？”春球想听到他们姊妹几个不同的答案。

韶华说：“我们只有帮助别人，别人才会帮助我们。”

雅婷说：“我们要做到有求必应，多做好事。”

韶涵说：“妈妈，我们班上有一个女同学，学习很差，她觉得不好意思，想放弃读书。我要像蝴蝶帮助花姐姐一样帮助她，使她对学习有兴趣，成绩有所提高。”

春球一听，高兴坏了：“很好！这叫先进帮后进。韶涵，你打算怎么个帮法？”

“我想每天放学后去她家里，把她以前落下的功课帮她补上去。”

“太好了！妈妈支持！不过，你的学习可不能落伍啊！”春球觉得，她的孩子很有爱心，这是她最引以为荣的事情。

“妈妈，我的功课不会落后的。我讲解课文给同学听，也等于自己在复习功课，巩固知识；同时，也为继承爸爸的职业当老师教书，训练了我的讲课能力与口才。”韶涵语出惊人，让春球无比激动。她把韶涵揽在怀里，不知道用什么方法表达自己的惊喜，“韶涵，你想继承爸爸的职业当老师教书可不是件容易的事。爸爸是名优秀的教师，学校的校歌是爸爸写的。你爸爸清清白白做人，踏踏实实工作，勤勤恳恳教书，几十年如一日。我说你爸爸是红烛，是春蚕。我问你，你知道什么是红烛吗？”

韶涵笑着答道：“我知道，就是蜡烛呀！它照亮了我。”

“它照亮了别人，献出了自己。”春球补充说，“韶涵，你能做个像爸爸一样的好教师吗？”

韶涵仰起红扑扑的脸蛋儿，望着春球，语气坚定地说：“妈妈，你放心，我一定像爸爸一样，做个最好的教师！”

光华歪着脑袋说：“妈妈，我也想当教师，站在讲台上，教小朋友写字读书。就像蝴蝶姐姐一样，帮助花姐姐传花授粉。”

出乎春球的预料，光华回答得这么好。他记忆这么好，理解力这么强，说话这么到位，令春球始料不及，因而兴高采烈。

她兴奋地说：“光华，希望你为实现自己的志愿好好读书。妈妈相信你，你一定会跟爸爸一样，成为一名优秀的教师。”

瑄姘站起来，摸摸脑袋说：“妈妈，我长大了想当老板，赚好多好多钱，给你们盖大房子，给贫困孩子读书用，多做好事，不要回报。”

收上来的中药材不仅要焙干，有些还要切成片。比如加工茯苓，先用大甑把茯苓蒸透心，蒸好了取出来剥皮、切片；晒干之后还要分类包装。有的颜色是白的，就叫白茯苓；有的是棕色的，叫赤茯苓；块头儿最小的，叫碎茯苓；茯苓中间长有木头心的叫茯神。茯神价钱最贵，剥下的皮叫茯苓皮。因为各类价钱不相同，治病的功效也不一样。

春球对这些非常熟悉。

这些药材除了留给四都仁爱药店用之外，其余的一并送往县药材公司。如果怕苦怕累，不分类、不分等级送往县药材公司，他们就只能按统装货的价格收取、结账，也就是二等货的价，约店收入就少得多了。

经过挑选，药材分成一等、二等、三等。一等货几乎占了总数的百分之七十多，二等货占百分之二十左右，三等货占百分之十左右。由于大家的辛苦劳作，药店收入增加很多。

等级分好了，装入麻袋打包，只要打电话去县医药公司，县医药公司就派小龙开着拖拉机来药店装药。

装好药，春球坐拖拉机去医药公司交货。拖拉机发出“噗、噗、噗”的响声，把人的耳朵震得嗡嗡响；上下颠簸跳动、能颤得人一身骨头散架。行驶在泥泞的马路上，拖拉机成了喷雾器，灰蒙蒙的黄土迎面打来，把人的面孔都染成了灰白色。

春球来到县医药公司，药材一袋一袋过秤，做到品种不漏、等级不错、数量不少、金额不差。

回到四都仁爱药店时，春球已是筋疲力尽，疲惫不堪了。

把大批药材送往县医药公司，县医药公司以饮片批发价格供给全县各个药店、医院、外省外县。这样一来，县医药公司增加了收入，为国家提供了一定的税收；四都仁爱药店增加了利润，使药农脱贫致富。这样既搞活了经济又搞活了市场。春球不懂这些，但是她实实在在看到老百姓致富了，这是让她最高兴的事。

年终总结大会上，四都仁爱药店成为全县商业系统提前超额完成销售任务最多、创造利润价值最高、发展药材生产最佳的单位。四都仁爱药店顺理成章地被评为“全县商业系统先进单位”。春球被评为“先进工作者”。全县商业系统现场表彰大会在四都仁爱药店召开，要春球做经验介绍。

这回，春球央求丹柏写了一篇讲话稿，开会的时候，春球把

稿子拿出来,照着丹柏写的内容念道:

“我来到四都仁爱药店上班的那天起，就热爱上了这份工作,我把四都仁爱药店的事当作自己家里的事来做,处处为药店出主意想办法,以实际行动带动大家。我教乡亲们广种药材,为乡亲们脱贫致富献计献策,走出一条康庄大道,使乡亲们过上好日子。成绩是大家的,没有大家齐心协力、互帮互助,又怎能取得好的成绩呢?荣誉是领导的。没有领导关心爱护,帮助扶持,又怎会有今天的荣誉？”

“只要老百姓能赚钱致富,只要公司不断发展壮大,我会一如既往地为大家服务。谢谢大家的厚爱。”

春球鞠了一躬,走下讲台。

全场响起雷鸣般的掌声,可是春球好像全然没有听见,她又在准备下一步的计划了。

二十五

黄道德突然去世了。

吃完晚饭，他带着几个孙子孙女在院子里闹腾了一会儿，按照惯例，很早就该回房睡觉了。早上，春球叫他吃饭，却没听到回应；她推开房门，叫了一声“爸爸”，他依然没作声。春球心想：今天爸爸怎么睡得这么香啊？可是不对，他平时是特别警醒的，听到推门声，他都会问是谁，今天连续叫他都没有回应。春球走到他床边，用手放在他鼻子上试了试鼻息。

他已经没有呼吸了！

春球眼前一黑，顿感天崩地裂。她一时不知道如何是好，眼泪就像断线的珠子落了下来。爸爸去世了，这可怎么办？春球胆战心惊，六神无主。

必须先告诉丹柏。

她赶紧擦干眼泪，整理了一下装束，走进办公室，颤抖着双手，拿起话筒，哆哆嗦嗦地拨打着县教研室的电话。

接电话的是个男人，只听到对方说：“喂！喂！你是哪位？你是谁？怎么不说话？”

春球只觉得喉头像被什么东西卡住一样，发不出任何声音。强作镇定后，她努力平静下来，结结巴巴地说：“我——我——我是黄丹柏老师的老婆，请叫他接电话。”

“黄丹柏老师下乡去了，不在单位，你有话我可以转告他。”

“他——他——他父亲去世了。一定要他，今天赶回家！”春球泣不成声。

“啊！我马上打电话联系，如果联系不上，我一定会派人去找。你放心，我们一定找到他。”

“谢谢！”她挂断了电话。

房间里，黄玉英已经给她丈夫穿好了寿衣，并用一床寿被盖在黄道德身上。她跪在丈夫身边号啕大哭，韶涵、雅婷、韶华一边痛哭流涕，一边焚纸烧香；光华、瑄妍睁着惊恐的眼睛，惶恐地看着大家。

厉主任来了，他告诉春球，不要哭，要坚强；把眼泪往肚子里咽，很多事情需要她去处理。

春球点点头，她知道她要肩负起自己的责任。

消息很快传遍左邻右舍，传到村民耳朵里。

同事都来了：“春球，节哀顺变。有需要帮忙的尽管开口。”

“春球，通知你那边亲戚了吗？要我们去丹柏老师家接人吗？”

“春球，安排好相关人员名单了吗？”

春球的眼泪一遍一遍涌出来，她走到厉主任身边，泣声说道：“厉主任，你帮我安排吧，我拜托你了。”

说完，春球“扑通”一声跪在厉主任跟前。

厉主任赶紧扶起泪眼婆娑的春球：“春球，不要多礼，不要多礼。有事我们都在，你不要担心。”

春球这才缓缓起身。

厉主任当即召集几个在当地有名望的退休老人，成立了一个精简的治丧小组，并在黄表纸上用毛笔工工整整地写下了一份讣告,贴在四都仁爱药店门口。

厉主任派人在药店后面的院子里搭起了一个灵堂，并派人将黄道德的遗体入殓进棺,之后抬出了房间,放在灵堂内;并在棺木前挂了一块白布,摆了香案。韶涵姊妹几个在灵堂旁边守着棺材,哭声一片。灵堂两边写了一副挽联：

春光有恨垂疏柳
晓霞含愁看早梅

厉主任叫人贴好挽联,又忙着寻找风水先生,建亡醮,择吉日。有人说下街有个风水先生,姓邓,但是多年没做这行了,不知道会不会出山。厉主任二话没说,亲自跑到下街,硬是把邓先生拽了过来。

老邓带着春球到屋后面的山上去看墓地。他们走到屋后右边的山上,老邓指着一块地说:“这个地方好,一条平路,以后也好扫墓。”

春球看了看，说:“与对面的山相隔太近，两座山之间又是田,地势很低,晒不到太阳,怕潮湿,再找找吧。”

几个人继续从山路的左边上去,地势逐渐陡峭,来到一处宽敞的地带。春球觉得这个地方不错,太阳出来就能照到。山下是一条马路,马路下是一条河,河对岸是一片稻田。稻田过去是峻秀的山峰,左右两边青山环绕,犹如一双臂膀,将中间部分团团围住。

邓师傅说:“就选这里吧,你看,左青龙,右白虎,地势高耸,视野开阔,颇有气势。”

春球点点头。老邓又说:“按照我们这里的风俗,第一铲土是儿子挖的。儿子没回来,媳妇也可以。你挖一下,锄头往脑后一丢,不要回头看。”

丹柏还没回来,春球心里非常着急。俗话说,养儿为防老,可是丹柏直到父亲去世了都还没回家,这会叫人怎么看他,养儿子又有什么用?春球脑子里一片混乱,她呆呆地站在大门外,任凭爆竹声、哭声、叫喊声在她耳边轰鸣。

村民来了,单位同事来了,外地的亲戚也来了,一拨一拨的。他们在灵堂前鞠躬,默哀,致敬。

哀乐在灵堂里缓缓响起,唢呐不停地呜咽,韶涵几姊妹身着孝服,长跪在灵堂前,面容悲戚,泪水一直流淌在脸上。春球站在大门口,呆呆的。往事就像过电影一样在她头脑里反复地重置,返回,放映。

她第一次来到丹柏家,公爹搓着两只手,嘴里不停地说:“好,好,来了就好。”憨厚的样子,惹得春球躲在丹柏身后,忍不住吃吃地笑。

她第一次生孩子那次,他在客厅里来来回回地走动,那局促不安的脚步声,春球不问也知道就是他。

她第一次下田劳动那次,他手拿一根竹棒,在家里教她如何耘禾,那一招一式春球至今记忆犹新。

她去林管站接他回家的那天,他耷拉着脑袋,如同犯错的孩子那样腼腆羞涩。

她下班回家，总能看到他带着这群孙子孙女，在自家院子里嬉戏、玩耍，看见春球回家，便说道："妈妈回来了，妈妈回来了，快去帮妈妈泡茶呀……"

春球的眼里被泪水浸泡着，在她的记忆里，公公从未和她红过一次脸，从未跟她较过一次真儿。

"丹柏回来了。"不知道谁喊了一句。

春球看见他三步并作两步，径直朝着大门口奔去。他跌跌撞撞地奔向灵堂，在父亲的灵位前双膝跪下，眼泪一直奔涌着、飞溅着。"爸！我的爸呀！"丹柏把头往棺材上撞过去，众人都拉不住他，只得将他死死地摁倒在地。

"冷静点儿，丹柏，人死不能复生，你是男人，男人要坚强……"厉主任劝道。

丹柏根本听不进去，又挣扎着走到灵柩边，跌跌撞撞打开棺盖，要见他父亲。

众人移开棺盖，丹柏就着灯光，看到父亲的面容：双目紧闭，神态安详。丹柏哭声悲凉，在场的人无不伤心落泪。

众人把他架开，棺盖很快就又盖上。

丹柏跪在地上，久久没有起身，多年积压在心中的悲伤一齐喷涌出来。他再也不能控制了，在灵柩边放声大哭。

众人都赶紧上前搀扶他，纷纷说："丹柏，你可要挺住呀，这个家全靠你顶着。"

厉主任走过来，对着丹柏和春球说："丹柏，春球，你们都别哭了，人老了，总会有这一回的。你冷静下来，去劝劝你母亲，你们还要照顾好母亲，让她安心啊！”

出殡的那天，丹柏扶着棺材，一路跟着送葬的人群，直到墓地才停下。

“爸爸，从此以后，你长眠，我常念。天各一方，梦里才能相见……”丹柏在心里哭泣。

安葬完父亲以后，下乡工作也快结束了，丹柏有新的工作等着他去上岗。

他对春球说：“刘书记要我离开教研室，改行去宣传部，你看怎么样？”

听了丹柏的话，春球心想，一家人好不容易在一起，现在家里只有妈妈一人，爸爸去世后，她更加的衰老和不堪。于是她劝丹柏写一份申请，要求调到学校当老师。当老师工作安定，既能照顾妈妈，又能辅导孩子学习，还能一家人在一起。

丹柏写了申请，要求到育才中学当老师。刘书记有点儿不理解，说有这样的机会不把握，以后就没机会了，但是丹柏坚持要去学校教书，刘书记见他态度坚决，只好同意了。

丹柏顺利地去育才中学当了一名教师。

这样，春球的生活轻松多了，她只带一个孩子在身边，母亲和四个孩子就随丹柏住在育才中学教师宿舍。

长期分居十七年，过着牛郎织女一样的生活，春球吃了多少苦，别人不知道，可她自己清楚，所有的酸甜苦辣都尝尽了。但她坚信，总有一天，他们一家人会在一起，永不分开。

果真，没过多久，商业局发来信函，组织上经过会商、考察，决定调她去商业局上班。

商业局是一个很大的机构，下属单位有百货公司、土产公司、食品公司……当时，大到缝纫机、自行车、手表，中到做衣服的呢子布和的确良布，小到豆腐、肉、火柴、肥皂等，都按计划供应。

商业局是人人都想进的单位，有很多人削尖了脑袋想混进来。这里工作轻松，油水足，薪水多。其实，单位的好与差对春球来说固然重要，更重要的是能调进县城工作。能和家人在一起，她就心满意足了。

搬家前，丹柏一家人在黄道德的坟前祭奠。春球烧纸钱，孩子们放祭品，丹柏坐在坟前和父亲对话："爸爸，当我啼哭的时候，你盼我长大；当我自立的时候，你盼我成家；当我成家立业了，还没来得及报答你的养育之恩时，你就走了。爸爸，你的一生苦了、累了、饿了，你从不言语，你只知道付出，从不要回报。爸爸，今天我来看你了，给你带来了最好的烟，给你倒上了最香的酒，让你喝个痛快！今晚给我带来一个梦吧，梦里要有你带我打弹弓、打水漂、抓鱼、玩儿捉麻雀的游戏……"

丹柏说着说着，泪水顺着脸颊，像一条小溪，滴在坟前的泥土里，了无痕迹。

"爸爸，你的教诲，使我懂得了许多做人的道理，我的习性也有了很大的改变，我也更加懂得了教书育人需要智慧，更需要有耐心和细心。我用耐心赢得了学生对我的尊重，学生也向我敞开心扉。我用你送给我的一把耐心的"金钥匙"，为学生开启了一扇扇智慧之门。今后，我会好好生活……"

丹柏一个人继续在坟前诉说着，孩子们却已经跑到山下边玩儿去了，毕竟，他们的生活才刚刚开始。

祭奠完毕，丹柏直起身来，点燃爆竹，硝烟的香味混杂在空气里，和着泪水和悲伤，一起在山野中渐渐远去。

春球和丹柏结束了十七年两地分居的生活，他们把家搬进了铜鼓县城。

周末，她和丹柏经常带着孩子们去电影院看电影，一角钱买的十二个松鼠糖分给孩子们吃，他们一边看电影，一边嚼着糖，一脸的快乐。她和丹柏都开心地笑了。

一家人在一起的幸福，她终于体会到了。

春球也终于体会到了相夫教子的乐趣，她告诉孩子们：读书给人以乐趣；读书能使人聪明；读书能使人增长才干。她要孩子们一定要好好读书，用知识投资自己。因为货物可以贬值，钱可以贬值，而一个人的能力和本领永远不会贬值。

孩子们在长大，春球和丹柏已人到中年，母亲黄玉英在渐渐变老，父亲在地下长眠。

时光好不禁用，春球想。

二十六

趁着还未正式上班的时机，春球在家料理家务。闲暇的时候，她踩着自行车去市场买菜，看见商业局大楼侧面的墙壁上悬挂着一幅巨大的宣传标语，上面赫然写着："无农不稳，无工不富，无商不活！"

春球越来越感觉到，改革的气息正以势不可挡的气势深入到社会生活的各个阶层。

县医药公司为了解决干部和职工子女就业问题，更为了满足市场需求，决定在县城内开办一家药店，申报报告到了省医药公司，批复很快就下来了，省医药公司批准县医药公司的申请，允许在县城境内开办一家药店。

县医药公司收到批文后，公司邓书记却犯了难：医药公司原来的技术骨干退休的退休，离开的离开，去世的去世，留下来的凤毛麟角，所剩无几，即使开办一家药店，又有谁能够担此重任啊？

邓书记陷入了深深的苦恼中。

他找到了铜鼓县医药公司的黄书记，向他咨询成立新的药店掌舵人人选问题。

"这个人好找呀，远在天边，近在公司呀！"黄书记听后爽朗一笑。

"谁呀？你就别卖关子了。"邓书记呷了一口茶，迫不及待地问道。

"你是真不知还是装糊涂啊？春球呀！"

"春球？哎呀，看我这脑袋！"邓书记一拍大腿，茅塞顿开。他顾不上喝茶，起身头也不回地径直往春球家奔去。

"为了不让技术人才外流，医药公司不同意你调商业局工作，你要理解医药公司的决定。"

邓书记来到春球家里，单刀直入。

春球听了大吃一惊，好不容易一家人生活在一起，打算过几年清闲日子，现在又要去担职，她怎么也想不通。

"这个决定我真的接受不了。我一家人老的老，小的小，已经分居了十七年。我早几年写了申请，要求进县城工作；县医药公司的领导说，没有找到合适的人选顶替我的会计工作。两年过去了，我又写申请要求进县城工作，县医药公司的领导又对我说，要自己找接收单位。现在落实政策，教育局联系调我到商业局上班，县医药公司领导又说技术人才不外流，不允许外调。这不是明摆着为难我吗？"

春球越说越激动，几乎要与邓书记吵起来。邓书记听了她陈述的理由，又看着她因激动而有些变形的脸，急忙说："春球，你的心情我能理解，搁谁心里都不好受。可是你知道吗，医药公司正处在内忧外患的关键时刻。内部，你也知道，人才严重流失，老的老，走的走，死的死；外部，各种各样的诊所、药店，如雨后春笋，一夜之间在县城里冒了出来。医药公司上上下下几百号人，要生存，要发展，就必须发扬自己的优势，就必须主动求生存，找出路……春球，我于公，是为了医药公司的发展；于私，绝对没有拖你后腿的意思。”邓书记说得也是言辞恳切。

“邓书记，这不让我走，是明摆着嘛。”春球余怒未消，心情坏到了极点。

见说理行不通，邓书记只好亮出自己的底牌：“春球，你听我说，现在医药公司在县城增开了一家新门市部，叫康民药店，属于大集体。这个门市部基本上都是新招来的学徒工，职工年轻化，要培养年轻人接班。你是药店唯一的一个中药师，除了你，没人可以胜任这个职位。现在，公司任命你当康民药店的经理……”

“不行！我真的不行！我哪是当经理的料儿？我愿把更多的精力投入到自己喜欢的工作中去。”春球一听，头摇得跟拨浪鼓似的，急忙推辞。

邓书记坚定地说：“行！你绝对行！论你的能力，论你的业绩，论你的资历，都具备了当经理的条件，将来你一定能当个好领导。工作上如果遇到什么困难，我们会支持你、帮助你。”顿了顿，邓书记话锋一转，“道理我已经说了，希望你能从大局出发，为康民药店的职工着想，这对你个人来说也是一个机遇，愿不愿意，你自己考虑一下……”

邓书记说完，抓起公文包径自走了。

春球陷入了两难的境地。去吧，孩子还小，她要花时间教育孩子，引导孩子刻苦学习，帮他们积累更多的知识财富，将来好谋生。无论怎么说，孩子是最主要的。不去吧，邓书记都把话说到这个份儿上了，医药公司确实有困难，组织上又那么信任她，她怎么能一再推辞呢！

晚上，丹柏从学校回来，她把医药公司邓书记的话说给他听，并把自己两难的心思也都一一说了出来，然后问丹柏："丹柏，你说我去还是不去？"

望着眼前这个含辛茹苦为家忙碌的女人，丹柏一时不知道如何是好。让她去呢，她又要担当更多的辛苦，付出更多的精力；不让她去呢，她的工作在那儿，快乐在那儿，她的魂在那儿，离开了她熟悉的工作，她的人生还会有愉悦吗？

"你倒是说话呀，丹柏，我去还是不去？明天就要给邓书记答复。"春球催促道。

"去！"沉吟片刻，丹柏斩钉截铁地说。

春球的眼里立刻闪出一丝光亮，旋即又暗淡下去："我走了，那孩子们怎么办？妈怎么办？"

"春球，孩子有我呢，但是如果你离开了你的专业，离开了你的单位，你的生命就枯萎了，你的魂也消失了。你去吧，春球，我不拦你。"

春球伏在丹柏胸前，搂着他不甚厚实的腰，幸福地闭上眼睛。她觉得此刻的丹柏，不仅是她的丈夫，更是她心灵深处的闺密、战友、师傅……

第二天，春球来到邓书记的办公室，对他说："邓书记，我试试吧，不一定能做好，如果有做得不好的地方，你一定要多多指点。我自己也一定尽职尽责，争取不辜负重托，回报领导对我的信任。"

邓书记开心地笑了。

看到他心情好转，春球轻轻地问道：“邓书记，万一药店亏损了怎么办？”

邓书记拍了拍春球的肩膀，自信地说：“我们选拔人才是经过深思熟虑才确定下来的。依你的能力，是不会亏损的！万一有什么特殊情况，公司一定会扶持，不会看着不管！”

春球又问：“康民药店是白手起家，经营场地在哪里？资金怎么办？”

“这些问题我们都考虑过了，公司先借给你们三到五万元，不计利息，用来购药和添置用具。现在有一栋房子，以前租给百货公司用，现在收回来了，坐落在县政府大楼的左边，给你们做经营场所。”邓书记一边说，一边递给她一个文件夹，“这是新招来的学徒工的个人简历。会计已指定让段冬生担任，现正在培训之中……走，我带你去看看康民药店的店址。”

春球随邓书记去看了康民药店的房子，发现这里交通方便，客流量大，又处在县政府入口处，天时、地利都占优势，现在就差“人和”这个关键因素了。春球的心里有了百分之八十的信心，她觉得她完全可以干好。

万事俱备，只欠东风。春球觉得自己就像当年第一次参加工作时那样激情澎湃，她又将踏上新的人生之路。

为了更快地适应新岗位，春球拿着新招的学徒工的个人简历，仔细翻阅了好几遍。麻雀虽小，五脏俱全。一个小小的药店，要有好几套人马，分别负责如仓库、加工部、门市部各项工作。其中，门市部又要分西药、中成药、中药，还有《中华人民共和国药典法》规定的二十八种毒性药材，必须由三个人管理，上三把锁，只要有一个人不到场，谁都别想取药。工作涉及方方面面，诸多具体事务都要经过仔细推敲、反复斟酌，要把合适的人选安排到合适的工作岗位上，再根据劳动岗位的特点对上岗人员分别进行培训。

春球心中有了一幅宏伟蓝图。第二天上班时间刚到，她就拿着自己的方案把它交给邓书记，说："请书记为我指点迷津，出谋划策。"

"这么快就做出了方案？"邓书记有点儿不相信，但他看过方案后，连声说，"我们没看错人，计划不错。将来你一定是康民药店出色的领头羊！"

第三天，邓书记主持召开全店职工大会，在会上，他宣布了每个职工的工作岗位，最后才郑重宣读春球的任命书，并要她作一个自我介绍和指明今后的工作方向。

面对着这个舞台，春球百感交集：

尊敬的邓书记，亲爱的同志们：

大家好！

今天我们能够一起共事是缘分，我备感珍惜。希望大家在工作上能大力支持我，帮助我。我会把心掏给大家，平等对待每一个同事。我会说话算数，绝不食言。最后，我们大家共同的目标是为了康民药店发展兴旺，大家携手并进，努力拼搏！"

康民药店终于开业了。

半个月来，店里的生意却冷冷清清。春球心里有说不出的担心；但是她想，一切工作都在摸索中前行，一切都处于未知数，只要人心齐，上下团结，就一定能打开局面，取得成功。

是什么原因导致药店生意不景气呢？春球在思索。

中药调剂工作的好坏，直接关系到医疗效果和用药安全。人们称“药是纸包枪”。所以，顾客看到年轻新手司药，可能不放心，心里不踏实。药能治病，也能致命，弄错一味药，药性平和不会有什么大反应，如果碰上毒性较强或涉及“十八反”“十九畏”时，不仅患者痛苦，还可能有后遗症，甚至危及生命。这也许是生意冷清的原因之一。要扭转这种局面，必须培养好自己的人才，加强职工业务培训，提高职工的专业技能，只有这样，才会生意兴隆。

春球这样想着，心中有了一个整治方案。第二天，春球在晨会上宣布：门市部关门七天，停止营业。

大家愕然，你看看我，我看看你。春球说：“这七天集中进行业务培训，大家学习职业道德新规范，适应新形势，迎接新挑战。”

第二天，春球请来了医药公司的黄书记，专门为职工讲解职业道德情操，培养职工爱岗敬业、诚实守信的职业操守；又请来县医院李药剂师讲解如何快速稳妥地配药、抓药，激发年轻人学习职业技能的积极性，并一起学习“妊娠禁忌歌”、“十八反”、“十九畏”歌诀、“药性赋”等基本药理知识。春球在七天的培训学习结束后说：“以后药理知识每个星期一小考，每月一次大考，不及格的同志，下星期接着考。”

新员工从一窍不通到歌诀背诵磕磕巴巴，从背诵半生不熟到滚瓜烂熟、倒背如流。

培训效果是惊人的。

此后,他们司药,春球再也不用审查处方,再也不要每味药都去核对了。

接着就是练习包药比赛,要求每一味药要一抓就准。出人意料的是,平时业务不是很精通的李冬菊获得抓药比赛第一名,药理知识比赛也是第一名。

春球不仅表扬了她, 还为她申报了医药公司系统的先进个人。李冬菊工作更积极了,其他员工也提高了服务意识和工作激情,整个药店呈现出一派欣欣向荣的局面。

店里的生意也越来越好了,每天的营业销售也在递增。县医药公司看见这种势头,三个月后,给他们定的任务是国有药店总任务的百分之七十。

一年后,县医药公司下达的任务,都超额完成。四万元的借款早还清了,银行还有了存款。春球心头的一块石头,总算落地了。

二十七

李冬菊两天没来上班，按照公司规定，两天不来上班，又没有履行请假手续，公司可以除名。李冬菊在这之前从来没有这样的情况，到底发生了什么？春球决定亲自去她家了解情况。

开门的是李冬菊的父亲，一个老实憨厚的化工厂职工。当年在芳坪村医疗室的时候，她就和李冬菊父亲有过一面之缘。他见到春球，脸上显出些许无奈，为难地说："春经理，请进，请进！"

春球跨进他家门，问道："老李，你女儿怎么连续两天都没有上班？这是严重旷工，按照规定是要开除的。"

老李脸上立刻笼上一层忧郁的灰色。他点着一支烟，猛吸了几口，长叹一口气，幽幽地说："女大不由父呀，你问问她妈妈就知道了。"

"春经理，我出去一会儿，你跟她妈妈聊聊。"说完，拉开房门，一个人出去了。

"幸福的家庭都是相似的，不幸的家庭各有各的不幸。"春球想起这句名言，才发现它不仅适用于文艺作品，更适用于生活。

李冬菊的母亲从房里出来，倒了一杯茶放在春球手里。她深深叹了口气，抹了抹眼泪说："女大娘难当呀！前几天晚上，她半夜三更才回家。她爸问她去哪儿了，她一声不吭。我问她什么情况，她也是死活不回答。老李是个犟脾气，多次质问没有结果，就狠狠地扇了她俩耳光，骂她丢人现眼。这孩子，她索性连班儿也不上了，饭也不吃，反锁房门。我都急死了！春经理，你来得正好，帮我劝劝她去上班。”

说完，眼泪便扑簌簌地掉下来。

春球安慰她说：“孩子肯定心里有什么事，不便告诉你们，我去跟她谈谈。”

李冬菊母亲领着春球来到李冬菊房间门口，径自离开了。春球敲了敲门，柔声道：“李冬菊，李冬菊，我是春球，你开开门！”

她侧耳倾听，没有半点儿动静。

春球换了一种交流方式，问道：“李冬菊，你这几天没来上班，是不是生病了来不及请假？我来看看你，你开开门可以吗？”

还是没有动静。

春球再一次敲了敲房门，说道：“冬菊，你心里有什么事，别憋在心里，说出来，告诉我，我们一起解决，好吗？你这样不开门，不吃饭，你的父母亲多担心，你的同事朋友多担心！你要知道，你在我们心里有多重要呀！你……”

房门“吱”的一声打开了，李冬菊“哇”的一声，大哭起来，扑倒在春球怀里。

春球牵着她的手，走进房间，坐在她房间里的床沿边上，问她：“孩子，到底发生了什么？告诉我，我帮你解决。你不上班，就是旷工，旷工是要被开除的。”

“开除？”

“是的，开除。”

“开除就开除吧，反正我无所谓了，命我都不想要了，还要工作干什么！”李冬菊又开始哭起来。

春球不怕她哭，就怕她一声不吭。

“冬菊，你连命都可以不要，还有什么想不开的？告诉我，到底发生了什么事，竟然可以不要自己的命？”

春球抱着她的头，拍着她的双肩，像一位母亲拍打着一个受了委屈的孩子。

李冬菊伏在春球的怀里，慢慢地讲述了她青春年少时的一段往事。

“我和李鹏辉青梅竹马，从小学一起读到高中毕业。那年高考，我榜上无名，他考上了师大。毕业后，他回到家乡当老师，我们俩相亲相爱。李鹏辉觉得自己家是农村的，不配娶我为妻。我多次想见他，可他都找理由拒绝。前天晚上，我跟爸爸妈妈说去同学家串串门。我听同学说，有人为李鹏辉提亲。听了同学的话，我的心情跌落谷底，无法分清这是真是假。那些年，我们上课用过同一张桌子，下课踢过同一只毽子；课外一起打球，周末一起看书。我没有勇气忘掉。现在，他连见我都不愿意，难道李鹏辉真的不爱我了？难道现在李鹏辉要与一个不了解的女人结婚？”

“你要自己去了解事实真相，道听途说的事情不靠谱。你们自小青梅竹马，他应该是爱你的。”春球安慰她。

“难道现在的李鹏辉就真的成了没心没肺的人吗？如果是真的，我恨死他了。可是我心里却忘不了他。我陷入了极大的苦恼之中，我想尽快见到李鹏辉，把事情说清楚。”

李冬菊回忆着。

“前天晚上，我跑出来，走在我们曾经散步的路上。月色下，我远远地看见了李鹏辉，他一个人坐在小河边的草地上。从前，这里是我们俩最爱散步的地方。我见他两手抓胸，热泪在脸颊上唰唰地流淌着，连我的到来也丝毫没有察觉。我一边叫‘鹏辉，鹏辉’，一边像以前一样挨着他坐下。问他怎么回事？他不说话，用双手死死地抱着我。”

有一瞬间，春球想起了自己，年轻的时候和丹柏在河堤上漫步，丹柏紧紧地搂着她，让她感觉到丹柏逼人的爱的气息。

李冬菊在她怀里继续说道：“我对他说：‘我听说有人给你说亲了，你答应了吗？’李鹏辉马上把抱着我的手松开了。”

原来是李鹏辉告诉她，像她这样优越的家庭和个人条件，完全可以在城里找个好对象。而他家是农村的，没钱没房，父母在农村……

李冬菊又开始哭泣，春球抱住她颤抖的肩膀。有一刻，她的眼睛里溢满泪水。

“我说我不嫌弃他是农村的，我不嫌弃他没钱没房，他比我优秀，有大学文凭，人也长得帅，人品又好，打着灯笼也难找。然后李鹏辉搂着我，头埋在我胸前，泣不成声。”

李冬菊的眼泪一次次滴在春球的衣襟上。

“我们不知不觉走到了一棵樱桃树下。这棵樱桃树已有一人多高了，那是我们高三毕业时，李鹏辉考上了大学，他在入学前约我来这里，我们俩亲手种下了这棵樱桃树。我们在樱桃树面前立下了他非我不娶、我非他不嫁的誓言……我多想告诉李鹏辉，我爱他很深很深，今生今世都不分开。”

李冬菊情绪稍微安定下来。

“就这样,我们一直谈到深夜,不知不觉已经很晚了。他送我到家门口,分手时,他说:‘你一定要安心工作,不要胡思乱想。’他说他忘不了我,也舍不得我。”

“走进家里,爸爸不问青红皂白,扇了我俩耳光,说我丢人现眼。”

李冬菊再次哭了起来。

“好了,冬菊,不哭了。事情我也知道了。李鹏辉是爱你的,你就放心上班好了。这么好的男孩子,别错过了。”春球笑了起来,把李冬菊也逗笑了,“这边你爸爸妈妈我会做他们的工作,你现在的任务就是赶紧起来吃饭,重新投入工作。”

李冬菊破涕为笑了。

她很顺从地从春球身边站起来,梳理了一下头发,走到厨房里煮了一碗面条,狼吞虎咽地吃起来。

他的父亲从外面走回来,看见春球一脸轻松,心里顿时明白了事情的结局。他拉着春球的手,一连说了几声“谢谢”。

“老李,孩子在单位很优秀,你们要多关心孩子的内心世界。她有了意中人了,你要支持呀。这个男孩子不错,别耽误了孩子的幸福。”春球说完,跟李冬菊再次打了一个招呼,就离开了李冬菊的家。

微风吹来,拂过春球的脸,丝丝凉意,好不舒服。春球觉得,她从来没有这样开心过,她相信李冬菊在今后的人生道路上一定会越走越好。

二十八

1985 年是春球一家最值得骄傲的一年，她们的宝贝女儿韶涵去年考上了北京师范大学,今年雅婷又考取了上海医科大学。双喜临门,春球觉得,她应该是人生赢家了。

命运往往就是如此,它总是眷顾那些付出努力的人。韶涵和雅婷用自己的刻苦换来了梦寐以求的人生理想的实现，顺利地迈进了大学的门槛。

丹柏一家两年之内考上了两个大学生，这让邻居们羡慕不已,同事们开玩笑说,黄老师家是文曲星下凡,左邻右舍纷纷要韶涵和雅婷两姊妹分享自己的读书经验。有的家长请她们去家里辅导自己孩子的学业,有的邻居要求给孩子讲解考试高招,有的孩子希望她们分享学习的成功经验。

厉主任为此在单位举办了一次家长座谈会，要韶涵和雅婷在会上分享她们成功考上大学的经验。

雅婷笑着说:“一分耕耘,一分收获,是辛勤的汗水和超常的发挥才换来成功的喜讯。我一直认为即使没有考上理想的院校,后面还有机会。学校的选择很重要,自己的努力更重要,无论身在哪所学校,我都要努力去争取,这才是最重要的。”

韶涵则说:“我要感谢我的爸爸妈妈,是良好的家风家教造就了我不怕困难、艰苦努力的个性品质。我的爸爸教给我无尽的知识，我的妈妈教给我做人的道理。我觉得，一个幸福的家庭必定能培养出优秀的孩子……”

春球的脸上，既有幸福的笑容，又有火辣辣的羞愧。这几年她一直忙于工作，陪伴孩子成长的，是丹柏书柜里那一本一本的名著。

每当夜幕降临，丹柏小小的书房里，五姊妹席地而坐，她们各取所需，埋头看书。

韶涵喜欢看文史类图书，她一个人坐在小屋一角，看书速度极快，不到一顿饭工夫，一本书看完大半，遇到喜欢的句子，她就拿一个笔记本摘录下来，几年下来，抄的笔记，足足有几十本。

雅婷只捡古典小说翻阅，尤其是《西游记》，她在小屋里正襟危坐，全神贯注，看得入神时还会痴痴发笑，引得其他姊妹群起而攻之，说影响了他们。可是雅婷依然故我，全然没有收敛的意思。

韶华总是看军事类的书籍，他倚靠在窗户下面，月光照在他脸上。他一手托着腮，一手翻阅着书本，晶亮的眸子在书本上游动，紧皱的眉头时而舒展，时而敞亮。

光华和瑄妍则看一些小人儿书，他们看书时“咿咿呀呀”的，有时候还摇头晃脑，一副得意扬扬的样子。春球有时候从他们身旁经过，总会暗暗地发笑，但是从来不打扰他们，也从来不参与。

当韶涵说到要感谢爸爸妈妈的付出的时候，春球的脸上有些愧色，觉得自己真的没有尽到一个母亲的职责。

韶华喜欢独立思考，而且富有爱心，他越来越关心奶奶。他知道奶奶是家里年龄最大的老人,不能有什么闪失。所以,他经常对奶奶嘘寒问暖,奶奶有时打个喷嚏,他就说:“奶奶,要不要帮你买点儿感冒药?”奶奶吃饭时咳嗽了一声,韶华马上去倒杯水送给奶奶说:“喝口水,止止咳,吃慢点儿,别呛着了……”

韶华的懂事让春球无比欣慰，她觉得韶华将来一定能出人头地。可是,出乎她意料的事情却发生了。

这天下午,春球刚上班不久,李冬菊走进办公室,告诉她说学校李老师有急事找她。春球跟随李冬菊进了会计办公室,拿起电话说:“李老师,你好。请问有什么事吗?”

“春经理,下午你儿子黄韶华和同学张长庚没来上课,你赶快去把黄韶华找到,马上回学校上课,否则后果不堪设想!”

“李老师,他是不是和同学吵架了?”没听见对方回答——对方已经挂断了电话。

春球急得额头上直冒汗。

李冬菊见状,说:“是不是韶华在张长庚家里玩儿,忘记了上课的时间?我知道他家住在哪里,我马上去他家!”

段会计说:“我去游戏厅看看,他们是不是在打游戏,忘记了上课的时间。”

春球难为情地说:“耽误你们的时间不太好吧?”

李冬菊说:“哎呀，都什么时候了，你的事就是我们大家的事。时间不等人,你马上去学校了解一下情况,我和段会计分头去找黄韶华。”

“好！谢谢你们了！”

说完,春球跑到自行车旁,双手握住车把,跨上车,两只脚使劲一踏，车子箭一般冲出药店。

她不停地拨动着车铃，“丁零零，丁零零”的车铃声急促地呼啸着；她不停地扭着身子，见缝插针地在行人中穿过。

到了学校，只见门口竖着一块牌子，上面写着“欢迎县检查团的领导来我校指导工作”。

春球急忙下了自行车，朝教室跑去。教室里，只听到李老师说：“黄韶华和张长庚去了哪里呢？偏偏发生在县检查团来学校这个时候，真是不听话！”

李老师一抬头，见春球站在门口，说：“春经理，你来得正好，进来坐在黄韶华的位子上。”

春球忐忑不安地坐过去。

教室里电风扇不停地运转，墙上学习雷锋同志的宣传画引人注目，“文明班级优胜红旗”挂在黑板旁边。鲜红的旗帜、金黄色的大字，一种浓烈的教室文化气息扑面而来。

李老师问：“有谁看见他们两个人吗？”

一个穿着花裙的同学说：“黄韶华和张长庚喜欢在溪水河边玩儿。”

一个穿着印有外文字母T恤的男生接着说：“听林伢子讲，近来黄韶华和张长庚喜欢一起抓蛇。”

“啊！简直乱弹琴！”李老师惊慌失措地说。

“他说他们想赚钱。”那个男同学继续说。

“简直胡闹！”李老师义愤填膺。

春球的心提到嗓子眼儿上了：这孩子，平时很听话的，怎么在学校就这么不让人省心呢！

“李老师说过，不能伸手向家长要钱，要自己赚钱。”另一个男生说。鸦雀无声……

春球坐立不安，万一出了什么事，那该怎么办？韶华呀韶华，有些事情是可以做的，你偏偏不去做，抓蛇明知危险，不该做，你偏偏去做，这才是真正不可原谅的。

“县检查团的人要来我班听第二节课，班上少了学生，怎么向学校交待？真是急死人了！”李老师像地上的陀螺，急得团团转。

“啊！”李老师的喊声像一颗炸弹扔进教室里。不满，埋怨，担心，焦急……像炸开的尘埃，散落在教室里，同学们个个目瞪口呆。

春球坐在教室里，像热锅上的蚂蚁，脸一会儿白，一会儿青。这件事怎么会发生在韶华身上？难道他开始变坏了？

春球难堪至极。

“你跟我来吧。”李老师对春球说道，转身风风火火地走出了教室，领着她走进了王校长办公室。

“李老师，旷课的同学找到了吗？”不等李老师开口，王校长先问道。

“没有。”李老师站在电风扇下，边擦汗边回答。

王校长带着责备和命令的口气说：“检查团要听你班上的第二节课，怎么办？一个学生都不能缺席！”

见此情景，春球站在校长跟前，道歉道：“王校长，韶华旷课，是我们家长失职，是我们管教不严，我特来向校长赔礼道歉。”

王校长一抬头，看见学生家长在身边，嗔怪道：“你来得正好。你……你赶紧发动大家去找，把人找回来，否则后果不堪设想！”

“王校长，请放心。我们单位已经有人帮我去找了。我马上去找，一定要把韶华和张长庚找回来！”春球胆战心惊地说道。

“去！越快越好。”王校长叹了口气，说道，“早去早回。”

“好的，好的，让王校长操心了。”春球急忙转身，声音带着哭腔道，“我一定马上把韶华、张长庚找回来。”

李老师听后，松了一口气，她很无奈地对春球说：“我和同学们都要上课，不能走，只好拜托你了。”

“好！”说着，春球一阵风似的跑出了校长办公室。

春球跑出校门，跨上自行车，盯着前方，蹬着脚踏板，朝着定江河方向奔去。

宽阔的定江河像顽皮的孩子，在崇山峻岭间穿行。河水从上游地区奔涌而来，在狭窄的老街后面一泻而下。“哗哗”的流水声日夜咆哮，像一个幽怨的妇人，似乎有诉不完的苦楚，滔滔不绝；又像一匹桀骜不驯的野马，一路狂奔，不知所终。岸边芦苇丛中，偶尔有几个钓鱼的渔翁，在专心致志地钓鱼。

春球从定江河右边顺流而下，一直寻找到江头，孩子半个影子都没看见；又从定江河左边逆流而上，也没发现孩子的踪迹。问问钓鱼的渔翁，都摇头……春球心里的恐惧就像一道闪电一样击中了心脏，她瘫坐在河堤上，号啕大哭。

一辆救护车在崎岖的公路上刺耳地鸣叫着奔驰过来。春球看着它从远方过来，在她眼里越来越大，越来越近，一会儿就从她身边飞驰而过。

春球的心愈发地紧张起来。

河边……抓蛇……零花钱……春球眼前不断地闪现着这样

的画面，内心的恐惧感陡增。

河水水势那么大，他们不会掉河里了吧？不会被蛇咬着了吧？救护车内的又是谁呢？

不不不，不会的，瞧我这乌鸦嘴。

春球一边胡思乱想着，一边不断地咒骂自己。

天空下起了毛毛细雨，天空黑沉沉的，大雨好像就要来临。春球站起身来，双腿好像灌了铅一样，挪不动半步。她艰难地沿着河边跑了起来，边跑边喊："韶华——韶华——我是你妈，听到要回答！"

只听到河水在呜咽。

春球拼尽全身力气，吼道："张长庚——黄韶华——听到马上回学校！"

回答她的，依然只有河水的咆哮。

天上下起了阵雨，雨点打在春球的身上、脸上、嘴里，也打在她心里，一滴一滴……她急得几乎快疯了。

是不是他们离春球很远，听不到呼唤声？春球用双手做成喇叭状拢在嘴边，扯着嗓子大声呼喊："韶华——张长庚——听到赶快回学校！"

河风呼啸着，她喊破了嗓子，仍然听不到他们的回应。春球是多么想听到他们的声音。可是不管她抻长脖子，还是侧着耳朵，都听不到他们半点儿回音。

不知道过了多久，春球好像又听到了救护车的鸣叫声，可是仔细一听，什么声音都好像没有了。难道是幻觉？不管是真是假，春球不知道如何是好，她呆呆的，整个人就好像失去了灵魂一样，成了一具行尸走肉。

她看见李冬菊从马路上向她飞奔而来，她就像打了一针鸡血，“腾”地跳了起来，婆娑的泪眼里发出异样的光芒。

“冬菊，找到了吗？”

她死死抓住李冬菊的手，指甲几乎嵌进了她的肉里，痛得李冬菊差点儿叫出声来。

“春经理，我们找到了，现在他们去了学校。”李冬菊气喘吁吁地说。

春球的手缓缓地松开了，她整个身子慢慢地往后倒下去，倒下去，就像一坨泥巴，在溪流冲刷下轰然坍塌。

“春经理！春经理！”李冬菊来不及伸手去扶她，她已经瘫在地上，不省人事了。

晚上，韶华站在墙角，低着头，默不作声。丹柏走过去，抡起巴掌，狠狠地抽了过去。韶华的脸上，瞬间留下五个清晰的手指印。

韶华摸了一下自己的脸，火辣辣的痛。他没有哭，依然站着，倔强地仰着头，眼里没有委屈，没有愤怒，也没有伤心。

丹柏从来不打孩子，这是第一次。他打完之后，眼睛里全是泪花。春球知道，他舍不得打孩子。

韶华一直很听话，很懂事，几乎不会犯什么原则性错误。春球完全不理解他今天的做法。

韶华就这样站着，丹柏说，让他站到天亮。

“韶华，难道你连交代旷课理由的勇气都没有吗？”春球走到他身边,“你知道妈妈多担心吗?我找遍了整个定江河,人都差点儿疯了,你就不怕妈妈被逼疯?”

泪水顺着韶华的眼角汩汩地流了出来。

“妈妈,对不起,我不是故意旷课的。”韶华撅着头,态度很坚决地说。

“你真不打算告诉爸爸妈妈你们去了哪里?”春球继续问道,看见孩子失声哭泣,做母亲的忽然心生怜悯。

“妈妈,我向你保证,我没做坏事。”

“你是不是去抓蛇了?”春球厉声问道。

韶华身体颤抖了一下,嘴唇微微蠕动着,垂下眼睑,再没有作声。

“你不说,真的要站一个晚上,你想清楚。”春球威胁道,她相信她的儿子会一五一十告诉她。

可是春球错了,韶华再也没有开口说半句。看看将近夜里十二点,春球叹了口气说:“韶华,你去睡吧,我不想管你了。”

韶华站着没动,他根本就没打算去睡觉。

第二天,春球决定去学校找李老师了解情况。刚走到教师办公室的窗户边,她看见办公室内,李老师正在跟张长庚和韶华谈话。

“昨天中午,你们去了哪里?”李老师和颜悦色地问道。

“我们——”张长庚看了黄韶华一眼。黄韶华使了个眼色,长庚立刻心领神会,默不作声。

“你们如果不说,隐瞒真相,知道学校会怎么处理你们吗?开除,送回家去。”李老师加重了语气。

见再也瞒不住了，韶华终于开口："李老师，事情是这样的，那天下午，我们……"

"咚咚咚"门外响起了敲门声，李老师抬头看了一眼，说了一声："请进！"

门被打开了，王校长进来了，他走到李老师身边耳语道："李老师，昨天你的公开课获得了全县一等奖，现在教育局领导找你谈话，在我办公室等你。"

"真的吗？"李老师惊叫道，"太好了，王校长，可是我这边……"

"哎呀，快去吧，这事以后再说。"校长说。

李老师转身对韶华说："你们先回去吧，以后再说这事。"说完，急匆匆地离开了办公室。

韶华从办公室出来，一眼看见了春球，倏地从她身边溜走了。春球看见他的背影混在熙熙攘攘的人群里，一会儿就不见了，她忽然有一种非常失落的感觉。

必须撬开他的嘴巴，否则真的会无法无天，春球想。

春球和丹柏每天都忙于工作，韶华旷课的事，渐渐淡出了他们夫妻俩的思绪。

"春球，你快过来，快看！"有一天，春球刚回到家，丹柏就拿出一张《铜鼓报》，指着其中的一篇文章，读给春球听："俩少年勇救老人，做好事不留姓名。"

春球一把将报纸抢了过去，就着二十五瓦的灯光，细细地读了起来：5 月 25 日，我县××中学学生黄韶华、张长庚两位同学做好事不留名，将被毒蛇咬伤的老人送进了医院。老人得到及时治疗，脱离了生命危险……

春球轻轻念了起来，念着念着，泪水从眼眶里流了出来，轻轻地滑落到嘴边。春球舔了舔嘴角，她感觉那泪水是甜的，就像是一块巧克力那样香甜。

“丹柏，我们……”春球轻声地啜泣。

丹柏取下眼镜，用手帕将它擦了擦。孩子真的长大了，成熟了，有他那个年代所无法企及的成熟。他心生愧疚和不安，这种感觉像一股洪流钻入他灵魂深处，不停地冲撞他的身体。他走过去，靠着春球，嘴里喃喃自语：“我们都白做父母了……”

第二天，春球早早起来，第一个赶去学校，她要告诉李老师她儿子那天的行踪。

她走进李老师的办公室，站在李老师的办公桌旁。彼时李老师还没到校，她放眼向窗外望去：远处天空蔚蓝，青山含黛，阳光下所见之景都美丽无比。

二十九

药店的生意越来越好,每天都门庭若市,看病的人和买药的人络绎不绝。渐渐地,药店在银行有了存款,春球去县医药公司申请,为职工建一栋住房。

医药公司领导正在办公室开会,见春球来了,主管会计小巫说:“春球,你来得正好,我们正准备打电话通知你来开会。”

“有什么好事呀?”春球笑着说,“我正好也找你们有事商量呢。”

“是这样的,”巫会计继续说,“康民药店这栋房子自开业那天起,县医药公司已经讨论通过送给你们做店面,但是省医药公司发现县医药公司的固定资产少了一栋房子。我昨天从省医药公司开会回来,他们说这么大一笔资产送给康民药店,全省还没有哪个单位开这个先河,只能折价十五万元卖给你们康民药店。”

春球听了之后,无言以对。

见春球垂头丧气,黄经理又说:“这不是我们出尔反尔,是省医药公司不同意,我们只能照办。”

春球想,这栋房子最大的优势就是地理位置好,坐落于县城中心,占地面积大,有三百多平方米,而且有三层楼房,买下来值得。于是春球说:“行,买就买吧。”

“春球，你不是有事找我们吗？什么事情，我们尽量解决。”巫会计见春球回答得这么干脆，不禁想起她进门时说的话。

“以后再说吧。”话音刚落，春球像兔子一样，一溜烟儿没了身影。

春球回单位后，把医药公司巫会计的话和自己的想法，一并告诉了职工。大家讨论后都一致赞同把这栋房子买下来。

康民药店由原来的一无所有，到现在变成拥有几百平方米房产的大集体，终于有了自己的产业，春球有一种很大的满足感。

春球很顺利地把房子买了下来。

房子买下以后，职工的劲头儿更足了，主人翁意识更强了。春球又与大伙儿商量，要不要把三楼改造成职工住房。可是员工们查看后，发现房子即使能够改造，最多也只能改出来三套，僧多粥少，没多大意义，还不如改成患者打针休息室。

“至于职工住房，先赚了钱再说。”大家都这样说。

为了实现住房梦，春球想到了收购当地药材，拓宽赚钱渠道，提升职工福利。为稳妥起见，春球把成立药材收购门市部的想法向县医药公司邓书记做了汇报。

邓书记说：“真是凑巧啊！制药厂黄厂长是不是早就获取到了你的信息，他前两天也来找我谈过这个事，希望增设一个药材收购部。”

“啊，那么凑巧？”春球吃了一惊。

她心中有些陶醉，没想到黄厂长也有这个打算，那岂不是不谋而合！

“是啊，你们是英雄所见略同啊！”邓书记搬来一把椅子，倒了一杯茶，客客气气地放在春球手里，“黄厂长认为药厂原料供应不上，影响生产进度。他提出要康民药店增设一个药材收购门市部，用来解决原材料短缺的问题。康民药店地理位置好，过往行人多，收购原料肯定不成问题。”

“应该没问题。”春球点头称是。

“不过，这工作肯定要辛苦你春经理了，”邓书记话锋一转，“其他人专业知识不扎实，工作态度不认真，你不把关，我不放心哪！”

邓书记说完，郑重其事地看着她。

“邓书记，你放心，我一定尽自己最大的努力把收购工作做好。”春球也郑重其事地回答。

几天后，春球跑到县卫生局，把办理药材收购门市部的申请递了上去。没想到事情进行得非常顺利，一谈就成了。

收购中药材的招牌挂在康民药店门口，墙壁上也在醒目的地方贴上了“大量收购茵陈、夏枯草、金银花等中草药材”的广告。

一张桌子，一杆秤，一把算盘，春球带领康民药店的员工又开始了新的工作。

来送药材的人慢慢地由少到多，后来员工们忙得不亦乐乎，康民药店的名字也慢慢地响遍了铜鼓的大街小巷、城里乡下。

村民每天送来的中草药堆积如山，春球把康民药店二楼、三楼全部放满了药材，而收购的蛇胆、蜂蜜、竹油等药材则要全部供应给铜鼓制药厂。药材质量要求很高，春球亲自把关，亲自审核，她不放过任何一点儿瑕疵。

为此，县制药厂生产的“蛇胆陈皮末”“蛇胆川贝末”“双宝素”“蜂乳精”“人参蛤蚧精”“男宝”“女宝”“鲜竹沥油” 等中成药多年来畅销全国，长盛不衰。

为了防止收假蛇胆，春球做梦也没想到，她学会了剖蛇取胆。她自小就怕蛇，看见蛇从地面上经过都吓得要命，走都不敢走。为了把工作做好，春球咬着牙，鼓起勇气，去抓那冷冰冰、滑溜溜、会咬人的毒蛇。

后来，春球剖蛇取胆的手法越来越娴熟。她左手抓住蛇的头部，右手拿一把锋利的剪子，在蛇头的下部围着蛇的身子把蛇皮剪断，然后把蛇皮往下撕，一块完整的蛇皮就撕下来了。取出蛇胆，看看形状，拉拉胆管，嗅嗅气味，尝尝胆汁的味道。蛇胆取出来后，再拿鸡胆、鸭胆、鱼胆来与蛇胆相比较，她能快速识别出蛇胆的真假，这独门绝活儿，也只有春球才能掌握。

蛇胆贩子们无隙可乘。

铜鼓县本地虽然有蛇，但数量不多，供不应求，需要外地蛇源。有些供货商心黑，专门坑蒙拐骗，他们为了自己的利益，在蛇胆里掺杂鸡胆、鸭胆、鱼胆。可是在春球这里，他们的伎俩行不通了。春球火眼金睛，一眼就能判断出蛇胆的真假。很多商贩对她无可奈何，都说跟春经理打交道以后，再也赚不到钱了。

夏天的铜鼓县城，骄阳似火。春球忙完了一天的收购工作，正要下班，旁边一个年轻人走过来跟她打招呼：“你就是春经理吧？”

“是的，你是……”

“我从浏阳来，是养蜂专业户，听说你们收购蜂蜜，我有二等蜂蜜，你们收吗？”说完，那个年轻人对她轻轻一笑。

“如果你的蜂蜜达到一定等级,合乎要求,我们肯定收。”春球微笑着对他说。

“肯定合乎要求,不会让你为难的。”年轻人在春球快要离开的那一瞬间,将一个红包塞进了她的包里。

“你这是什么意思?”春球大惊失色。

“一点儿小意思,春经理不要嫌弃。”

“拿回去,这样不好。”春球义正词严。

“别的地方都是这样的,你不要嫌少。”

“那你去别的地方销售,我们这边不行,我总不能为了你这个红包把饭碗给弄丢了吧!”春球说完,把红包塞了回去。

那人只好悻悻地走了。

第二天,他送来的蜂蜜运到了药店。打开装蜂蜜的桶盖,一股刺鼻的味道迎面扑来。春球再打开其他桶盖,发现蜂蜜都呈棕黑色,而且发出一股难闻的气味儿。

“你这蜂蜜不合质量要求,对不起,不能收。”春球检查完后对那年轻人说,“非常抱歉,我无能为力。”

那人显得很无奈:“要不你廉价收下,我拉来一趟也不容易,光运费就有几百块……春经理,通融一下。”

春球笑着说:“我也想帮你通融一下,可是你这蜂蜜确实有问题,做成药品卖不出去,你我担得起这个责吗?”

“我以前都是这种蜂蜜,为什么别人就可以收,到你手里就尽是名堂呢?”那人开始恼羞成怒。

“那你找以前的主收吧,我不能收。”春球正色道。

“我去找你们领导,我是他介绍过来的。”

我们领导？春球心里嘀咕了一下，谁有这个胆子，敢在药品这件事上弄虚作假？

“我说同志，你觉得找我们领导合适吗？如果你跟我们领导是朋友，你觉得你这样做合理吗？”春球依旧笑着说。

那人一时间哑口无言。

“拉回去吧，损失自己承担，怨不得谁。下次你送合乎要求的蜂蜜过来，我会收的。”春球很得体地说道。

那人想了一会儿，说道：“你不收可以，但是要赔我的往返路费和工人工资。我是私人运送过来的，这损失我可无法承受。你是代表公家，又不要你个人出钱！”

“那不可能。”春球坚决拒绝。

“那就法庭上见。”

“奉陪到底。”春球毫不示弱。

没过多久，他把康民药店告上法庭，理由是康民药店违约。几乎没费什么周折，法院判定那人败诉。

官司是赢了，但是春球深深体会到，如果占小便宜，如果收下那车蜂蜜，生产的药品出了问题，她春球失去的何止是工作，还有颜面、名誉，当然最重要的是老百姓的健康。

春球倒吸了一口凉气。

由于收购药材把住了关，给康民药店带来了丰厚的利润，县医药公司特意批了春球十五天假期，奖励她一百五十元钱去旅游。

说实在话，当时职工的工资很低，她连省城都没去过，哪里还舍得花钱去外地旅游呢！

带着这一百五十元钱，春球从铜鼓出发，先后到了北京、天津、南京、杭州。她住的是每晚伍角钱的学校教室；吃的是每顿八毛钱的冷面、馒头、包子。

那天她走进北京同仁堂药店，看见他们的包药纸上印着“为了提高疗效，××药需要先煎，××药需要后下，××药需要布包，××药需要另煎……”的字样，春球大开眼界，她觉得那些文字告诉了患者煎药的方法与诀窍，又能给患者带来特别温馨的感觉，患者看见后会备感温暖，药店生意也会更加红火。

她找到北京同仁堂药店负责人说：“北京同仁堂闻名中外，名扬四海，值得我学习的东西太多了……今天我来，是向你们取经寻宝。”

“我们还做得很不够，您有什么需要的，尽管开口。”同仁堂药店负责人态度温和，礼仪周到，春球觉得自己这一百五十块钱花得值，她不虚此行。

临走时，春球请求同仁堂药店负责人送给她大小两张包药纸。回来后，她便马上去印刷厂打印，用打印好的纸来包药。

北京同仁堂的负责人还告诉她说：“中药饮片的质量，直接关系到一家药店的生意。中药炮制的目的是多方面的。经过炮制，可使某些药物进入经络。如醋制入肝，盐制入肾。姜制竹茹，阻止呕吐；醋制延胡索，可使不溶于水的生物碱转化成盐类溶于水，增强止痛功效。草乌、川乌，用生姜、甘草炮制，能消除或降低药物的毒性和副作用。炮制的方法也有很多……”

春球牢牢记住北京同仁堂中药饮片的炮制方法，在已有炮制方法的基础上，吸取融入他们的经验，狠抓质量，严格把关。每一味药,她都按照中药炮制的工序,写清加工工艺的全部流程,送到加工人员手中加工炮制,再严格按照要求把加工好的药材验收入库。达不到炮制规范要求的中药饮片一律返工,直到符合要求为止。

顾客都说,康民药店的药"真康民",他们的药,质量好,药效高,价格合理。

这一年全省中药饮片质量评比,康民药店的中药饮片获得了第一名。消息传到药店,整个大楼都沸腾了。

现在,康民药店的生意做大做强了,在银行又有了存款。春球盘算着为职工建新房子。她把报告写好后,交给医药公司邓书记批阅。邓书记回复道:"有多大能力,就办多大事!"

邓书记的答复,默许了春球的申请。晚上,她召开了全体职工会议,征询大家的意见。经过商量,大家都认为集资盖房好,个人先付两万元,其他由单位垫付。房子建好以后,交清房钱,办过户手续。不够的部分由单位担保,个人贷款。

职工们还拟定了新房子第一层做门市部、上面四层做职工住房,每层三户、共十二户的计划。同时需要住房的职工先写申请,职工大会讨论通过后方可集资。

春球做梦都想有一套属于自己的住房。

她家一家三代八口人,老老少少、男男女女住在育才中学三间四十来平方米的小屋里,屋内只能放下三张床和一张单人桌,站在狭窄的屋内,拥挤得连身都转不过来。

为了解决做饭问题,春球在前面的过道上,找了一只旧箩筐,切了一个窟窿当灶口,把切短的稻草和一些谷壳掺在黄泥巴中，倒入水，用很大的力气搅拌均匀，倒进箩筐内。费了好大的功夫，她才把箩灶打好。糊了泥巴的箩筐放上一口锅，就成了她家最简易的箩灶。

那份艰辛，春球在无数个夜晚偷偷抹泪，无奈与窘迫从来没有改变过。

现在一家人听到康民药店要建新房子，全家老小都认为这是天降大喜，一家人都乐得像开了花。特别是光华，高兴得马上写信，告诉在大连舰艇学院读书的哥哥韶华："妈妈单位在盖新房子，哥哥以后回家就有新房住了……"

丹柏也说："春球，你从早干到晚，为药店赚了那么多钱，现在你们单位要建新房了，你肯定可以分一套的。再说咱妈这么大年纪了，一辈子都没有住过新房，这回一定要让她过过住新房的瘾，不要让她留遗憾……"

春球心想，家里老的老、小的小，自己理应分配一套住房；再说她家人多，上班又最远，符合分房规定。她对丹柏说："丹柏，我们家肯定可以分到新房的，全药店职工里面，我是住房条件最艰苦的。新房没问题，等着好消息就是了。"

晚上，春球写好了一份要求分房的申请。

第二天，春球办公桌上，总共有十六户递交的申请。她仔细一看，每户申请的理由都很充分，也都实事求是。房子有十二套，申请的有十六户。怎么办？思来想去，在讨论分房方案的会上，春球把自己的申请拿出来撕掉了。她觉得如果在分房这件事情上和同事们闹得不愉快，即使分到了房子，住进去了也不会心安理得。不如让出去，等下次集资建房再申请也不迟。

春经理主动让房的事情，感动了所有职工，也赢得了职工对春球的敬佩，但是引来了丹柏和孩子们的不满。

“春球，觉悟蛮高呀，‘先天下之忧而忧，后天下之乐而乐’嘛，我们家有一位焦裕禄式的好干部……”傍晚下班回家的时候，丹柏堵在门口揶揄道。

“丹柏，你听我说，申请住房的有十六户，房子却只有十二套，僧多粥少，我们下次还有机会的……”

“是呀，你的高风亮节赢得了大家的一致好评。你去大街上听听，到处都在说春经理舍己为人、大公无私，我黄丹柏也佩服至极呀！”丹柏依然不冷不热地说道。

“丹柏，对不起，是我无能，做一个妻子我不合格，作为一个母亲更不合格，作为儿媳也不合格……”

春球说着说着，眼泪忽然就哗啦哗啦地流了下来。

丹柏见状，没再说什么，独自一个人出去了。

黄玉英听到他们的议论，迈着颤颤巍巍的脚步，从房里出来，她的手里端着一碗切好的萝卜，准备下锅煮菜。

“春球，怎么啦？”她关切地问。

“妈，没什么，房子没申请到，你暂时住不上新房。对不起，是我无能……”看着日益老去的家婆，春球觉得有什么东西堵在喉咙里，难受得要命。

“没有就没有，下次重新申请，这么多年都这样过来了，多等几年有什么要紧；再说，我这把老骨头在哪儿住不一样呀？”黄玉英这样劝慰着春球，说完就去炒菜了。

光华上学回来，看见春球在哭，忙问：“妈妈，我们没新房子住是吗？”

“有啊，过几年就会有的，一切都会有的。”春球摸了摸他的头，笑了笑说。

“哦。”光华点点头，似懂非懂。

丹柏很晚才从外面回来，一个人坐在床沿上发呆。春球给他盛了一碗饭，放在他手里，说：“丹柏，吃饭吧。”

丹柏一动不动。

春球叹了一口气：“丹柏，我知道你心里不好受，其实我心里更不好受。十几年一家人挤在一间狭小的房子里，过着蜗居日子，我何尝不想要一套新房！咱妈年纪大了，我又何尝不想让她在有生之年住一回新房呢！”

春球声音越来越小，还带着哭腔。

“可是你看看我们单位其他员工的情况，哪家不是急需解决住房问题？秀秀家，公公婆婆瘫痪在床，挤在一间只有十多平方米的过道间里；郭伟家，孩子没有自己的房间，晚上只能打地铺；老职工老刘家，一家四代八口，儿媳妇晚上要回娘家住……你说我能忍心跟他们争房子吗？”

丹柏眼里掠过一丝不安。

“等下次集资建房，我一定申请新房，好吗？丹柏，这次我实在做不出来，我怕别人指着我的脊梁骨骂我这个经理自私自利，不关心职工生活。那样我会睡不着觉；即使这次我们住进了新房，我能心安理得吗？”

春球一只手搭在丹柏的肩膀上，另一只手摩挲着他的头发。丹柏像个孩子，一声不吭。

“好了,不说了,房子的事以后再也不提了,你安心上你的班吧。”丹柏终于开口了,“我只是看到孩子跟着我们受罪,妈妈也没享一天福,心里不平衡,发发牢骚而已。”

丹柏起身,端着饭碗进了厨房,自顾自吃饭去了。春球望着他的背影,眼泪又眨巴眨巴地流了下来。

新房子建在永宁桥的北边,过年之前,康民药店十二户职工都搬进了新家,新房第一层开了第二个药店,取名叫“桥头药店”。康民药店抽调了部分职工到桥头药店工作,只好又招收了一批新的学徒。

两个药店的生意越来越好,自己炮制的中药饮片也越来越有名。第二年春天,康民药店在“全国质量万里行”评比活动中获得全国第一百七十九位的好成绩。

这个荣誉让春球内心无比激动:艰辛的付出终于取得了丰硕的成果。

药店的每个职工都调高了一级工资,还获得了不同数额的奖金。最开心的是,春球顺理成章地被评为“三八红旗手”,并且出席了宜春市举行的“巾帼表彰大会”。

从一开始背上了几万元债务,到取得了全国第一百七十九位的排名;从职工一家人挤在十几平方米的陋室,到拥有自己的门面和住房,春球觉得自己完成了华丽的转身。

开完会,她在宜春街上买了一块男士手表:丹柏的生日快到了,她想给他一个惊喜。

晨光夕忆

宽敞干净的水泥路，取代了小时候走过的那条泥泞的黄泥巴路；整齐划一的新农村建筑，取代了当年破烂不堪的茅草土坯房……

三十

春球做了一个梦，她梦见自己回到了家乡五里山沟，梦见几个哥哥还在自家阁楼上读书，梦见父亲春晓光站在屋檐下听雨……醒来却躺在自家床上，她再也睡不着了，把丹柏叫醒，对丹柏说起梦里的场景，她一直长嘘短叹。丹柏说："你是想回家看看了。"

"是哩，也不知道五里山沟现在变成什么样子了，更不知道哥哥们的生活怎样了。"春球自顾自地感叹，眼睛痴痴的，好像看见了五里山沟的风景，又好像茫然一片，什么都没看见。

丹柏看着眼前这个相濡以沫了大半辈子的女人，若有所思地说道："是该回去看看了。"

中午，光华端来一盘又大又红的杨梅放在桌子上，春球看见，心里一惊，这不是家乡五里山沟的杨梅吗！她张大嘴巴，眼里放出一种异样的光芒。

"这杨梅是哪儿产的，这么大？"春球忍不住问他。

光华笑得眼睛眯成一条线，得意扬扬地说："妈，你猜猜。"

"五里山沟？不会吧……"春球疑惑地看着光华。

"妈，你是怎么猜到的？是舅舅他们寄过来的。"他不敢相信：莫非妈妈有千里眼，能一眼看穿？

春球哪里有什么千里眼，她有的只是一种对五里山沟特有的情缘，孩子们不懂，只有丹柏能理解。

春球拿起一个杨梅，放入口中，杨梅平滑地在舌尖上滚动，细腻、柔软而且亲切。没错，这就是五里山沟杨梅的味道。

春球记得，老家有一个很大的野生杨梅园，杨梅成熟的时节，很多人会去游玩。那里山清水秀，空气清新。杨梅园就坐落在五里山沟村中心，一树一树的杨梅到了端午节前后，就像一个个红色的珍珠玛瑙，挂在树上，掩映在绿叶丛中，着实叫人赏心悦目。

由于物资贫乏，缺衣少食，那时人们常为一日三餐发愁。每逢杨梅成熟的季节，五里山沟的家家户户都生怕有客人来家里做客，因为难以应酬一顿午饭。尽管难于生计，但热情好客、善良厚道的谢梅青，家里来了客人总是笑脸相迎，热情相送。她哪怕自己不吃不喝，也要拿出自家所有的点心、饭食来招待客人。

小时候，春球是妈妈做饭的好帮手，到了摘杨梅的时候，家里总是会来一拨一拨的客人，谢梅青炒菜，她就坐在土灶前的小板凳上，帮着添柴烧火。

她还记得，烧火的时候，先把上次做饭埋好的火种拨开，将干燥的茅草盖上，再在茅草上放上一些干硬柴火，嘴里含着小水竹做成的吹火筒吹风，“噗”的一声，火苗蹿上来，灶里红彤彤的一片。

谢梅青把捞来的小虾倒入热锅内，只见小虾噼里啪啦蹦跶个不停，有时会把水珠溅到了她脸上，让春球脸上火辣辣一阵生疼。河虾慢慢地不动了，弓着背，伸长脚，渐渐地变成了鲜红色，又香又美。

妈妈谢梅青把虾盛在碗里，在锅里洒入几滴油，倒入大蒜、青椒，炒出香辣味，然后把河虾倒入锅里，与配料混在一起，红配着绿，多美的一道菜啊！春球鼻子里满是香气，馋得口水直流。但是她知道，这是招待客人最好的菜，她只能忍着，要等客人下桌后，剩下几盘菜，才是他们几姊妹的美味佳肴。

吃完饭，谢梅青拿出自采自制的嫩茶叶，泡上一杯香气浓郁的茶，又端出家里最好吃的紫苏杨梅干儿来招待客人。春球站在门外面（妈妈交代过，客人吃东西的时候，小孩子不能站在客人身旁，那样不礼貌，春球只好站在门外），看着客人美滋滋地把杨梅干儿放进嘴里，接着又用做出兰花指的手提着紫苏的嫩心，咬下一片叶子说："这紫苏比杨梅更好吃。"

春球馋得直流口水，眼睁睁看着她吃。

等客人走了，春球急忙跑到桌前，心想，这下可以尝尝鲜了。谁知谢梅青的手脚比她快多了，端起果盘，拿了两片最小的、用河沙炒的薯片给她，一声不响地朝一个房间走去。那房间里那个放果蔬点心的柜子，平时永远都锁着，钥匙只有谢梅青有，除了她之外，谁都无法打开那个柜子。

春球忍不住哭了，她从未尝过紫苏杨梅干，多想吃上哪怕一点点，让她尝尝味道。

如今，紫苏杨梅干到处有卖的。但是不知道为什么，吃过无数杨梅干，春球却再也找不到妈妈做的紫苏的感觉了。

"春球，春球，发什么愣呀？"丹柏的呼唤声把春球从回忆里拉回到现实。

“妈妈怎么了？”光华从外面进来，急切地问道。

“你妈妈想回老家了。”丹柏回答说。多年的夫妻，尽管聚少离多，但是知妻莫如夫，春球的心思，丹柏一清二楚。

光华走到父亲身边，偷偷地耳语了几句，丹柏的面容渐渐舒展开来，两个人脸上露出了会心的微笑。

第二天天刚蒙蒙亮，丹柏就催着春球起床：“春球快起来，春球快起来。”

“这么早，起来干什么呀？”春球睡眼惺忪。

“快点儿起来，带你去五里山沟。”丹柏叫道。

“你说什么？去五里山沟？”春球睁大了眼睛，一骨碌坐了起来。

“是呀，去五里山沟。光华开车，我和雅婷陪你一同去。”丹柏笑眯眯地看着她。

春球以迅雷不及掩耳之势从床上爬了起来。

汽车在赣西北新修的高速公路上疾驰，这在以前，只是一个梦想而已。春球望着飞驰而过的山峦、河流、树木，百感交集。

车窗外，无边无垠的稻田里，绿色的禾苗郁郁葱葱，等到秋天，到处都是一垄垄金黄的稻谷主宰着天地，那种壮美会让人热泪盈眶；宽阔的高速公路延伸到远方，五里山沟在下一个路口，再下一个路口……春球盘算着，等到了哥哥家，该是一种怎样激动人心的场面！

春球痴痴地望着窗外，思绪仿佛被眼前的美景所陶醉。

汽车不知不觉驶入萍乡地界。能够坐自家儿子开的车重回家乡，这在以前，春球做梦都不敢想。现在坐在光华开的车上，她想起自己小时候的艰难,不禁感慨万千。

记得那年大哥子豪把她从五里山沟带出来读书，坐班车进县城是她人生中第一次乘车。

客车是古老的木头车厢,车厢内是油光发亮的木板椅子,后排坐四个人,左右两排面对面,各坐三个人,中间一条过道,四个小玻璃窗;走的是坑坑洼洼的泥巴路。坐在椅子上,旅客不是东歪就是西斜,有时屁股突然跳起来,接着又重重地落下去;惊叫声和咒骂声不绝于耳;汗臭,脚臭,各种气味横冲直撞。

春球坐在班车上,一切都那么新奇,仿佛哥伦布发现了新大陆一样,充满了期待。

汽车在泥巴路上行驶,走到半路,泥泞的道路让车轮陷入了泥坑,整个车身都动弹不得;全车人只好下车,有的人找来石头铺路,有的人找来树枝棍子铺在路面上。一切准备就绪,大家合力把车推出了泥坑。

好不容易到了县城,下了客车,又要坐一段火车。子豪领着春球,急急忙忙去赶火车。这火车是古老的铁皮火车,座位是油光水滑的长条椅子。火车开得很慢,一会儿“咔嚓咔嚓”,一会儿又“轰隆轰隆”,那车轮碰撞铁轨的声音,震得耳膜“嗡嗡”作响。她还是觉得新奇、高兴、自豪,因为五里山沟村子里的人祖祖辈辈都没有见过火车,有的人连火车这个名字都没听说过。

好奇的春球问子豪:“哥哥,这火车又长又大,这么多人坐在上面,它怎么能走呢？”

子豪笑着说:“火车头有一个锅炉,用煤烧水,水沸腾后,产生的水蒸气有很强大的动能来推动车轮运转,带着我们往前走,简单地说就是利用燃烧产生的热能转化为机械能，驱动火车不断往前。”

春球羡慕地说:“哥哥真厉害,什么都懂。”

“所以呀,哥哥带你出来读书,让你增长见识,看到更多奇妙的事物。春球呀,你要好好读书,将来你比大哥更聪明,更能干。”火车到站了,子豪牵着她的手,一同走出了车站。

想到这儿,春球的脸上,微微地因羞涩而红了一下:她辜负了哥哥的期待,并没有走出大山,没有实现自己的人生理想。

下了火车,两姊妹又急忙跑到宜春长途汽车站,买第二天去铜鼓的汽车票。天气炎热,人又多,一个个都汗流浃背的。他们排了好长时间的队,还是没有买到车票。

一、二、三……春球数了数,前面只剩下六个人了。她开心地对子豪说:“大哥,马上轮到我们了。”子豪摸着她的头说:“你站累了吧?”春球安慰他说:“不累,一点儿都不累!”

前面买好票的人刚转身,子豪急忙递钱到窗口,说:“买两张明天到铜鼓县的票。”

“到铜鼓县的票要明天上午来买,一个人只能买一张,要记得带上证件。”售票员不耐烦地说道。

两姊妹很无奈,只好找个价钱便宜的旅馆住下。那旅馆的位置离汽车站有点儿远,走路需要五十分钟。

第二天,他们一觉醒来,连洗涮都没来得及,就直奔汽车站去买票。

小小的售票厅内早已人头攒动,买票的人摩肩接踵,队伍延伸到售票厅门口。子豪交代春球在售票厅门口照看行李,自己则站在售票厅门口处开始排队。排队买票的人如同蚂蚁走路，一点一点地蠕动到售票窗口。

慢慢地，前面买好车票的人陆陆续续出来了。其中有两位熟人向子豪打着招呼："嗨！春老师，你还站在这里排队买票呀？走吧，我们都没买到，还轮得上你呀！"

两个人齐刷刷地盯着子豪，其中一个高个子不满地说："我昨天早上六点钟起床来排队，没买到票；今天早上五点钟就起床来排队，又没买到票。看样子明天还得提前一个小时来排队了。"

他一边说，一边用手搭在大哥的肩膀上："走，今天我们早早睡觉，明天四点钟准时到达，争取排到前十名。否则，我袋子里的钱用光了，就没钱买车票了。"

兄妹俩只好跟着他们走出售票厅，无奈地走在大街上，等待第二天清晨的到来。

雅婷打断了春球的回忆，将信将疑："妈妈你也太夸张了吧，到铜鼓县的人有这么多吗？"

春球一听，笑着回答："雅婷，你可不知道，这一趟长途汽车，中途要经过三个县才能到达铜鼓县。所以上车的旅客不仅仅是到铜鼓的，还有到上高的，到宜丰的，坐车的人自然就多了。如果遇到升学高峰，坐车的人更多。"

"怪不得票这么难买。那时的交通确实给人们带来很大的不便。"雅婷若有所思。

"那时候，新中国刚成立不久，国家底子薄，又打了一场对付美帝国主义的战争，一打就是好几年。这还不算，还帮助朝鲜人民建设国家。那时正值国家经济困难，又遇到自然灾害，真是雪上加霜。没钱搞建设，人们的生活水平低，出门只能靠老旧的火车和少得可怜的汽车，除此之外，什么交通工具也没有。”

丹柏接过话头儿，那一段历史，他深有体会。

“妈妈，现在可不同了，随着社会的进步、经济的不断发展，国家富裕了，有钱搞建设了，高速公路四通八达。现在，你看，外婆家乡都村村通了公路，而且公路直通到家门口。我们开车走高速路，只需四个多小时就可以和亲人团聚，真是方便又快捷。”雅婷天生乐观，“现在人们的收入水平也在不断地提高，很多人出远门都会选择乘坐飞机。”

“是的，记得我第一次坐飞机，瑄妍打电话给我，说我和她爸爸还没坐过飞机，她说她订了两张飞机票，过两天可以到她的新家海南住一段时间……”

想起自己第一次坐飞机，春球至今记忆犹新。

当天定的机票，两天后就要去海南，邮递员哪儿有那么快的速度，能把机票按时送过来？就算特快专递，也要四天时间才能把机票送到手里。瑄妍，这不是浪费钱吗？春球有点儿不悦，她对另一头的瑄妍抱怨说：“瑄妍，等你的机票送到家时，飞机票早就过期了，还说去你的新家，梦游还差不多。”

瑄妍在电话那头笑嘻嘻地说：“妈妈，我在你们那边的民航售票处已经请朋友买好了机票，民航会直接派人把机票送到家里。聪明的妈妈这回傻了吧？”

春球一头雾水，这到底是怎么回事？

车上的雅婷和光华听到这儿，早已笑得前仰后合。他们告诉春球，这叫信息时代，也是数字时代。春球听得有些蒙。什么时代并不重要，重要的是她生在旧社会，还能赶上这个时代。

丹柏插话说："那天你一边听瑄妍不厌其烦地交代，一边拿笔把她说的话记在一个本子上，生怕忘记了坐飞机的大事。出发的那天，我们提前了三个小时到达机场。"

春球笑着说："丹柏，那是因为我们第一次坐飞机，又带了这么多行李，早到心里更踏实呀！"

雅婷跟着说："这是妈妈的习惯，她做任何事情，从不打无准备之仗。"

春球记得早上出发的时候，左邻右舍都来送行。很多人说，孩子有出息了，父母跟着享福；也有人说他们夫妻俩真牛，县长书记出差都没有坐飞机的规格……春球心里美滋滋的，她从来不在别人面前显摆，但是那天早上出门的时候，她得意地说，读书才是孩子最好的出路，韶华几姊妹都是读书读出去的。

"雅婷，你知道吗，那天我走进机场大厅，看见那宽阔明亮、高大雄伟的大厅，惊呆了，我简直不敢相信自己的眼睛。我心里问自己，我是真的要去坐飞机吗？这可是我连做梦都不敢想的事情啊！我走在去候机室的路上，一边走一边想，停在地面上的飞机该是什么样子的？来到待机厅，看见停机坪上停了好多架飞机，有刚刚降落的，有等待起飞的。直到这时，我才知道飞机是那么大，机翼是那么长，舷窗是那么多。"

"妈妈，长见识了吧？"光华一边开车，一边搭腔。

"光华，你没见过，飞机上的空姐多漂亮呀！要是你能娶到空姐做老婆，我做妈妈的一定给你一个大红包。"春球笑着说。

光华一听，笑得脸上像开了一朵玫瑰花："我的好妈妈，你儿子哪儿有那个本事哟，那些都是仙女呀，不食人间烟火的。”

“我弟弟有了意中人了，我知道。”雅婷插话道。

“真的呀？”春球顿时来了兴致，“说来听听，哪里的姑娘，我帮你参谋一下，漂亮吗？”

“别听雅婷瞎说，八字还没一撇呢！”光华笑着说，嘴角却笑得更弯了，连眉毛都在舞蹈。

“妈妈，你能说说你第一次坐飞机是什么感觉吗，一定很紧张吧？”雅婷打趣道。

车在高速上飞驰，车内欢声笑语。

春球清晰地记得，飞机就要起飞时，沿着机场的跑道慢慢滑行、加速、上升，瞬间觉得有种脚离地面，迅速坠落的失重感。不一会儿，飞机在震耳欲聋的轰鸣声中向高空飞去。

她打开遮阳板，向窗外望去，地面的景物在渐渐缩小，宽广的马路变成了一条条纵横交错的带子，那一幢幢楼房看上去就像小孩子堆成的积木。不一会儿，飞机在云层中飞行，只看见白茫茫一片，就像无边无际的大海，翻腾着波浪。飞机飞行了一会儿，春球看见的云朵，有的像可爱的白鹅，有的像一座座雪山，在太阳的照射下，银光闪闪。

飞机往前飞行，一层厚厚的白云铺在飞机下面，犹如铺了一层洁白的大棉絮，无边无垠，平坦如砥；太阳照射到云层上面，如金色的河水，勾勒出各种各样的雕塑形态。春球看呆了，在五里山沟，在黄家村，过去还没有谁能够坐上飞机，而她是第一个。她觉得她是世界上最幸福的女人。

“雅婷，真没想到我还能坐上飞机，还能飞到海南，还能周游各地。”春球感叹道,“而这一切,我要感谢你们的发奋读书,感谢丹柏的付出,感谢我们的国家……”

雅婷和光华都若有所思地点点头。

丹柏并没有认真地听春球他们母子三人聊天，他望着车窗外的景物,陷入了沉思。五里山沟越来越近了,他的心跳得越来越快。

“爸爸,你怎么了?”雅婷喊道,“想舅舅了吗?一会儿就到了。”

丹柏沉吟片刻,深情地说:“雅婷,我在思考这个问题,你妈妈与所有孩子的妈妈一样,望子成龙,望女成凤。她精心培育你们,让你们成为对国家对社会有用的人,我打心底佩服她,也感激她。她经历了风吹雨打,经历了数不清的苦难与挫折。但她没有沉沦在艰难困苦之中，而是把苦难与挫折当作人生中的一笔财富,不管是事业还是家庭都获得了成功,现在得到了孩子们满满的回报。我为有这么出色的爱人和优秀的孩子感到欣慰。我知足了。”

丹柏的眼里迸发出一束束灿烂的亮光。

“快看,杨梅树!”

丹柏的一声惊呼,打破了春球的遐想。她抬眼一望,只见漫山遍野,沟沟壑壑,到处都是一树一树的杨梅,仿佛整个世界都被杨梅所垄断。马路上,小路上,山埂上,到处是摘杨梅的游客;也有担着箩筐的果农,把一担担杨梅往山下挑去。

是五里山沟的杨梅!春球差点儿惊叫起来。对于这里,她太熟悉了。

“下车，快下车。”春球喊道。

光华在五里山沟杨梅基地停下了车，春球迫不及待地下了车。她站在马路的一边，嘴唇哆哆嗦嗦地念叨着，嘴里发出一种莫名其妙的声音，丹柏和光华看着，并没有去打扰她。他们都知道她此时内心的激动与深情。

她走到一棵杨梅树下，伸手摘了一颗杨梅，那杨梅紫里透红，像一颗硕大的红色玛瑙，轻轻地咬一口，一种甜甜的酸味在她嘴里沸腾，再咬一口，嘴里的酸味慢慢地散开，慢慢地溢满了甜味，慢慢地，整个心里都酸酸甜甜的，整个灵魂都充满了杨梅的滋味。

这就是五里山沟的杨梅，她一辈子都忘不了。

她又摘了几个杨梅，快速地走过来，把杨梅放到丹柏和光华手里，满脸兴奋：“丹柏，光华，你们尝尝，正宗的五里山沟杨梅。”

他们两个人接过杨梅，放进嘴里，一股甜酸味儿立刻填满了口腔，他们整个身心都有一种愉悦感。

“我说好吃，没骗你们吧？”春球得意地说。

丹柏看着远处的山峦，葱绿的杨梅树一直延伸到天边，树上结满了密密麻麻的杨梅。红彤彤的杨梅点缀在绿叶当中，娇小动人，惹人怜爱。农村的变化真大，现在应该再也没有没饭吃的农户了吧？丹柏想。

“刚才舅舅打电话来了，要我们早点儿过去；时候不早了，我们直接去舅舅家吧。”光华催促着。

“舅舅就在前面不远的地方住。”春球说完，一家人上车，朝着五里山沟春球的故乡飞驰而去。

宽敞干净的水泥路,取代了小时候走过的那条泥泞的黄泥巴路;整齐划一的新农村建筑,取代了当年破烂不堪的茅草土坯房……干净整洁的农家大院、完善统一的健身器材在五里山沟村随处可见。

春球差不多认不出老家了。

村口那棵大樟树下,一栋崭新的四层楼洋房门口站着十几个人正在迎候,一卷长长的鞭炮挂在树枝上。

春球揉了揉眼睛,仔细地盯着他看,没错,高高的个子,瘦瘦的脸,头发都白了……春球有一种恍若隔世的感觉。她再次看了看,终于看清了:没错,是四哥博文!

还没等小车停稳,春球便迫不及待地打开车门,飞奔而下。她一路小跑,直奔四哥博文而去。

"四哥!"

"春球!"

两双手紧紧地贴在一起,握在一起,靠在一起。两个人依靠着,相拥着。

泪水打湿了近半个世纪的思念,鞭炮声响彻了整个五里山沟。一家十几个人簇拥着,拉着手,夹道欢迎。侄子侄女提箱子的提箱子;嫂子挽着春球的手,问寒问暖;其他人欢天喜地,叫姑姑姑爷的都是一群后生。春球内心有一种叫乡愁的东西涌动着、翻滚着、奔腾着。

回到家,博文领着春球在父母的遗像前点着了香纸和油烛,两姊妹跪在地下,哭成了泪人。

饭后，春球问及博文的孩子，博文说："儿子从部队转业，他放弃了在机关单位上班的机会，选择带领本村人发展杨梅生产和旅游事业，他把自己的转业补助全部投入其中。后来小儿子农大毕业回乡，接过了大儿子的重担，和老大一起打拼。现在他们兄弟俩是五里山沟果业公司的掌舵人。"博文兴高采烈地说道，"春球，你还记得那条尘土飞扬的黄泥巴路、那些破烂不堪东倒西歪的土坯房吗？它们都已经成为历史了。家家户户都是新房，条条道路都是水泥路。"

"变化真大呀，四哥，我都认不出来了。"春球赞叹道。

水泥路通到了家门口，通到了杨梅园。杨梅种植成了乡亲们发家致富的好产业。

"春球呀，五里山沟大变样了，如今变成了金窝窝。五里山沟的老百姓大搞种植业、旅游业、康养业，这里再也不是以前的穷山恶水之地了。"博文激动地说，"走，我带你们去摘杨梅。"

春球和丹柏每人提一只篮子，兴致勃勃地随着博文走进了五里山沟杨梅园。

进到园子里，春球看见游客们不时在杨梅园里穿梭，有的在采摘杨梅，精心挑选；有的在杨梅树下对唱山歌；有的诵读诗词，有的在专心写生；有的在拍照……人山人海，热闹非凡。

博文给春球、丹柏两个人摘了满满两大篮子杨梅，又领着二人在山上走了一圈儿，三个人说说笑笑，回到了自己家。

傍晚，春球和一群素不相识的游客，参与了农家乐的磨豆腐、打糍粑、做杨梅饼等活动，她感觉她又成了五里山沟的一员。

年少时的许多往事，又重新叩开了她记忆的门扉。

三十一

时间是一把没有声音的钝刀。

今天是春球六十岁生日。年轻时，六十岁是一个遥不可及的数字；可是现在，六十岁触手可及，就在眼前。岁月不饶人，一眨眼、一挥手，春球就六十岁了。她有一种东流逝水、落叶缤纷的忧伤；时光就这样悄悄地、慢慢地流逝了，它带走了年轻的容颜，留下了逐渐老去的初心。青春仿佛就在昨天，转瞬间就苍颜白发了。

可是忧伤又能怎样呢？人生如梦如戏，岁月匆匆走过。活着大概就是一种过程吧，成败也好，爱恨也好，酸甜苦辣也好，始终是过眼烟云，始终会灰飞烟灭。

春球这样想着，从房里走出来，去酒店赴孩子们为她准备的生日宴会。十月的阳光正好，微风不燥，湛蓝的天空，安详而宽容，苍穹晶莹得如蓝宝石一般，让人感觉到岁月的醇厚。春球行走在路上，目之所及，一切都美。

酒店里不知道什么时候响起了《祝你生日快乐》，悠扬的歌声在整个大厅萦绕，春球听着听着，一种“老之将至，后视犹今”的感慨油然而生。

祝寿的亲朋好友越来越多，春球一一和他们握手、寒暄、致谢。酒店里洋溢着欢乐的气氛。

四个儿女早早回家乡来到酒店，却迟迟不见大儿子韶华，春球总有一点儿失落。她忍不住问丹柏："韶华怎么还没到家呀？"

丹柏轻轻地告诉她："春球，韶华是一名军人，军人有严格的纪律。家事不能大于国事。韶华身不由己，我们要理解他。"

听了丹柏的话，春球低下头，不好意思地说："丹柏，我只是问问而已，并非真的要他请假回来。我知道韶华国事大于家事，我不会给他拖后腿的，你家老太婆还没有那么没觉悟。"

"是哦，我家春球是一个有情怀、有格局、有担当的妇女同志。我要向你学习，向你致敬呀！"丹柏说完，站起身来，在春球旁边做了一个敬礼的手势。

春球"扑哧"一声笑了起来："丹柏，你什么时候学会了油嘴滑舌呀？"

十二点整，生日宴会正式开始了，光华拿出事先写好的祝寿词，站在台上大声朗读起来：

尊敬的妈妈爸爸，尊敬的亲友来宾：

大家中午好！

首先我代表全家向各位亲友来宾表示最亲切的问候和最崇高的敬意！

今天是我妈妈六十大寿。六十年弹指一挥间，妈妈一路走来，任岁月风尘改变了容颜，染上了两鬓白发。妈妈没日没夜、不辞辛苦地把我们五个儿女培养成人，妈妈从来不考虑自己，只是给予，不求索取。妈妈和爸爸没有花前月下，没有山盟海誓，只在月下老人的红线绑定下结了婚，生儿育女，为我们五个孩子呕心沥血。我们的今天都是妈妈和爸爸用心血浇灌大的！妈妈永远把她的孩子放第一位，在平凡的人生中，写下了辉煌的颂歌。今天是我们感恩的日子，感谢慈母和严父给了儿女们一个幸福温馨的家！

春球微笑地看着自己最小的儿子，他也已经长大成人，她的心里划过一丝幸福与骄傲。

"人们常说'福如东海，寿比南山'。我们要祈求东海之福、南山之寿赐予我的妈妈，希望我的妈妈福如东海长流水，寿比南山不老松！"

台下的亲朋好友报以热烈的掌声。

韶涵从大门外走进来，她手里拿着一个快递邮件，径直来到春球身边，在她耳边小声地说着什么。

春球接过邮件，小心翼翼地撕开，从里面拿出邮件，打开一看，是韶华的立功喜报、一封家书和他身穿军装的照片。

照片中的韶华英姿飒爽，给人神圣、庄严的感觉。他脸上长着一对诚实的眼睛，两条浓浓的眉毛彰显着时刻准备上战场的勇气。照片上面写着一副对联，左右联分别是"守海疆披肝沥胆，驭铁鲸破浪迎风"，横批是"保家卫国"，照片背面写着"献给妈妈的寿礼，大儿子韶华"。

春球拿着照片看了又看，亲了又亲，她的眼里闪烁着激动的泪花。

这是她见过的韶华最帅的照片。

光华走过来，看到哥哥韶华的立功奖状和相片，一阵阵喜悦涌上心头。

春球展开信笺，小声地读了起来："亲爱的妈妈，您好！请原谅我的不孝，您的六十大寿儿子不能前来祝贺。”

妈妈怎么会责怪你呢，保家卫国是军人的天职呀！春球小声说道。

“妈妈，当兵的人以保家卫国为己任，这是神圣而光荣的使命。牺牲小家，保卫大家，这是军人的血性。这次上级命令紧急集合，一切行动听指挥，保守国家军事秘密。我和战友们迈上了保家卫国的征程，做好了一切战斗准备。”

妈妈理解你，儿子啊，你在外当兵一定要注意安全。春球的眼眶湿润了。

妈妈，这次出发，我已经做好了牺牲的准备。妈妈，您还记得您给我的那枚硬币吗？它是一九五七年十二月一日新中国第一次发行的硬币，是您送给我的最珍贵的礼物。我把它含在嘴里，就像妈妈吻我一样亲切。就像妈妈和我说悄悄话一样，我把我想说的话都告诉了它。

儿子，我的好儿子，你一定会平安回来的，妈妈相信你一定会做到的。春球的一滴泪，滴在韶华的信纸上，接着又一滴，两滴，三滴……她赶紧拭干泪，怕丹柏和孩子们看见，更怕周围的亲朋好友看见。

“我和战友们抵达目的地。×国军舰无视中国领土主权，擅闯我国领海。我们依法对其采取了监视、喊话等种种措施，并予以警告驱离。但敌军舰还是不听。我们时刻准备着，一旦敌人军舰进入我国领海十二海里，我们就要开火，消灭来犯之敌。

亲爱的妈妈，请替我到爷爷、奶奶墓前，告诉他们，我立功了！谢谢他们一直陪我走过的岁月。并请接受军人的敬礼！

韶华敬上

看完书信，春球眼前浮现出韶华勃发的英姿，他在苍茫大海上与敌搏斗的壮烈场面。她再也控制不住内心的情感，将韶华的照片，又一次亲了又亲，看了又看，然后把照片紧紧贴在胸膛上，泪水就像决堤的河水，喷涌而出。

她想起韶华小时候生病，自己顶风冒雨，急赶三十里山路，把大儿子韶华送去医院。李院长妙手回春，救治韶华。

她想起在河边不停地呼叫韶华，回答她的，除了滔滔河水声，只有她自己无声的哭泣。

她想起丹柏小小的书房里，韶华一个人在看书，她无数次经过，他总是心无旁骛，聚精会神。

一幕幕往事，毫不留情地涤荡着春球的内心。望着韶华的相片，她喃喃自语："儿子，好儿子！好样的！"

丹柏搂着春球，不停地拍着她的肩膀。

一个乡里妹仔，从山乡来到苏区，吃了多少苦，又得到多少乡亲的关爱。一路走来，只有她自己知道有多艰辛。现在孩子们成长了，懂得孝敬父母，热爱家乡，为国奉献，春球感觉她有多幸福，别人无法明白。

她这一生，丰腴而厚实。

丹柏说，他想回黄家村走走。

春球和女儿雅婷都举手赞同。他们在超市买了各种礼品，装了三大箱，放在光华小车的后备厢里。

风和日丽的春天，春球、雅婷、丹柏和光华从铜鼓出发，上昌栗高速，直奔丹柏老家而去。

光华开车，丹柏坐前排，春球和雅婷坐后排。光华缓缓地、稳稳地将车驶向远方。

车轮在高速路上行驶。伫立在公路两旁的景观树，像是战列的仪仗队，不停地向后方掠过。蓝天上的白云，追着他们的车轮，一路同行。

春球一家人沉默着。

丹柏此时心里翻滚着往事，搜索着年少的回忆。几十年的光阴，弹指一挥间。从年少读书离开家乡，到耳顺之年重回故里。“少小离家老大回，乡音无改鬓毛衰。”心中总有一些沉入灵魂的情愫，像关不住的风一样，潜入脑海，挥之不去。

近乡情更怯，不敢问来人。离家越近，丹柏的心反而怦怦直跳，激动不已。他很想让自己平静下来，甚至想让光华停车靠边，捋一捋自己的思绪，可是几次张嘴又咽了回去。春球看着他欲言又止的样子，心里突然就明白了这个男人复杂而真实的内心世界。

“光华，在合适的地方停车，让爸爸休息一会儿。”春球提醒着光华。

光华在服务区里停了下来。

丹柏走下小车，深吸了一口气，似乎放下了一个沉重的包袱。他忐忑不安地走到春球身边说:“春球,也不知道林生他们现在过得怎样。我们回去,那栋老屋也不知道还在不在?”

“丹柏,你就放心吧,现在党的政策这么好,他们肯定过得很好。老屋也许还在,也许早就不在了,谁知道呢?”春球安慰他说。

“当年林生逼着你还回他父亲的老屋,至今想来都不能理解。你说人是不是穷疯了的时候,谁都不认识了?”他又问春球。

“哎呀,丹柏,事情都过去那么多年了,没有那老屋,我们不是一样过得挺好吗?人要往前看,不能总是停滞不前。”春球笑着说。

丹柏又问:“林生和二姐做梦也想不到,今天我们会去看他们呢。”

雅婷在旁边说:“爸爸,给他们一个惊喜,让他们从心里感到妈妈的大度。”她一手挽着春球的手臂,一手拉着丹柏的胳膊,老家对她来说仅仅是一个符号。

“你小时候在黄家村,可是爷爷奶奶的掌上明珠啊!”春球打趣道。

“妈,不会吧。我那时候多大呀?”雅婷笑着问。

春球感叹道:“你呀,可能是四岁吧。时间过得真快,现在你的孩子都在英国华威大学读书了。我们不老都不行呢。”

丹柏风趣地说:“你妈现在每天晚上学跳广场舞,她的心年轻着呢,还时时梦想回到如花似玉的少女时代。”

春球不服气地说:“你不也经常谈起自己的青春年华吗!还说我呢……不过,现在再想也是白想,你们爸妈都变成了鸡皮鹤发的老头儿老太太了。”

光华在一旁抢着说:“不老!不老!看爸爸妈妈的眼睛完全没有岁月的痕迹,在同龄人中,爸爸妈妈显得更年轻,更有气质,将来肯定是寿过百岁。到那时,我们兄弟姐妹要风风光光为爸爸妈妈办百岁寿星宴呢!”

大家休息了一会儿,又坐回车内,光华一踩油门,汽车很快地驶到高速路上去了。

马路两边,是排列整齐的树木,中间的隔离带上,同样种植着一排女贞树,浓密的树叶将道路也染成了绿色。雅婷拉开了一点点车窗,清新的空气裹挟着满眼的翠绿扑面而来。

汽车在黄土岗高速路出口下了高速路。

丹柏回头对春球说:“春球,你还记得黄家村的路吗?应该快到了吧?”

“我看看是什么地方。”春球抬头看了一眼窗外,“光华,你再往前开一点点,去黄家村的路上,右边有座黄土坡,黄土坡上有一条黄色的路,开到这条路上直走,一会儿就到了。”

光华开着车,却没发现黄土坡。

春球的脑子里,还在苦苦搜寻回黄家村的泥沙路,却怎么也找不到回家的老路了。

以前黄土坡是回家的必经之路。现在黄土坡不见了,春球有点儿蒙:怎么好端端的路就不见了呢?丹柏干脆下车,走到水泥路的另一头,看见有家超市,便走了进去。

丹柏客气地问:“请问老板,黄家村往哪里走呀?”

“你去黄家村呀?顺着柏油路一直走,大概十来分钟就到了。”

店主是一个中年妇女,长得清清秀秀的,说起话来伶牙俐齿,对丹柏很热情，一看就是地地道道的黄家村人。丹柏仔细地看了她一眼，很熟悉的样子，好像在哪儿见过，可就是想不起来。

丹柏说：“我是黄家村人，几十年没回家了，以前的路找不到了，不知道该怎么走。”

“真的呀，现在路全部都修过了，都是柏油大马路；以前的路一条也没有了。”店主一边做着生意，一边回头对丹柏说，“你们回老家探亲，敢问是去哪家呀？”说完，很期待的样子，一脸的微笑。

“我堂弟黄林生家，还有……”“啊！黄林生家?!你们是……”还没有等丹柏把话说完，店主立刻把话抢了过去，一连串的惊叹写在她脸上。

“我是黄丹柏，你认识？”丹柏吃惊地问道。

“我是黄林生的小女儿小娟呀，大伯，你不认识我了？”

“小娟！”丹柏努力地搜寻着记忆中的故乡，想了老半天，依然没有半点儿印象；他忽然想起林生老婆翠花的模样，一拍脑门儿：怪不得刚进门的时候，觉得店主在哪里见过，原来是林生的小女儿小娟，简直和她母亲是一个模子刻出来的。

“伯父，想起来了？”小娟试探着问道，然后话锋一转，“我爸妈都在家呢，房子就在村口，新农村建设黄家村新居第一栋第一单元一楼，我忙过这阵子就回家。”

小娟说完，从冰柜里给每人拿了一瓶水放在他们手里，又忙着招揽自家生意去了。

丹柏谢过小娟后，一家人钻进汽车，朝着小娟所指的方向前行。一条宽敞的彩虹大马路，顺着一条小河蜿蜒而去，不远处通入了苍茫含黛的山峰,颇有点山重水复疑无路的味道;马路的两边,每隔十几米竖立一个电线杆子,杆子上挂着彩旗,彩旗上面写着“振兴农村建设,打造宜居乡村”;彩旗在阳光的照射下分外耀眼。更远处,一排排民宿赫然映入眼帘;到处是郁郁葱葱的树木鲜花,健身场地整齐划一,村容村貌焕然一新。丹柏看得有些晕眩,他不知道家乡的变化是如此巨大,过去只是单纯地认为故乡还是破烂的茅草房、贫瘠的黄土地……他不住地点头,眼里迸发出喜悦的光芒。

汽车行驶了大约十分钟,丹柏看见离马路边不远处有一户人家,墙壁上斑斑驳驳,外墙漆脱落了很多,门前的禾坪上杂草丛生,与刚进村子看见的崭新的农村新貌截然不同。

春球第一个下车,看见一位老妇人满头白发,佝偻着背,步履蹒跚。她惊奇地看着春球,一脸惊愕。

春球走到大门口,轻声问道:“婆婆,你知道周发子家住在哪里吗?”

“不知道,你找他有事吗?”老妇人一双眼睛茫然地注视着春球,一边说,一边朝自家走去。

春球跟着老妇人,并没有打算离开:“就是有好多孩子的那个周发子,我们是亲戚,我叫他二姐夫。”

老妇人瞪大茫然的眼睛,以一种怪异的神态足足看了春球十几秒钟才收回目光,颤颤巍巍地迈开脚步,头也不回地进了里屋。

春球站在房子门口,一筹莫展。

一位满头白发的男人缓缓从房子里出来,他双手各拿着一个骨牌形状的木头高脚凳，费力地把凳子向前移动，双手撑住凳子，再移动双脚，艰难地从房子里出来。

那个老妇人跟在后面。

当他抬头那一瞬间，春球发现了他右眼角的一颗大黑痣，不由大声喊道："二姐夫！二姐夫！"

那男人惊奇地看着春球，浑浊的眼球里泛着呆滞的光，他沙哑地问道："你是……你是……"

"我是春球呀，你还记得我吗？"

这时候丹柏也走下车来，在那人面前脱口而出："二姐夫，我是丹柏呀！这是我二女儿雅婷，这是我小儿子光华，我们是专程来看望你们的，你不认识我了吗？"

"哦，春球呀，丹柏，你们回来了！"老人伸出骨瘦如柴的手，拉着春球和丹柏，嘴里嗫嚅着，双手颤抖着，似乎想说什么，却什么也说不出。

有一瞬间，春球脑海里隐隐约约浮现出当年她来二姐夫家借油的情景，只是时间久远了，事情模糊了，似乎那只是一个故事，云淡风轻，天高水远。

他身后的那个女人，茫然地听着他们的谈话。

"你二姐说好像是你们回来了，我起初还不相信，现在看到你们就在眼前，好像做梦一样，真不敢相信这是真的呀。"周发子喃喃地说。

丹柏说："我们都年岁大了，老了，就特别想老家，想看看老家的亲人。"

"快进来坐吧，站在门口做什么？看我，都老糊涂了。"周发子招呼着。

丹柏一家人走进了他家。

春球从车上把礼品和红包提出来,送到周发子手中。他们彼此推让了一番,周发子最终收下了礼品和红包。

“真没想到,你们还会回来看望我,还没忘记我这把老骨头。以前你们遇到困难的时候,我不但一个忙都没帮过你们,还在别人背后说你们坏话,诋毁你们。现在想起来,我心里有愧呀!”周发子说着说着,拎起衣角,不停地擦着眼角,“今天你们还拿这么多钱和礼物给我,真是太破费了,我承受不起啊!”

春球看见他深陷的眼眶里浑浊的泪水一滴一滴地往下掉,心里顿时涌起一种怜悯。人这一生,谁也无法断定今后的路走向何方,她只希望她的孩子们堂堂正正做人,清清白白做事,无愧于国家,无愧于人民。

春球走到周发子身边,扶着他的身体,安慰道:“二姐夫,过去的都过去了,不要记在心上,不要活在回忆中。那时候你自己也人口多,自身都难保,又怎么能顾及我呢?你看,我们大家不都好了吗?今天我们来看望你是应该的。”

春球满怀悲悯地看着他。

“以前我真的对不住你啊!”周发子咳嗽了几声,差点儿被一口痰噎住,“我病成这个样子,早两年我的确怕死,而今我不怕了。人,好比来世上做了一回客,迟早是要回去的。这样动不得,不如早点儿回去好,省得给你姐和孩子们添麻烦。”

“二姐夫,孩子们呢?”说到孩子,春球忽然问道。

“都去外面打工了,过年才回家。”他长叹一声,“家里地也荒了,田也没人耕作了,等我们老两口死了,这房子也会坍塌掉;如果不去打工,家里又没有活路,赚不到钱,命都活不下去,唉……”

春球眼睛涩涩的，胸口有什么东西堵着似的，叫人郁闷难受。二姐夫就像风中的残烛,瓦上的霜雪,不知什么时候就灭了。当年他可是村里的村支书,也算是农村的风云人物,如今成了这副模样。

春球觉得他太可怜了。她握着周发子的手,那手颤抖着,没一点儿力气。春球一时不知道说什么好,只是一味地安慰说:“会好的,一切都会好的。”

躲在周发子身后的二姐姐泡了茶,逐一端给每个人,她有些尴尬地说:“丹柏,我眼睛患白内障,几乎看不清东西了,刚才没认出你们来,你们别见怪。我只听到你们在说话,又不敢确定是你们,只好进屋问你们姐夫。春球,我与你姐夫结婚到现在可从没见过他在别人面前流过泪,大概是老了,想亲人了。以后你们要常回家看看呀！”

春球连忙说:“那是一定的,一定的。都怪我们失礼,本来早就该来看你们的,我们以后一定会常回来看看。”她想了一会儿,不解地问道,“二姐,别人家都住在农村新居里,你们怎么单家独屋住在这里呢？以前不是有好多邻居吗？”

二姐一听,打开了话匣子:“春球,你忘了吗,这原本就是我们的老家。政府为了村村通公路,我们整个村子的邻居都搬迁走了。你姐夫不舍得离开自己亲手建起来的房子,迟迟不搬。后来公路都修到家门口了，他就是不服从政府规划安排。大家做工作,他也不肯搬家。政府没有办法,只好把公路从我家禾坪上修过去。你都看到了，现在落得个单家独屋，我和你姐夫孤孤单单地守着这泥巴屋，天天坐在门口看马路，还落得个不雅的外号，叫什么‘钉子户’……”

丹柏摇摇头：“姐夫，政府有的工作是为大伙儿谋福利的，我们要支持。”

“是呀是呀，现在家家户户都在新村盖起了新房子，只怪你姐夫害得我住旧泥巴屋。”二姐开始愤愤不平，“你说气人不气人？现在黄家村家家丰衣足食，户户都盖了新房，就我们家还破破烂烂，嫁给你姐夫真是前世做了什么孽……”

春球心想，如果这样逗留下去，只怕她说个没完没了，二姐夫听了也会更加伤感。于是，她小心翼翼地说：“二姐夫、二姐，你们好好保重身体，我们还要走几户人家，回头再联系你们。”

“就走吗，不留下来吃饭吗？”周发子抹着眼泪，挥着清瘦苍老的手臂，在门口依依不舍地告别。

从周发子家出来，艳阳高照，空气清新，春球长舒一口气，她顿时感觉自己神清气爽。很多的人和事，就像一个时代一样，翻过去了，就是历史；翻不过去，就是笑料。说不上该同情还是无视，它都会流水一样从你心中消失，不留痕迹，不留影像，一切顺其自然地出现，一切又顺其自然地消失。

光华开着汽车，沿着公路一直向东驶去。不远处，透过车窗玻璃，春球看见一条港，她心里顿时激动起来。

没错，这千真万确是流经吴家村的港。人生有些记忆是挥之不去的根系，那是流在血液中的精魂。她急忙叫光华停车，走出车门。她沿着这条港，一直朝前走。

她沿着港岸，来到了一座木头桥。这木头桥，春球记忆犹新。那年家里炒菜没一滴油下锅，家里孩子老人嗷嗷待哺，自己要去水库工地干活，丹柏又在几百里之外的铜鼓工作。春球在二姐夫周发子家没借到油，不得已去吴家港吴家姐姐家借油，当时走的就是这座桥。

那时，木板桥面被洪水冲走了，村民们用六根木棍搭建了一座临时桥。港中间的桥墩是由四根大松树组成。六根木棍分成两份，三根搭在桥墩的左边，另三根搭在桥墩的右边。她试踩上树棍，不料树棍一滑，“咕噜”一声，她差点儿扑倒在树棍下，幸亏空油瓶没摔在树棍上。看看前后没人，干脆趴下来手脚并用，终于爬过了桥。

现在想想，那仿佛是昨天发生的故事，而事实是，时间已过去了四十年。

如今木板桥还没有拆除。桥板是由多块木板拼接而成，部分地方已经腐朽脱落，桥墩还是四根大松树组成。走在桥上，甚至可以明显感受到河水撞击木头带来的晃动。桥身两边有木栏杆，整座桥也用红色油漆刷过一遍。木桥上挂着写有“危桥不准通行”的禁牌。不知道为什么村上不拆除这座历经风雨的木桥，保留它的原貌，是不是想让人们记住那段艰苦卓绝的历史？

其实在春球的记忆中，挥之不去的，不仅仅是桥，更是吴家姐姐对她无微不至的关心。

“春球，我不留你，送你过桥。这桥板被洪水冲走了，现在大家挑重担都不敢过桥，只能把重担子放在桥头，分次挑过桥。村民穷，凑不起钱，不知什么时候才能把桥建成。可是总有一天新桥会建好的，总有一天，日子会好起来的。现在临时搭建的树棍子桥不好走，我送你过桥。”

她的话，就像一束火炬，照耀着当时内心晦暗的春球。她清晰地记得，当时她的泪水夺眶而出。尽管后来也历经磨难，但是春球一直坚信，总有一天，日子会好起来的。

走到桥边，吴家姐姐一手提着油和花生，一手牵着春球的手说：“春球，不要怕！双脚横踩树棍，跟我走。”

几十年过去了，吴家姐姐应该还好吧？像她那样乐观、善良、自信的人，即便物质生活不尽如人意，她的内心应该是充盈的、丰腴的。

再往上走，前面几十米的地方，一座崭新的钢筋混凝土大桥横卧在吴家港上游，宽阔结实的桥面，造型优美的桥墩，装修精美的栏杆；桥两边的路灯一直连接到村舍；桥下是潺潺流水，日夜不停，流淌着吴家港村人一个又一个生活的梦。

这就是吴家姐姐和所有村人盼望建成的希望之桥，她的初心终于实现了。

雅婷在桥上拍了很多相片，她说老家的风景太美了，她要拍回去给她的同学和朋友看看，让他们来家乡观光、旅游、休闲、研学……享受时光静好，探寻乡愁炊烟。

桥的对面有个村庄，那就是吴家村。那里新房鳞次栉比，都是青瓦铺顶，飞檐翘角，构成了一道古色古香的风景线。沿着左手拐弯处前行，路的右边是一片如绒似毡、碧绿鲜嫩的草地，苍穹下，成群的牛羊静静地遍布草地，或卧或站，或奔或踱，它们悠闲地吃着青草，仿佛这一片草地是它们的天堂。

“一幅美得令人窒息的水彩画。”光华说。

可是留在春球记忆里的就是贫困与艰辛。如今世道翻了一个个儿，原来贫瘠的土壤里长出了“金丝楠”，低矮的灌木丛也飞出了“金凤凰”。

春球的眼睛里蓄满了泪水。

走过那片草地，来到一处山冈。这里是油茶基地，春球当年去吴家姐姐家借油，就是从这里经过的。一树一树的油茶树，密密麻麻地遍布在山冈上，看不到尽头，走不到边沿。现在是夏季，等到了初冬，漫山遍野的采茶人，身背背篓，头戴饰巾，穿梭往来在茶树旁；也有身手矫健的，上到茶树上，将一个个茶籽摘来扔到背篓里；兴致来了，漫山的山歌此起彼伏，男女对唱，响彻整个山野，茶园基地简直成了欢乐的海洋。

雅婷指着其中一片茶树林说：“你们看，那鸟多漂亮啊！红红的嘴巴，乌黑的眼睛，淡黄的脸颊，头部橄榄绿色，背上暗绿色，尾羽分叉，有八九只。”

光华说：“何止八九只，一、二、三……有十来只。它们怎么不怕我们？看到我们来了，它们还是自由自在地穿梭、跳跃，飞来飞去。看到了吗？它们有的在地上觅食，有的在树枝上高声鸣唱，还不断抖动着翅膀。”

丹柏笑着说：“这你们就不懂了吧，这叫红嘴相思鸟，是我们这一带特有的鸟类。这种鸟雌雄配对，形影不离，如同相伴到老的恩爱夫妻，如果一只死去，另一只鸟就会以死殉情。”

“啊？”雅婷惊讶地叫了起来，“还有这样痴情的鸟呀！现在的人都没有那么痴情的了。夫妻如果一方去世了，另一方巴不得早点儿去找另一半呢！”

雅婷的话音刚落，光华捂着肚子笑，差点儿笑岔了气。春球看看他俩，又看看丹柏，嘴角微微翘起来，似笑非笑的样子，被雅婷看见，又是一阵大笑。

“几十年没来家乡，几十年没见过这相思鸟了。以前听说这种鸟都快灭绝了，现在又出现了，这绿水青山就是它们留下来的理由吧。”丹柏继续说道。

山脚下那幢三层小洋楼，便是吴家姐姐的新家。

门前一口池塘，池水波光粼粼。池塘里有一群鸭子在嬉戏觅食；一只大黄狗看见有生人过来，对着他们狂吠；菜园里红的辣椒，紫的茄子，花的豆角，青的苦瓜，绿的韭菜……遍布整个菜地。新房前一个精致小巧的院子里栽满了各种花卉，大朵的牡丹含苞待放，美艳的美人蕉迎风怒放，还有不知名的花儿，羞赧娇怯，发出脉脉的幽香。

又是一幅绝美的乡村图。

光华由衷地赞叹：“爸爸，我走过那么多地方，还是故乡的风景最美！”

“以后我们都要常回家看看。”丹柏深有感触地说。

当吴家姐姐开门的那一瞬间，春球简直惊呆了！她没想到阔别近四十年的姐姐，鹤发童颜，依然容光焕发，精神矍铄，与二姐夫周发子相比，真是判若两人。

“春球！”

“姐姐！”

两个人深情相拥。那一刻，她们彼此诉说着别后思念，感叹着时光的无情。

说起近几年的状况，吴家姐姐动情地说："多亏共产党的好领导、改革开放好政策，我们家办了牛奶加工厂。办这个厂已经有几年时间了，开始略有盈利，自从我和尾子一块儿干，加大了投资，尾子引进紫花苜蓿和燕麦草，这些草不但含有丰富的维生素，而且用这些草喂养奶牛，可以提高奶牛的繁殖能力，还能提高产奶量。尾子带领大家在生产、加工、包装上狠下功夫，保证了产品质量，所产牛奶口感纯正，价格实惠，在当地十分抢手，供不应求。现在我家有车，有别墅，银行有存款。农民们都摆脱了贫困，都过上了小康生活……"

春球觉得吴家姐姐说话的水平要比二姐高得多，虽然她没见过什么世面，但是她懂道理，有涵养。她脸上写满了幸福和知足。这才是一个现代农民的精神实质，春球心里有说不出的喜悦。

"尾子还好吧？"春球问道。

任何人都可以不去看，但是尾子，春球必须去看看他。

"好得很呢，他现在可是大红人儿，都上了省电台了。不过他经常提到你，说你帮他忙，让他娶上了媳妇，说你是个大好人。"

"他在家吗？"春球又问。

"这几天去省里开会去了，说是要引进一个灵芝种植的大项目，到时候可以惠及整个吴家港村的村民……"

春球颇有些遗憾。随后，吴家姐姐领着他们去参观了牛奶厂，看望了黄小梅、辣妹子、菊妹子、惠珍。他（她）们都在牛奶厂上班。在闲谈中，春球知道尾子的孙女嫁到本村妇女队长春婶家做了孙媳妇，现在春婶在县城住，儿孙满堂，过着幸福美满的生活。

春球一路走一路看，现在的家乡，出门是平坦干净的水泥路，在家住的是整齐漂亮的红砖房……人们的脸上洋溢着自豪与喜悦,他们的心里刻满了感恩与满足。

丹柏从车上把送给他们的礼品拿了下来,递给吴家姐姐。她说什么也不要,彼此推让了一会儿才收下。春球说:“姐姐,我们去林生家了。下次再来看你们一家人。”

“春球,难得回来一趟,说什么也得在我家吃饭,否则我心里也不安呀！”吴家姐姐挽留道。

“不啦,姐姐,吃饭就留到下次吧。”春球说。

眼见实在挽留不了,他们夫妻二人只好作罢,目送着春球一家人离去。

三十二

光华把车停在黄家新村第一排第一家的旁边，春球把头伸出车窗，正好看见一个老头儿从窗户内探出头来瞧他们。春球一眼就认出他就是堂弟林生。

春球来不及下车就大声叫道："林生！林生！"黄林生似乎没有听到，他慢慢地缩回了身子。

丹柏说："光华，我们下车吧！这就是你叔叔黄林生家。"

春球推开车门，下了车，径直往黄林生家走去。

春球以为黄林生会打开大门，高高兴兴地迎接哥哥嫂子一家人，没想到大门紧闭，大家站在门口等了好一阵，还是没有开门。春球轻轻地叩响了大门，没有一点儿动静；她双手把门一推，只听"吱呀"一声，门开了，屋内却不见人影。

林生不认识我了？还是没听见我叫他呢？春球想，莫非我看到的是幻象？不可能。她于是高声叫道："林生！林生！家里有人吗？有人吗？"

过了好一会儿，从房间里传出一个女人苍老的声音："有人有人，这就来了。"

春球一听，知道一定是弟妹。可是他们等了大半个小时，还没见人出来。光华说："妈，你进去看看吧！"

春球笑着道:“耐心等等吧!”

不一会儿,房间里总算响起了脚步声,接着,春球看见一个老妇人,揉着惺忪的睡眼,趿着拖鞋,无精打采地从房间里走了出来。

“昨晚打麻将,睡得晚。听到有人叫,以为在做梦,迷迷糊糊的又睡着了。要不是你们再三呼叫,我还真的醒不了。你是?你们是……”那人一边走一边絮絮叨叨地说。

春球看她从房间里踢踢踏踏地出来,穿一身蓬松的睡衣,头发花白,身材臃肿,与当年的弟妹有天壤之别,不禁感叹造化弄人,物是人非。

“不认识我了?我是春球呀,这是你堂哥丹柏,这是我女儿雅婷,这是我小儿子光华……我们从铜鼓县专程来看望你们呀!”春球一口气把家人和此次来访的目的都说了。

“丹柏?!春球?!哎呀,真是大水冲了龙王庙,自家人不认自家人了呀!”那女人突然热情起来,连忙泡茶,让座。

“不好意思,不好意思。我去叫林生。”她连声道歉,把春球说得尴尬起来。

“林生不在家吗?”春球问。

“干活儿去了吧?谁知道呢,天天瞎忙,也不知道忙什么,钱也赚不到……”女人继续唠叨着。

春球顿了顿,轻轻地说:“刚才我好像看见林生在那扇窗户探出头来看我们,莫非我看错了?他没在房间里又能跑哪儿去呢?”

“哦——刚才在厨房里看你们?可能是喂猪去了吧?我们养了九头猪。我去猪栏里看看。”女人边走边说。

过了一会儿，夫妻俩一起走来。林生抢先一步，走上来握住春球的手，红着脸说：“嫂子，你们来了！”

他又环视了其他几个人——他跟丹柏握手：“哥，辛苦了，你还是老样子，一点儿都没变。”说完，又招呼大家一起坐下。

那女人从里屋端来了苹果、香蕉、杨梅、花生等果品，春球一家人就座后，分别诉说着这几十年的变化。

春球停了停，又说：“我们经常谈论要回家看看你们，可上班都很忙，没有时间。现在退休了又要带孙子孙女，一直到今天才有时间回来看你们。这是我二女儿雅婷，那年回到黄家村时才四岁多，现在都快五十岁了。”春球回头指着雅婷介绍起来。又指着光华，“这是我最小的儿子光华，今年也都快三十岁了。”

林生连连说：“大哥大嫂好福气啊，这么多孩子，个个都有出息，我们黄家人可以光宗耀祖了。”

丹柏把准备好的礼品送到林生手上，林生说：“大哥大嫂难得回来，还买了礼物，自家人不要这么客气，以后回家，千万不要买了。”

彼此推让了一会儿，林生拎着几大包东西，随手交给了他老婆，然后折回身子，打量起雅婷和光华来。

“岁月不饶人啊，在黄家村的时候，雅婷才那么高。”黄林生用手比划了一下，“如今都人到中年了，我们都老了。”

“是啊是啊，当年我们都还年轻，都不懂事……”春球说着的时候，黄林生的脸渐渐地羞红起来，火辣辣的疼。

他慢慢地站起来，走到春球和丹柏跟前，拉着两个人的手，内疚地说：“嫂子，你以前回到黄家村时，我做出许多对不起你的事。只怪我一时头脑糊涂，不念及兄弟情分。现在我年纪大了，越发感觉自己做事过分，害得叔叔被林管站抓去，害得叔叔被罚款。我一直都在想，嫂子今生今世都不会来了，我当面道歉的机会都没有了。今天真的见到嫂子了，我向嫂子赔不是，希望求得嫂子的谅解。”

说着，他扬手给了自己一巴掌。

春球急忙抓住他的手，生怕他再打："几十年都过去了，陈年旧事就别提了。嫂子不怪你，怪只怪那时候穷，没有别的办法。你哥和我一直都惦记着你们。”

说话之间，小娟从门外风风火火地跑进来，劈头就说："伯伯伯母，中饭我已经安排好了，地点就在黄家村宾馆。”

"好，这顿饭，我吃定了。"丹柏笑着说，他抬手一看时间，回头又对林生说，"时间还早，林生，你和你女儿领着我们去村里看看吧。”

"好呀，现在村里变化可大了。"小娟愉快地回答道。

黄丹柏和黄林生走在前面，两仔嫂走在中间，雅婷、小娟、光华走在后面……在黄家村的土地上，两家人第一次相约在一起。

"林生，你都成养猪专业户了。"春球边走边说。

"专业户谈不上。我年纪大了，也不好做什么事，每年养几头猪，穿衣吃饭够花就行。"林生回道。

"也是，年纪大了，要量力而行才对。侄子和平在哪儿上班？”春球又问。

"他呀，读书不认真，只有在工地开缆车。"黄林生说，"村子里的人，有的在宾馆上班，有的在超市上班，有的在泉水乐园上班，没有一个吃闲饭的。现在家家户户都脱贫了，很多人穿金戴银，显摆着呢，生怕别人不知道他们发财致富了。”

顺着柏油马路，转了几个弯，春球抬头一看，一座高楼拔地而起，“黄家村宾馆”几个金光闪闪的大字映入她的眼帘，春球惊叹一声：“真有气势啊！林生，什么时候建成了这样一座楼房？”

“这里就是你曾经种菜的那片坟地，”林生说道。春球的心里立刻浮现出当年来坟地种菜的情景：一座坟堆，一口水塘，一个水泵机房，一只小狗……那段岁月骤然而现。

“伯伯、伯母，中午我们就在这里吃饭。”小娟打断了春球的遐想。

“我们进去看看吧。”丹柏说。

走进大厦，一楼中间是宾馆大厅，用来接待住宾馆的旅客。大厅的左边是一个超市，里面摆放着各式各样的食品、日用品、服装等。大厅的右边是一家首饰店，柜子里陈列着各种首饰，有耳环、项链、戒指和手镯。

小娟带他们直接上了二楼餐厅，春球选了一个临窗的餐桌坐了下来。一个服务员满面微笑地走过来，很客气地说：“欢迎光临，请问各位吃什么菜？”她又接着介绍说，“我们这有特色菜……”还没等服务员说完，小娟一把抢过菜谱，指着菜谱说：“一个鳝片、一个羊肉汤、一个乌鱼、一个豆腐，一个牛肉……”小娟一连点了十来个菜，最后说，“菜要新鲜，不要隔夜的，否则我不买单的。”

“肯定新鲜，不合口味不要你的钱。”服务员回答说，说完转身走了。

没过多久，服务员便上菜了：油焖香葱白豆腐、大蒜红辣椒炒牛肉、木耳茶树菇、醋熘白菜、黑山羊汤、当归薯粉皮汤……这些菜摆在桌上，简直就像一件件做工精良的艺术品。

林生将丹柏和自己的酒杯斟满了酒，小娟在其他人杯子里倒满饮料。林生站起身，举起酒杯，对着大家感慨道："今天是我们兄弟两家人四十年后第一次聚会。我祝愿大哥大嫂一家人身体安康，万事如意！"说完端起酒杯一饮而尽。

大家纷纷喝完了杯中的酒和饮料。

接着他又倒了第二杯酒给丹柏："哥，几十年走来，我多有得罪，希望大哥大嫂原谅。"说完，他自己一饮而尽。

林生给自己倒第三杯酒的时候，春球起身拦住了，她把酒瓶夺了过去，交给小娟，动情地说："林生，事情过去那么多年了，那时候大家都有难处，我不怪你。我们要向前看，过去的就让它过去吧，不去计较了。只要我们的子孙后代健康、平安、孝顺、明理，我们就心满意足啦！"

春球说完，小娟第一个鼓掌，接着光华、雅婷也鼓起掌来，后来一桌人全都热烈地鼓掌。

黄林生眼含热泪，他紧紧地握住丹柏的手，久久不愿松开。

吃罢中饭，小娟说："伯父伯母，你们几十年没回家乡了，我带你们去港上走走，那里变化很大。"

春球笑着说："好啊，今天我们跟着小娟游黄家村。"

光华、小娟便载着两家人，一同向港上出发。

正午的阳光透过云层，发出耀眼的光芒，道路两边的银杏树、柳树、桂花树，都远远地向车尾跑去；小娟将一群人带入黄家村一所别致的茶楼，她说她想让大家喝喝家乡的君山茶。走进古色古香的黄家茶馆，只见一个姑娘款款走来，小娟说：“小丽，泡几杯君山茶。”

那个叫小丽的姑娘回答道：“好的，请稍等。”她在茶桌上摆好茶具、茶杯，随即又款款而去。

小娟说，小丽是尾子的孙女，就读于南昌大学，目前在这座茶楼实习。

不一会儿，小丽取来茶叶，在洁白如玉的瓷杯中放入犹如雀舌的君山茶叶，色泽墨绿的茶叶琥珀一般晶莹剔透。

小丽说：“这君山茶起源于唐朝，在清朝时被纳为‘贡茶’。古人形容君山茶为‘白银盘里的青螺’。君山茶是我国历史名茶，因其形细如针而取名君山银针。在清明前三四天开始采摘，要经过八道工序制作，君山茶清香袭人，浓香远逸……”

春球不由得多看了几眼她。

房间的角落里，不知道什么时候响起了古琴演奏的《高山流水》，悠扬、空灵的曲调在整个房间里萦绕，仿佛可以洗去人们心灵的尘垢，灵魂也得到熏陶。

小丽在茶楼里烫壶，置茶，高冲，低泡，分茶，奉茶，行云流水，一气呵成。她轻盈的手法、娴熟的动作、丰富的知识、流利的讲解，引得大家频频点头称赞。

春球端起茶杯，轻轻地呷了一小口，茶水滋味鲜活甘醇，满口余香，令人神清气爽；再看那茶水，橙黄明亮，水晶一般。细细品来，此茶碧液中透出阵阵幽香，沁人心脾，令人飘飘欲仙。

只想到家乡有刚才那样好吃的饭菜，没想到家乡还有这样清香四溢的茶叶、能说会道的服务员。春球端起茶杯，向窗外的河面眺望，只见阳光照在港水上，泛起点点金光，显示出一派娇艳壮美的景象。

故乡的变化可真大，春球有点儿恍若隔世。

喝完茶，小娟又带他们来到了港上。

春球清晰地记得，港岸上有两棵古樟树，如今依然枝繁叶茂。千年的大树，高大魁伟，夺人眼目。树干有数人之围，树冠遮天蔽日。古树下，有人打坐歇息，有人捧书阅读，有人嬉戏打闹，有人拍照留念。

两棵古樟树见证了黄家村的历史，承载着黄家人的乡愁。

春球和丹柏漫步在古樟旁，这里曾经目睹了她和丹柏的爱情与婚姻，几十年风风雨雨，别人不知道这期间的艰辛，但是古樟知道，港水知道。

远处是清澈的港水，水光潋滟，平静的水面上偶尔会荡起一片涟漪。青石桥、绿树、清水、蓝天、白云，再加上古朴的田园人家，这一切犹如一幅流动的中国水墨画、一支故乡的歌、一首旷远的诗。

从港上右拐，十多分钟步行的路程，就到了泉水乐园。

林生说："这里原来有许多鱼塘和一条小溪，终年泉水不断，叫泉水塘。现在经过改造，修建成了一条活水小河，叫泉水乐园。"

小河里全是泡澡的游客，他们有的光脚蹚水嬉戏，有的尽情畅游，孩子们多半在河水中摸鱼捉虾。他们背着个竹篓，在河里走来走去，那神态，比上课读书还专心。

"不过铁索桥，枉到黄家村。"不久他们来到了那座铁索桥旁,看见铁索桥,春球和雅婷心惊胆战。

林生大概看出了她们的心思,忙说:“嫂子,雅婷,你们不敢走铁索桥,可以走浮桥;不敢走浮桥,可以走独木桥,不敢走独木桥,可以走定步桥;定步桥有小孩走的,也有大人走的。不敢走定步桥,可以走廊桥,廊桥的桥顶可以遮风避雨,隔热防寒……”

此时,西天上正铺着一片金光灿烂的晚霞,像是国画大师不小心将颜料泼倒在天边,人们的脸庞被映得通红。

雅婷和光华的倒影,在小河里荡漾,夕阳照射水中,他们青春的魅力与激情呼之欲出。

黄昏来临的时候,他们踏上了回家的归途。

三十三

五一假期，韶华邀请爸爸妈妈去北京旅游。他买了两张机票，要爸爸妈妈来北京住一段时间，顺便领略一下首都北京这座城市的历史底蕴和文化内涵。

为了让父母旅途舒适，韶华买了头等舱的机票，价钱要贵很多，是经济舱的两倍多。春球在电话里头埋怨韶华奢侈，不知道节俭，韶华回话说：“妈妈，你就别瞎操心了，买都买了，莫非还要退票呀！再说，你们难得坐头等舱，就当是一次享受，我做儿子的不是应该的吗！”

韶华还说，坐头等舱的旅客有免费的浴室，还可以免费在机场 VIP 休息室里休息。在那里还有免费的食品、饮料等。头等舱比经济舱免费行李量相对较多，可以优先登机，餐食也较为丰富。

一席话说得春球无言以对。她不再言语，与丹柏两个人收拾着行李，准备着两天后的北京之行。

两天后，光华亲自开车送他们到机场。光华一路上交代说，登上飞机后要关闭手机，上厕所要请空姐领着去，下飞机后发信息给他，走出候机大厅韶华会来接……春球一一地回应着，感觉自己被浓浓的母子情包围着，内心无比幸福。

光华目送父母过了安检，服务员推着行李领他们去休息室休息，他才转身走出候机大厅，掏出手机，发了一条信息给韶华，说爸爸妈妈已到机场，大概三小时后到达北京。他抬头看了一眼湛蓝的天空，长舒了一口气，心里很轻松似的，打开车门，钻进汽车，发动引擎，很快地驶出了机场。

登机时间很快就到了，空姐推着他们的行李箱走上飞机、安置行李、找好座位。他们刚刚坐下，马上来了一位空姐，微笑着说："先生、女士，我们这里有果汁、酸奶、水、雪碧，请问需要点儿什么？"态度温柔，像一缕春风拂过他们的心田。

春球说："请来两杯水吧。"

"好的。"空姐笑着转身走了。

不一会儿，空姐就端来两杯水，一会儿又端来两个拼盘，还拿来两条卷起来的白色湿毛巾，说："先生、女士，请用点心。"

许多旅客从他们身边走过。一个外国人，一手牵着一个不到两岁的孩子，一手伸出大拇指指向他们，满脸微笑。

春球觉得奇怪，问丹柏："这个老外做这个动作是什么意思？我们又不认识他。"

"老外这是在夸我们中国人：老人也知道享受，坐在头等舱舒服，有品位。"

听了丹柏的话，春球想，外国人都羡慕中国人了，说明我们中国人的生活不比外国人差，我们的祖国越来越强大了。春球心里感到一种前所未有的自豪。

下了飞机，春球和丹柏走出机场，韶华一家人早就在机场外等候，看见春球他们，大家立刻迎了上来。儿媳说："爸爸妈妈，一路上辛苦了。"韶华走到丹柏身边，接过行李。孙子走过去与春球相拥，上车后即刻向酒店驶去。

韶华说："爸爸妈妈一路上辛苦了！等会儿带你们去吃北京烤鸭，晚上好好休息，明天去看故宫。"

"儿子，你有工作你去忙，我们随便走走。"春球说。

"没事，陪爸爸妈妈逛北京是我这几天最重要的工作。"韶华笑着说。

"你这孩子，贫嘴。"春球打趣道。

汽车很快来到奥林匹克森林公园南园东侧停车场，韶华他们带春球和丹柏去奥林匹克塔第七十三层的三百六十度旋转星空餐厅用餐。电梯速度非常快，五十多秒钟就到了七十三层。在那里，透过玻璃向外瞭望，各个建筑物像长方体、三棱锥、圆柱等参差错落，疏密有致。要不是窗外景物在变换，难以觉察到楼层在旋转。不久，服务员给每人端上一碗养生汤，接着吃北京烤鸭、鸭肉蘸酱、黄瓜大葱薄饼，又接着一盘红萝卜、西蓝花、鲍鱼汁饭。春球一家人一边吃，一边观赏着室外的美景，真是一种享受。

餐后，大家来到一号奥林匹克塔内二层，了解奥运历史；然后乘电梯到八十三层，这里是三百六十度无死角露天观景台。风吹过来，每个人的头发变成了各种各样的发型，显出一种自然美。观景台上，耸立着246.8米高的中轴，中轴顶端，奥运五环从左到右互相套接，象征着五大洲人民的团结，代表着来自世界各地的参赛运动员以公正、友好的态度在运动会上相见。

有人介绍说，五个环加上底座，再加上其他各种装置，有八十多吨，不拆除任何一个零件，把这样一个庞然大物安装在246.8米高的塔上，其难度可想而知。奥运五环的神秘之处在于其能抗十二级大风；风力如果超过八级就自动锁定在风向受力最优的方位。奥林匹克五环标志不怕雷击，避雷针能提前放电。其整个造型下小上大，上方是蓝、黑、红三个环，下方是黄和绿两个环。五环互相套接，三百六十度自动旋转与定位，光芒四射，一片辉煌。

春球站在观景台上，俯视夜幕下的鸟巢、水立方，灯如流动的星斗，不停地变换着角度和高度，呈现出一片流光溢彩的景象，这就是现代化建设的宏伟与美妙。俯视整个北京城的灯光，五颜六色闪烁其中，像银河从天而降，像一幅画、一首诗，灵动而优美。

春球目瞪口呆：首都原来这样壮观、雄伟、繁荣，朝气蓬勃。

回到韶华家里，洗漱完毕，春球躺在床上，久久不能入睡。

丹柏见状，催促说："春球，韶华不是说要我们早点儿睡觉，明天去游故宫吗？你怎么还在辗转反侧，想什么呢？"

"丹柏，岁月如白驹过隙，弹指一挥间，我们俩一路走来，青丝变白发。以前计划供应，现在物产丰富、各取所需；以前贫穷落后的家乡，现在变成了富裕的旅游村。以前我们三代人住在一间十来平方米的小屋子里，走进屋内，人都挪不开身子，现在住上了宽敞明亮的大房子。从前回一趟棋坪要步行七十多里山路，现在只需半个多小时的车程。这一切变化，说明国家富强了，人民生活改善了，咱家也过上了幸福美满的生活。"春球感叹道。

"春球，人家都夸我们是候鸟，天热在比较凉爽的城市生活，天冷在温暖的城市度过。天气如果特别冷，瑄妍要接我们去三亚过冬，将来会更加美好、更加幸福！"

丹柏在心里憧憬着未来。

两个人索性坐了起来，越说越欢，直到凌晨一点还意犹未尽。春球说，还不睡觉，只怕明天走路的精神都没有了，两个人这才勉强入睡。

整整一个星期，韶华带他们登万里长城、游十三陵、看故宫博物院、赏香山红叶、逛北京胡同……每走一处，春球都用手机拍下很多图片，她说，回去后要制作成美文美篇，留作纪念。

周六早上，韶华告诉他们，晚上全家人去水立方看芭蕾舞剧《天鹅湖》。

《天鹅湖》的故事丹柏略知一二，内容大概说的是一位王子在天鹅湖边打猎，突然一只高贵的天鹅在他面前变成了娇媚的少女，她告诉王子，说自己原来是一位公主，可恶的魔王将她变成天鹅，只能在深夜才能恢复人形，唯有坚贞的爱情才能破除邪恶的魔法。王子为了爱情，打败恶魔，救出了被魔法变成天鹅的公主，最后两个有情人终成眷属。

故事很唯美，也很动人，丹柏早就想一睹芭蕾舞独特的艺术魅力，现在机会来了，他岂能错过！当然，必须把春球带上，在他心里，她就是一只美丽无比的天鹅。

天鹅湖表演场馆设在水立方。

韶华说："这次演出是在水立方首次表演。爸爸妈妈真幸运，既参观了水立方，又看了天鹅湖精彩的表演，真是一举两得。"

丹柏眼里充满了期待，他告诉春球："春球，这个芭蕾舞剧你必须去看，很震撼的。"

"只要是你喜欢的，我都喜欢。"春球其实不懂这些高雅艺术，在她看来，赣南采茶戏、湖南花鼓戏就足以让她的精神世界得到满足。

丹柏“嘿嘿”地笑，那样子，比韶华当年偷偷跑去捉蛇还俏皮。

《天鹅湖》第一次在水立方演出，丹柏又是那么开心，春球没有理由拒绝，再说她也没看过真正的水立方，以前只在电视中匆匆浏览，晚上就要亲临其境、一饱眼福了，那份激动，春球想想都感觉怦然心动。

晚上七点半，韶华带着父母准时来到了水立方。

悦耳动听的音乐响起来了，这音乐就像山泉水一样清澈，它从高山之上潺潺流淌而来，给人清新脱俗之感。紧接着，一群白天鹅打扮的女舞蹈演员随着优美的旋律翩翩起舞，宛如一群白天鹅在湖水中轻盈地嬉戏玩耍，给人以春天般的温暖、安适、祥和……随后天鹅们慢慢地隐去。

朦胧的月光下，天鹅湖里一只高雅的白天鹅，在闪闪发光的湖面上游泳上岸，慢慢变成了一个美丽的少女。优美的舞姿，凄美的旋律，将观众带到童话般的世界。可爱的奥赛塔公主被邪恶的魔王罗特瓦尔特用魔法变成了天鹅，吉格弗里德王子追赶天鹅来到湖边。他爱上了奥赛塔，发誓要救下她……

每到精彩之处，观众都报以热烈的掌声。春球虽然不是很懂，但是，每当婉转的音乐响起，她总是目不转睛地盯着舞台。她为那个变成了天鹅的姑娘担惊受怕，为王子的勇敢无畏由衷呐喊。丹柏更是看得如痴如醉，他的眼里还不时地泛着泪光。

返回的路上，丹柏还津津乐道地说：“这么大年纪了还能欣赏到这样精湛的舞蹈艺术，我做梦都没想到啊！”

春球说：“你做梦也想不到的事可多了，只要你好好保养身体，以后的惊喜多着呢。”

秋天到了，天气越来越寒冷，西风吹过院子里的银杏树，金黄的叶片如蝴蝶一般翩翩起舞。早上起来，那些叶子纷纷凋零。春球觉得，北京的秋天，要比南方的秋天更有诗意。

瑄妍打电话过来说，三亚是越冬的好去处，希望爸爸妈妈去三亚她的家过冬。春球想，丹柏身体不是很好，每年到了冬天支气管炎就频繁发作，不如就去三亚小女儿家度过冬天吧。

几天后，夫妻俩乘飞机到了三亚瑄妍的家。

瑄妍的家是一栋三层的别墅，别墅三面种满椰子树、杧果树、桂圆树，以及菠萝蜜、香蕉等。

别墅的左边，建有两个游泳池，供大人和小孩儿游泳。池内有冷水和热水两个开关，这样可以保证一年四季都可以在游泳池里游泳。

别墅右边有一口水池，水池里种着香莲。叶子出水很高，像亭亭的舞女的裙。层层的叶子中间，零星地点缀一些白色的、粉红色的花朵，有袅娜地开着的，有羞涩地打着骨朵儿的。犹如一粒粒的明珠，又如碧天里的星星。微风吹过，送来缕缕清香。水池中央摆放着一台石磨。水一年四季从石磨周围流出，注入磨槽内。磨槽有一个出水口，水从出水口流淌出来，好似一道瀑布挂在眼前，在阳光映照下闪烁着五彩斑斓的光。

水池右边有两张靠背椅，可以坐着也可以躺着。两张椅子中间有张大理石小圆桌。小外孙不但会把每天的旧报纸拿走，把当天送来的新报纸放在圆桌上，而且会放上两杯龙井茶。

水池左边有一张大理石做的大圆桌，桌中央撑着一把大而圆的天蓝色的太阳伞，瑄妍一家人每天就坐在这张桌子旁用晚餐。

春球走进别墅的那一瞬间，觉得仿佛走进了华丽的宫殿。她忍不住问瑄妍："瑄妍，房子花了不少钱吧？"

"妈，你女婿辞职后成立了自己的公司，专做房地产生意，这几年赚了不少钱。"瑄妍轻轻松松地应道。

"有那么容易赚钱的生意？"春球反问道。

"妈，这你就老土了吧，党中央改革开放的政策好呀，让一部分人先富起来，我们正好抓住了机遇，顺应了时代，做了第一个敢吃螃蟹的人，这只能说明你的女儿女婿有眼光哪！"瑄妍兴高采烈，她转而对着丹柏说，"爸，你说是吧？"

丹柏笑而不语。

"妈，现在再也不是你们那个年代了。你不是说要向前看吗？过去的日子早就过去了，现在是小康社会，是中国特色社会主义……"瑄妍滔滔不绝地说着，"妈，你还记得吗？那时铜鼓县城卖豆腐的，只有柳林街一家店，买豆腐也要排队。一张豆腐票，拿上两角钱可以买回四块豆腐。我记得每次去买豆腐时，天刚亮就得去排队，去晚了要排在后面，那样的话不但上课会迟到，有时还要空着手回家，白跑一趟。"

春球的脑海里立刻闪现出排队买豆腐的情景，每次买豆腐她都是叫孩子去，结果不是空手而归，就是上学迟到。春球以为是孩子贪玩儿没有去买。后来她干脆自己去买，才知道原来是豆腐太少了,排在后面的人根本买不到,是她误解了孩子。

“记得有一天,为了早点儿去排队买豆腐,我借了隔壁邹阿姨的一辆旧自行车,骑着自行车去买豆腐。”瑄妍继续回忆着,“那天确实是排在了最前面。心想,今天可以早点儿回家、早点儿去学校了。不料在回家的路上,自行车的链条脱落了,我连人带车摔了一跤。豆腐掉在泥沙路上,全摔烂了。我小心翼翼地把地上的豆腐拾起来,后悔不该借自行车,弄得全家人都没有菜吃。”

春球怎么也想不起这件事情来了。

“忘了吧,妈妈?”瑄妍笑着说,“因为豆腐进了沙子,不能吃,结果一家人那天只能吃青菜梗。”

春球摇摇头:“瑄妍,妈妈真忘了这事了,你当时没挨打吧?”

“打是没挨,骂就难躲了。”瑄妍风趣地说,“那个时候,什么都贵重,几块豆腐就是一家人的荤菜呀,谁舍得弄脏啊!”

丹柏看到她们聊得这么开心,也赶来凑热闹:“那时候你妈厨艺好,遇到她放假,我去买四块豆腐回来,她也能变着花样做豆腐全席,一家人吃得特别开心。我还记得,那时候她可以拿一块豆腐切丁,加入葱花,做成一盆豆腐汤;把一块豆腐切成丝,加入红萝卜丝、芹菜丝做成三丝菜;她端来一只盐罐子,把盐罐里腌制的肥肉拿出来,切几片,放在烧红的锅内炸出油来,再把剩下的两块豆腐切片放入锅里,煎成两面金黄色,再加入切碎的辣椒和大蒜……一桌色香味俱全的家乡豆腐就呈现在眼前。只可惜每个人夹不了两下,就再也找不到豆腐了。不过,那辣椒也含有浓浓的豆腐香,吃起来津津有味……”

丹柏难得如此敞开心扉,他打开了话匣子,便一发不可收拾，说起来滔滔不绝。

“不仅吃东西节俭，穿衣服同样朴素。一套衣服老大穿小了，老二老三接着穿。”春球回忆着，“记得我读高中时，裤子短了，就在裤脚上加一截布，接长一点儿继续穿；屁股和膝盖处磨出一个洞，就把做裤子剩下的零碎布条剪成圆形，补在洞上。这样，前面膝盖处像长了两只牛眼，后面屁股上也像长了两只牛眼。哪里还顾得上“漂亮”二字，有衣服穿就不错了。”

丹柏也回忆说：“瑄妍，你是没经历过呀，我的棉袄，里面的棉花东一团、西一撮，有些地方空空的，没有棉花，冬天穿在身上又硬又薄，冷得全身直打哆嗦。你爷爷奶奶就想办法把棉衣拆开，取出棉花，请弹棉花的师傅重新弹一下，再做成棉袄，穿在身上就暖和多了。可是请来的师傅说，棉花又硬又黑，也不知道穿了几十年，根本就无法弹，不如丢了，还省了弹的工钱。爷爷奶奶就恳求师傅，说早知道没法儿弹，就不拆了；现在拆也拆了，又买不到棉花，只求师傅给弹松一下，否则孩子们无法度过这个冬天呀。不得已，师傅只好把棉花弹了，但多收了爷爷奶奶一倍的工钱。”

丹柏说完，眼里噙着泪花，大概是想起了他已经过世的父母吧。

“哎呀，不说了，都过去了，现在不是生活好了吗？”瑄妍嘻嘻哈哈地说，“我们吃饭吧，菜凉了就不好吃了。”

大家在一片欢声笑语中共进晚餐。

水池的后边，有一张双人秋千，春球常常一边荡秋千一边观赏:绿色光亮的香莲叶被叶柄托出水面,像亭亭的舞女的裙,飘逸、娉婷;层层的叶子中间,零星点缀着白花。微风吹拂,送来缕缕清香。

雨后,香莲叶上盛满了珍珠般的雨滴,蝴蝶会停在香莲叶上吸着新鲜的水珠。

蜻蜓在水池上空盘旋,时而俯冲下来,用尾巴在水面上轻轻一点,水面泛起一圈儿圈儿涟漪。

青蛙在石磨上面等待小虫飞来。一眨眼工夫吐出舌头,捕捉到飞来的虫子,美美地享用着。

时光静静地流逝, 春球夫妻俩在瑄妍家不知不觉就度过了一个冬天。春天来临的时候,他们老两口到海边去看日出日落,更多的是到大海边玩耍,看海,听海、闻海……

三亚的大海,海水蓝、沙滩美,天更蓝。他们像一对小情侣一样躺在沙滩上,任凭海风温柔地吹过自己的脸颊,时间好像停滞不前了,天地间只剩下他们俩。仰望蓝天,静静地听着浪花拍打岩石的声音,宛如钢琴家弹奏的曲调。春球觉得世界都屏住了呼吸,万物停住了脚步。

远眺大海,只见白茫茫一片,海水似乎和天空融为一体,分不清哪是海水哪是天空。金沙碧海,海阔天空。春球被大海的雄浑与广阔深深地陶醉。

平静的大海令人舒心,海水与蓝天水天一色。沙滩温柔地抚弄着游人的双足;有时候又被海水轻轻地抚摸,如同一对多情的情侣,甜蜜、温馨、柔情、纤细。在阳光照耀下,海浪像一片片鱼鳞在跳跃,又像玩耍的小孩儿在踏浪。近处,清澈见底的沙石、海带、贝类，历历在目。每逢阴历初一、十五发生潮汐现象，春球看到的是另一番模样的大海：风起云涌，浪涛翻滚，海浪怒吼着、咆哮着，一层层翻滚着，直冲云霄。

在这个时候，春球往往会静心聆听，感觉自己要和大海融为一体。生活就如同这大海，有时候平静舒心，有时候波涛汹涌。不管怎样，人生的兴与衰、得与失、哀与乐、宠与辱，都是过往，都可以溶化在大海深处。

春球这样想着，看见丹柏一个人像孩子一样弯着腰，弓着背，兴趣盎然地捡着贝壳。贝壳五颜六色，千奇百怪，有的像小螺号，有的像小刺猬，有的像把扇子，它们在阳光下闪闪发光，令人眼花缭乱。

丹柏是幸福的，他找到了最本真的自己。春球看着他兴致勃勃的样子，一种幸福感油然而生。她希望时间过得慢些，再慢些。她和丹柏这一生聚少离多，真希望和他在一起的光阴还能再长一些、再长一些。

湛蓝、无瑕、纯洁、安静、浪漫，那是平静的海，它给了春球以唯美；汹涌、咆哮、愤怒、呻吟，那是狂野的海，给了春球以坚强。

三十四

今年是春球和丹柏金婚之年，瑄妍决定为父母搞一次金婚纪念活动。

韶涵、韶华、雅婷、光华相约在三亚瑄妍家里碰面，就爸爸妈妈的金婚活动做一次规划。其实早在电话里头就已经基本上商议好了，韶华策划，韶涵筹备，雅婷和光华负责器材，瑄妍负责场地。这次来三亚，既是几姊妹一次团聚的机会，更是为父母亲金婚纪念活动而来。

春球两口子还蒙在鼓里，他们五姊妹是为了给爸爸妈妈一个惊喜，才守口如瓶的。雅婷夫妇俩是最早到达三亚的。他们事先并没有通知瑄妍，想给父母一个惊喜，没想到惊喜的不是春球和丹柏，而是瑄妍。

“姐夫姐姐，你们也太着急了吧！爸妈金婚还有十天呢，你们就过来了！再说，你们来为什么不打电话，我好到机场接你们呀！”瑄妍惊叫起来。

“爸爸妈妈那么大的事，我们得提前过来筹办呀！最主要是来你家蹭饭吃嘛，谁叫你是大老板呢！”雅婷说完，笑得前仰后合，把一屋子的人都逗笑了。

雅婷看见春球从里屋出来，一路小跑过去，牵着她的手，撒娇道:“妈,你说是不是嘛,老姐现在好穷哦,来妹妹这里蹭饭吃,你可要让她收留我呀！”

说完，还不停地将头蹭着春球的前胸。春球被逗得一脸春风:“你这死丫头,就你会耍贫嘴。”在母亲面前,五十岁的雅婷,依然是个孩子,或许人生的幸福就在于此吧。

“就是,姐姐姐夫两个人开上市公司了,还说来我这儿蹭饭,说这话也不怕让爸爸妈妈笑掉大牙。”瑄妍取乐道。

“吃饭了,吃饭了,别打嘴仗了,吃完饭我们还要去选择婚纱摄影公司呢。”雅婷的丈夫一边从厨房端出菜来,一边招呼大家吃饭。

“婚纱摄影？谁结婚啊？”春球叫道。她惊愕地看着众人,家里老的老,小的小,该结婚的都已经结婚了,还有谁要结婚?

“妈妈,今年是你和爸爸的金婚之年,过段时间就是你们的金婚纪念日了,我们几姊妹决定帮你们补办一场婚礼,下午就去挑选婚纱摄影公司,开心吧？”雅婷伏在春球的肩膀上,眉开眼笑。

“不行不行,一大把年纪了,还拍什么婚纱照?说出去别人不笑死才怪呢。”春球连连摇头摆手。

“是呀,都七十几岁的老头儿老太太了,还拍什么婚纱照,那不成了老不正经了吗？还是不要去拍了。”丹柏也反对。

雅婷和瑄妍面面相觑,一时不知道如何是好。

“先吃饭,吃完饭再说。”雅婷丈夫见气氛有点儿尴尬,赶紧出来打圆场,“今天有海南文昌鸡哦,不吃可就浪费了口福了。”

一家人终于坐在各自的位子上。

见父母坐在座位上了,雅婷先给春球夹了一只鸡腿,再给丹柏舀了一碗鸡汤,然后逐一给每个人夹了鸡肉。

“你们谁知道文昌鸡的来历?”雅婷神秘兮兮地问道,“妈,你说说?”春球摇摇头。她又转头问丹柏:“爸,你肯定知道吧?”丹柏也摇摇头。她又面向瑄妍:“瑄妍,你就更不知道了吧!”

没想到瑄妍一反常态,笑道:“姐,你也太小瞧我了,我都不知道,岂不是白白在海南岛上生活了那么多年!”她接过话题,娓娓道来。这文昌鸡可是大有来头。相传明朝成化年间,在朝做官的文昌人邢有回乡探亲,将家乡有名的谭牛鸡带回京师请天子品尝,没想到皇帝吃后大加赞赏:‘鸡出文化之乡,人杰地灵,文化昌盛,鸡亦香甜,真乃文昌鸡也!’天子一语天下传,海南文昌鸡由此名扬天下,出产文昌鸡的小村子也改名天赐村。此后,天下名鸡,文昌第一,成了当地的支柱产业。”

“哎呀,瑄妍,看不出来呀,你还有两把刷子呢。”雅婷敬佩地说道。

“瑄妍,妈妈也佩服你,真不错。”春球竖起了大拇指。

“故事还没完呢。”瑄妍接着说,“一九三六年,国民政府财政部长宋子文回文昌探亲,准备在文昌召开一次大会,各县长官和乡绅选送各种美酒佳肴,准备在宴席上与宋部长一起品尝。谁知正值西安事变爆发,大会无疾而终;宋子文把部分美食带回广州供众人品尝,其中就有文昌鸡。众人尝到文昌鸡肉质嫩滑,肥而不腻,香飘四溢,纷纷赞不绝口。文昌鸡因此受到众人追捧,此后便更加名满天下。小小天赐村也家喻户晓,妇孺皆知。如今,若有贵客远道而来,海南人的餐桌上必定有一盘文昌鸡。”

餐桌上顿时响起了热烈的掌声。

“其实,我也是被逼出来的,有时候和客户在一起吃饭,说说有关海南的人文历史,在生意上会起到意想不到的效果。”

“所以说,干哪一行都不容易,都要付出努力才行。”雅婷接着瑄妍的话,有感而发。

春球一时陷入了沉思:真的,做哪一行都不容易。春球深有体会,从童年到青年再到中年,从参加工作到回乡务农再到创办药店,她经历的太多、太多了,酸甜苦辣、悲欢离合,她都参与其中。

“妈,我们为你和爸爸准备金婚庆祝活动,也是早就策划好了的,所以你们就不要推辞了,好吗?”瑄妍深情地说。

春球和丹柏再没有争辩,都点头表示同意。

吃过午饭,雅婷两夫妻和瑄妍三个人去街上挑选婚纱店,实地考察后,最后选择了唯爱今生婚纱摄影公司。

瑄妍说:“这里景点很多,有大小洞天,天涯海角、清水湾、西岛、蜈支洲,本来想为爸爸妈妈拍一组浪漫无比的旅拍婚纱照,但又怕爸爸妈妈太辛苦,所以还是选择到近一点儿的地方。爸爸妈妈这两天要好好休息,晚上早点儿睡。过两天一早去摄影公司碰头,再叫摄影师去海边拍照,要走几个地方,你们可要休息好。”

听了瑄妍的话,春球既紧张又期待,心里还有点儿惆怅:屈指算来,自己已七十三岁了,丹柏也已七十六岁,这么大年龄拍的婚纱照,还会好看吗?不面容苍老、体态臃肿、神情呆滞才怪呢!

“瑄妍,拍一次婚纱照要多少钱呀?”丹柏问。

雅婷说:“多的要一万,少的要三千,我们选择了折中,五千元。”

“还是不去拍了吧,花那么多钱,又怕拍得不好看。”丹柏再一次拒绝说。

雅婷说:“爸爸,这是弥补你们从前的遗憾。你看啊,结婚是人生中的头等大事,现在谁结婚不拍婚纱照?拍金婚照不仅可以弥补你和妈妈的遗憾,还可以让我们世世代代看下去呀!你的孙子孙女、外甥外甥女看到相片,就可以想起你们,把你们记在心里。说出来他们也会为自己有这样的爷爷奶奶、外公外婆骄傲呢!再说,相片记录了曾经的时光,爸爸妈妈吃苦耐劳的优良品质要一代代传下去,成为我们黄家人最好的家风家教呀!”

雅婷一边说,一边从包里拿出发票,“爸爸妈妈,现在钱也付了,你们一定要拍金婚照哦,否则可就真的浪费钱了。”

丹柏嘴唇嚅动了好几次,却始终没有说话。

春球接过发票看了又看:五千块钱,换在当年,自己拍一张婚纱照能拍几百套;在黄家村建房,又不知道能建几栋!现在时代不同了,一组婚纱照动辄几千元,可是在那段岁月里,拍一张相片是何其艰难。

春球心里有说不出的心酸。旧时很多琐碎的记忆,又渐渐浮上心头。

她想到自己珍藏的一张合影,照片早已泛黄,拍照时间距今已有近六十年。如果时间可以倒流,她希望自己永远定格在那一天,留住那一刻的美好时光。

那是母亲谢梅青五十一岁生日时,她和母亲合拍的一张黑白相片,那是春球和母亲人生中的第一次一起照相,也是她和母亲最后一次照相。尽管没有第二张相片了，但是母亲的音容笑貌、举手投足都深深地刻在这张相片上，每每想念母亲了，春球总会拿出相片，放在心口，回想她的一颦一笑。她仿佛又躺在母亲的怀里，在夜深人静的时候母亲一针一线地做棉衣、纳棉鞋，那针线，要么在棉衣上穿梭，要么在头发上摩擦；母亲那深深浅浅的皱纹，那浅唱低吟的呵护，都浓缩在那张相片里。

几十年了，不管经历着怎样的生活，春球都会拿出那张珍藏已久的相片，在黄昏来临的时候，一个人躲在墙角处，轻轻地和母亲倾诉，向她啜泣；她的精神便会有一种前所未有的寄托，鼓励她不断前行。

遗憾的是，春球没能给父亲春晓光和家公黄道德留下一张相片，这在春球的心里成了永久的悲伤。生活的繁忙奔波，工作的不断变换，经济上的捉襟见肘……那种无奈与悲凉，就像钉子一样钉在春球的心里，常常想起，总有一种痛彻心扉的无声呐喊。不是所有不幸都能靠时间来愈合，唯有这件事使春球遗憾终生。人生是张有去无回的单程车票，无法弥补，无法复制，无法重来。

现在雅婷几姊妹所做的，不正是春球当年有所遗憾的吗！

“爸爸，就这样说定了啊！不许再优柔寡断了，那边摄影师都联系好了……”“是啊，爸爸，你拍的婚纱照一定是最帅的，年轻时你就是帅哥一枚，要不然我妈怎么会看上你，是吧？”雅婷话还没说完，只见韶华和光华兄弟俩风风火火地从外面走进来。

“哥，你们什么时候来的？也搞袭击呀！”瑄妍惊叫道，“都是要给爸爸妈妈一个惊喜吗？！”

“哈哈哈哈，是的呢，看来爸爸妈妈已经惊喜过了。”光华笑着说，“现在只剩下韶涵没到了，这个老姐，总是搞突然袭击。”

大家热闹了一番，每个人都兴高采烈，春球和丹柏看见那么多孩子，脸上也挂满了笑容。

韶华说：“爸爸，照片是时间的剪影，可以留住美好的时光，留住永恒的记忆。婚纱照是一个人一生的婚姻纪念，是妈妈一辈子的梦想。每个人都希望自己在结婚的时候能够穿着婚纱照相。可是你们那时候条件不允许，没有留下结婚时最美的瞬间；现在条件好了，机会有了，补拍婚纱照是我们做子女的一份心意，更是帮你们留住青春记忆的最好方式。”

春球心里涌起一阵感动：如今孩子们有出息了，鼓励她和丹柏去拍一套属于自己的专属金婚照，来弥补她结婚时没有拍婚纱照的遗憾。上天赐给她这么多优秀的孩子，她感到莫大的幸福，眼泪不自觉地流了出来。

一阵长长的电话铃声打断了春球的遐想。只听见瑄妍接通了电话，对方说：“黄总吗？现在请您带您父母来挑选服装……”

一家人便走出瑄妍家，来到了唯爱今生婚纱摄影有限公司。春球上到二楼，看到影楼里衣服琳琅满目，应有尽有。她一时半会儿还真不知道该挑选哪件衣服。

摄影师说：“爷爷奶奶，给一个小时让你们挑选服装，这里常见的款式有中式、韩式、法式，分别对应复古、小清新、浪漫为主题的风格。你们根据自己的喜好，选择合适的婚纱服装吧。”

春球没有了主意，她转身对丹柏说：“丹柏，选什么样的服装你来做主哈，我听你的。”

丹柏想了想，对春球说："选中式复古的行吗？""我们老年人的思想比较保守和传统，不喜欢太过性感和暴露的服装，你选择朴实和传统的服装，符合我的想法，我没意见。"春球回答道。

摄影师一边点头一边指着说："只要爷爷奶奶满意，喜欢就行，中式复古的婚纱服装在左边的第一间房间里。你们慢慢挑，试着穿一下，把自己喜欢的、合身的拿出来。我有事出去一下，过一个小时回来。

春球和丹柏走进服装室，只见一件件礼服挂在四周的壁橱里，五颜六色，令人眼花缭乱。春球不停地试穿，可是不是穿不进去，就是觉得太花哨了。等摄影师赶回来，春球一件礼服都还没有选好。

她尴尬地看着摄影师。那意思是说，你看，不是我不愿意拍，是你这里没有我能穿的礼服。

摄影师微笑着，帮春球挑了几身给她试穿，可是春球人高马大，几乎所有的礼服都穿不了。

春球见婚纱穿不了，试探着说："我们不照相，可以百分之百退钱吗？"

摄影师愣了一下，随即微笑着说："假如爷爷奶奶不想拍婚纱照，也没关系的，钱肯定百分之百包退。我们没有为你们服务，是没有理由不退钱的。但是如果爷爷奶奶嫌这些服装太小穿不了就放弃拍照，那对你们来说，是一件非常遗憾的事情。"摄影师继续说，"这样吧，我们仓库里还有一部分中老年人婚纱礼服，你们再试试，如果还不满意，或者穿不了，我这边立刻退钱给你，你看行吗？"

春球觉得这话没什么毛病，便点头同意了。她和丹柏走进最里面的礼服间，这里的礼服虽然没有外面那样琳琅满目，但是每一件礼服都典雅、大气、得体，而且每件都适合春球这样身材高大的人穿，她一下子就喜欢上了。

摄影师终于松开了紧绷的神经，脸上露出了放松的笑容。他笑了笑，郑重地说："婚纱照是将一瞬间的美好定格成永远，是每一对新人都希望拥有的。我们当然会拍出爷爷奶奶最满意的照片。如果不满意，我们会无条件重拍，直到爷爷奶奶满意为止。"

丹柏终于动心了，他说他想拍几张像样的照片，记录他和春球走过的这五十年风雨和幸福。

丹柏问摄影师："我可以穿自己的衣服吗？"

"可以，只要是自己喜欢的就行。"

丹柏选了大儿媳在制衣厂为他专门定制的一件红色唐装上衣，整件衣服用黑色丝线绣着唐代诗人孟浩然的《春晓》："春眠不觉晓，处处闻啼鸟。夜来风雨声，花落知多少。"唐装穿在身上，既富有诗画的意境，又有男人的气质，好看极了。

春球选了瑄妍买的一身羊毛套装裙，上身是黄色羊毛衣，下身是黑色羊毛裙子。裙子的下摆装点着两圈儿珍珠花边。

套裙穿在身上，时尚、秀气、典雅。

摄影师要求他们各自伸出自己的一只手，然后互相慢慢地朝对方走来。丹柏牵着春球的手，缓缓走向太阳升起的晨光中，那种意境，既象征着他们牵手走过了五十年的风风雨雨，又包含着他们共同迈向新生活万丈朝霞的意境。这对年迈的夫妻，还要继续牵手，生命不息，相爱不止。

他们相互凝视的那一瞬间，摄影师及时按下了快门。

第二组相片，丹柏换上了韶涵买的黑色皮鞋，上身穿光华买的白色衬衫，外面罩上黑底浅黄色格子的马甲，系上鲜艳的领带，再穿上黑底浅黄色格子西服和长裤。春球则在脖子上系上白底红花图案的丝巾，身穿紫色套裙。丹柏双手扶她到栏杆边沿上坐下，二人相互注视着，含情脉脉，心有灵犀。

摄影师几乎没费什么时间，很顺畅地拍下来一个个精彩的镜头。

休息了一会儿，摄影师突发奇想："奶奶，我想帮你们拍一组爷爷揭开你的红盖头的相片，真的很有纪念意义。"

摄影师叫春球换上白色露肩高腰款式的裙子，再把红色盖头罩在春球头上，激动地说："现在，你们的思绪回到结婚的那一天，先生掀起爱妻头上的盖头。我说三个数字'三、二、一'，说到'一'时，就拍下你掀头巾的那一刻。"

摄影师不断地变换着焦距，闪光灯不停地闪耀着。春球并没有感到拘束，而是感到一股幸福的暖流涌遍全身。

丹柏不知道自己为什么那么喜悦，他缓缓地走到春球身边，伸手去揭开她的红盖头，同时甜甜地唱起歌来：

掀起了你的盖头来，
让我来看看你的眉，
你的眉毛细又长啊，
好像那树梢的弯月亮。
…………

春球的脸上忽然泛起一片羞红："丹柏，你羞不羞呀？孩子们都在呢……"

"不羞不羞，我们一起来唱。"不知道什么时候，韶涵的声音在摄影棚里响起。

春球回头一看："韶涵！"她惊喜地叫了起来，"韶涵，什么时候到的？"

她站起来，扑在大女儿韶涵身上，激动地喊着她的名字。现在，她们一家人都在一起了，她流下了开心的泪水。

几乎不约而同，丹柏带着他的五个孩子，异口同声地唱了起来：

掀起了你的盖头来，
让我看看你的眼，
你的眼睛明又亮呀，
好像那水波一模样
…………

优美的旋律在春球心中荡漾，在韶涵、雅婷、瑄妍的心中融化，它是那么青春，那么阳光，那么经典。春球的眼里充满泪水，她庆幸她是这个世界上最幸福的人。

后来他们来到了海边，春球感觉轻松多了，胆子也越来越大。她想，结婚时没有拍婚纱照，今天一定要拍出自己最漂亮最美的金婚照来。

她化好妆、换好衣服、摆好了姿势，配合着摄影师一次次的拍摄。

拍了几十张相片，在拍最后一张时，春球穿上了红色的齐地式旗袍，上身搭配红色带凤凰图案的长袖衣服，头上戴着红色玫瑰花形状的头饰。丹柏身穿红色齐地式大袖长袍，上身罩着红色带有龙图案的马甲，胸前戴着大红布结成的一朵大红花，长长的飘带在背上打了个蝴蝶节，右手撑着一把大红花伞。

他们俩面对面站在伞下，相视而笑，所有的幸福都洋溢在两张笑脸上。他们仿佛又回到了年轻时候那如花似玉的年纪。

这天，海与天成为他们几十年恩爱的见证。

“三、二、一”，闪光灯下，春球这五十年的风雨人生，全记录在摄影师拍下的含蓄而自然的彩色照片中……